如果巴黎不快乐 3

SAD CITY
SAD PARIS

典藏版

白槿湖 / 著

如果巴黎不快乐，不如回到我身边。

CNS PUBLISHING & MEDIA
湖南文艺出版社
HUNAN LITERATURE AND ART PUBLISHING HOUSE

图书在版编目（CIP）数据

如果巴黎不快乐. 3 / 白槿湖著. -- 长沙 : 湖南文艺出版社，
2018.9
ISBN 978-7-5404-8774-4

Ⅰ. ①如… Ⅱ. ①白… Ⅲ. ①长篇小说－中国－当代
Ⅳ. ①I247.5

中国版本图书馆CIP数据核字(2018)第137614号

如果巴黎不快乐.3
RUGUO BALI BU KUAILE.3

作　　者：白槿湖
出 版 人：曾赛丰
责任编辑：刘诗哲
特约编辑：邓　理
策划编辑：田渊源
营销编辑：张申梅
装帧设计：杨晓宇
出版发行：湖南文艺出版社
（长沙市雨花区东二环一段508号　邮编：410014）
网　　址：www.hnwy.net
印　　刷：湖南天闻新华印务有限公司
经　　销：新华书店
开　　本：158mm×230mm　1/16
字　　数：270千字
印　　张：17.5
版　　次：2018年9月第1版
印　　次：2018年9月第1次印刷
书　　号：ISBN 978-7-5404-8774-4
定　　价：34.80元

繁星万千，
不及你眉眼半分。

目录

SAD CITY

/

S A D

P A R I S

第一章 爱如捕风，恨如朝露

曼君，

愿此生与你终老温柔，

白云不羡仙乡。

在人潮涌动的春日街头，她一身干练从容的职业套装，宽大飘逸的纯白蚕丝围巾在身前摇曳，遮掩了已孕八个月的高隆腹部。步伐沉稳，面容安静得看不出她此刻的心思。

她身后紧紧跟随着助理何喜嘉。

路过一家花店，店家正慢条斯理地从店内搬出花来，一大束含苞待放的百合花，静静立在粗犷的高腰陶瓷器皿中。

人未有期，花依旧如期而来。送花之人再也不会费神来博她欢喜，对此，她以为，这是他的决定，他们各自立场不同，才会打破了预先的平衡和亲密。她不会罢休，无论如何，这场官司，她都要赢。

哪怕他恨她入骨，哪怕他们之间恩断义绝。她是律师，她无法容忍自己深爱的人触犯自己的法律底线。

噢，不，是过去深爱的人。

《圣经》里说：爱如捕风，恨如朝露。

爱恨皆是弹指间。

她不想再捕风捉影，朝露暮晖。倾泻的春光下，她的发丝有着动人的光泽，她不要再继续心灰意冷、黯然失色了，该与冬天告别了。

何喜嘉拎着文件包，手里还拿着一个面包大口吃着。因为第一次穿高跟鞋和A字裙，走路很不自然，居然走着走着鞋就掉了，只好尴尬地单脚站着，低下头，脸上浮起羞愧紧张的神色。

她恰好回头，看见了何喜嘉的窘迫。

她慢慢蹲下身子，给何喜嘉拾起那只掉落的高跟鞋，黑色的皮质，浅短的跟，她轻轻放在何喜嘉的左脚边，伸出手扶着何喜嘉的胳膊。

“对不起，师父，我什么都做不好，还要你处处帮我。你怀孕本来就很辛苦，可我连最简单的事都做不好。”何喜嘉穿上鞋，小心翼翼地说。

她看着何喜嘉，多像当年初出茅庐的自己，怀揣着太多的梦想和对律师这个行业的敬畏，一头扎进法律的世界，豪情壮志，要维护世界法纪，维护公序良俗。一晃，这些年过去了，当初的那个自己早已不见，不过她始终不忘初心。

“能够一毕业就进入正清律师事务所，已经证明了你的出类拔萃，而你是我从二十个新人里挑中的徒弟，你就更要有信心。今天这场官司非常重要，也是我们师徒第一次合作，你要镇定，我们的对手非同一般。快吃吧，吃饱了就会信心十足。”她和善的笑容，让何喜嘉无法把这样的阮曼君和外界传言中铁面无私的大律师联系到一起。

何喜嘉鼓起勇气，问了一件思虑了许久，却迟迟没有勇气提及的事：“师父，我们真的必须赢这场官司吗？这场官司的输赢关系到佟氏集团下半年的运营，若我们赢了，可能明天佟氏的股票就会狂跌，我身边的朋友也有佟氏的股迷，大家都在关心这场官司。”

“那你是希望我们赢，还是希望我们输呢？”她浅笑，露出洁白整齐的牙齿。而她在心里反复告诫自己：阮曼君，忠于你的职责、你的初心，你要全力以赴赢这场官司，本来该输的就是他，你不能牵扯私情。

何喜嘉矛盾地说：“我既想我们赢，又想我们输。我们若赢了江律师，就为我们的当事人争取到了合法权益，而且我们还能扬眉吐气。江律师她对师父你的态度实在嚣张，我们整个正清律师事务所，只有她不把师父放在眼里。可若是我们赢了，就意味着彻底得罪了佟少，那往后……”

她打断何喜嘉的话，说：“你这样的观点和立场，若不改，以后很难成为一个优秀的律师。首先，作为律师，你在开庭的当日，竟然对于自己的立场还混淆不清；其次，公报私仇是律师的大忌，江律师有她的过人之处，连主任和程肃清律师都敬她三分，你我更应该明白这个道理。”

或许，她自己的心绪已乱，才会对何喜嘉有所指责。

“师父说得对，我一定谨记。”何喜嘉乖巧地点头。

“前面就要到法院了，会有大批的媒体记者。你跟着我，不要慌乱，第一次开庭，你就要面对这个全上海都关注的官司，紧张很正常，有我在，放松些，深呼吸。”她拍拍何喜嘉的肩膀。

何喜嘉深呼吸，娃娃脸显得十分稚嫩，一看就涉世未深。

在距离法院大楼还有十余米的地方，就有眼尖的记者发现了她。一时间，各路人马包抄而来，将道路堵得水泄不通。她一只手竭力护着腹部，一只手紧握着何喜嘉的手。

“阮律师，你即将临盆，为何还要接手这个官司，并且被告还是佟氏集团。我们都知道佟氏总裁佟卓尧和你是夫妻关系，请你解释一下，这是炒作，还是你们里应外合，或意味着你们的夫妻关系走到了尽头？”记者的语速极快，几乎将话筒伸到了她的脸上。

“对不起，在官司还没有定论之前，我无可奉告，请让一让。”她淡漠地应对。

“你们现在是分居状态，会打算离婚吗？孩子的抚养权你会争取吗？现在外界盛传佟少和江照愿的绯闻，你对此持什么态度？”娱乐八卦记者凑了过来。

财经记者挤了进来，抢占话语权：“今天官司的输赢，将直接决定佟氏集团明天的股市走向。这次佟氏若输了，整个集团将遭遇金融危机和信任危机，预计集团利益将倒退两年。阮律师应该能预料到这种局面，请问你是否胜券在握，好让我们的股民有所准备。”

她听在耳里，只觉“嗡嗡”乱成一片。

在记者们争抢提问间，不知谁撞了一下她的肚子，她强撑着，显得有些吃力。

何喜嘉挺身而出，大喊道：“你们都闪开，没看见我师父是孕妇啊，出了事，你们哪个负得了责！”

隐约间，一个声音冷笑道：“有什么好压人的，还以为自己是原来那个风光无限的佟太太啊。官司之后，就将成为佟家的弃妇，没有了佟卓尧，你阮曼君什么都不是！我们这些记者也看不起你这种薄情寡义的女人。”

很快响起诸多附和的声音，都是在斥责她的无情无义。

法与情，她既选择了法，也就做好了应对这骂名的心理准备。

她沉默着，在拥挤的镜头和话筒中，努力想找一条出路。

一辆黑色的车停在了不远处，驾驶位的车窗开了一半，可以看到他的侧脸。

他坐在车里，静静地从后视镜里观望着曼君，回头对身后的江照愿说：“江律师，你先进去，我随后就到。”

江照愿混血儿的五官在淡紫色的妆容衬托下。更是美艳惊人，她拎着公文包，轻轻一笑：“那好，我在二楼休息室等你，做开庭准备。”

他下了车，大步走向群情激昂的记者。他拨开众人，走到她面前。他身上穿着那件蓝白条纹衬衣，她记得，这件衣服是自己亲手洗净、叠好后放在衣橱里的。

“阮律师，需要我帮助吗？”他客客气气，一副居高临下的口吻。

她望着他，这个眉目干净的男人眼里都是陌生。阮律师，这样的称呼从他口中说出来，颇有讽刺意味。

记者们都拭目以待，把他们之间的每句对白都当成是追根究底的线索。

她的目光迎上他的：“佟先生，谢谢你的好意，请你好好招待这些记者，我不想因为你而被他们纠缠。”

“好，我站在这里，就没人会挡你阮律师的路。”他话音一落，各路记者自动后退，让出一条道路。

她牵着何喜嘉，坚定不移地往前走，不再看他。

“你们不要再骚扰她，否则下午你们的总经理会接到投诉电话。不要挑战我的耐心，我不想和记者打交道。”他警告完毕，方才离开。他看着她的背影，尽管她伪装得很好，他仍能看出临近预产期，她沉重的身体有多艰辛。

他在她身后说：“你半个月没见到黎回了，就不想见见他吗？”

她没回头，径直走，说：“你妈以黎回要挟我，对此，我一忍再忍。等官司结束了，我自会想办法维护我的探视权，不用你操心。你还是好好和你的江大律师想想今天上午的开庭吧。”

“我们还没有离婚，何来探视权？”

“我赢了官司，你自然就会和我离婚。”

“你就这么有信心你会赢？与我对簿公堂，看起来你很有成就感。”他说着，清冷的脸上挂着冷峻的笑意。这笑，是他在嘲笑自己，把自己推向一败涂地的，竟是自己深深爱着的女人。

她转身，愤然地道：“佟卓尧，是你亲手毁了我们的家，变了的人是你！你不再是当初那个画着漫画、不沾铜臭的男人，你现在彻头彻尾变成了一个商人。你为了金钱利益，不择手段，罔顾生命，我必须阻止你的计划。我是不想你在金钱的欲海中越陷越深，你明白吗？”

“这只是你的一面之词，你宁可相信外人，也不信我。变的人是你，为了当赫赫有名的大律师，你连自己的孩子都不顾了。”他失望极了。

陆曼君摇了摇头说：“你永远都不认为自己是错的。我的当事人，她的丈夫死了，留下嗷嗷待哺的孩子，谁又来给她一个公道。”

“我给过她一笔钱……”

她怒不可遏：“够了！你有钱，我知道，我现在要的是你停止你的Y楼计划，不要再伤害更多无辜的人了。”

“随你，我知道你有本事赢我。”他眼里满是揪心的痛。

何喜嘉站在一旁，悄悄端详着佟卓尧的脸。连她这个外人也看得出，他是多么在乎陆曼君。

“妈妈——”黎回的声音从车窗里传来。

曼君的心被牵动，忙朝着车走去。车门打开，车里坐着的人让她大吃一惊。

“舅妈、多多，你们怎么在这里？”她上了车，对何喜嘉说：“等我几分钟。”

黎回定是太想念妈妈了，小手捏着她的耳朵，在她脸颊上响亮地亲了一下，委屈地说：“妈妈，奶奶说你不要我和爸爸了，只要我一说要妈妈，奶奶就会生气。”

她心疼地打量着黎回，小家伙瘦了，眼睛有些红肿，一想到儿子哭着要找妈妈，她就于心不忍。孩子，总是能触动母亲心中最柔软之处。她说：“妈妈怎么会不要你？妈妈工作很忙，等事情结束，妈妈还要去医院给你生小妹妹。”

李多多一身棉麻素简的衣裤，没有化妆的脸显得气色很好。在丽江，她定是过着安宁无忧的生活，这次来，想必是做说客的。果然，她开口就道：“曼君，你是不是傻呀，你看你都多大肚子了，还有一个来月就要生了，你竟然把孩子的爸爸给告了，好好生活不行吗？你完全可以不去插手这件事。这些年，你们经历了多少才有今天，你不珍惜，反而要摧毁这来之不易的美好生活。你放手吧，他会原谅你的。”

舅妈也在一旁劝说：“是啊，大老远的，他把我和你的好朋友接来，就是想让我们劝劝你，他承诺了，既往不咎，你还是他的妻子。不要出庭，听舅妈一句，女人要什么事业，有家庭才最重要。”

“多多、舅妈，你们全错了，我不是告佟卓尧，而是起诉佟氏集团。我既然答应了我的当事人接下这场官司，我就要公事公办。是佟卓尧他自己大错特错，Y楼计划必须停止，是他自己一步步错成这样的。”她固执己见。

“一孕傻三年，你现在是孕期，情绪不稳定很正常。如果你告诉我，是因为外面传得沸沸扬扬的有关他和江照愿的绯闻让你怀恨在心，采取看似正当的手段还击，那我还能理解。我无法理解的是，你以前为了他，什么都愿意牺牲，当初连冯伯文你都……为何如今，你为了坚定你作为律师的正义立场，非要让他难做。”李多多直言不讳，甚至连当初曼君为冯伯文做的事都提了起来。

“我身为律师，我在做我应该做的事，无论那个人是谁，只要他做错了事，就要为此承担后果。冯伯文是我年少无知犯下的错，我已为此付出代价。”她抬起手腕看了下表，说，“还有一小时开庭，民事诉讼，你们不必过于紧张，他财力雄厚。”曼君转过头去看向车外，只见何喜嘉正毕恭毕敬地在和佟卓尧说话。她听不见他们在说什么，只是莫名感到不悦。

“黎回，你要听爸爸的话，妈妈要工作了，去多多阿姨的怀里。”她把黎回交给多多。

黎回的小手抓着曼君胸前的围巾，撇着小嘴快要哭出来：“妈妈，不要走，我要妈妈……”

“来，让多多阿姨抱抱。”多多抱着黎回，忧心忡忡地看着曼君。

曼君从包里拿出一些钱，递到舅妈手里：“大老远把舅妈折腾来，是我让你操心了。这些钱拿着给妹妹买些衣服，小渔村的房子也拜托舅妈多帮着照看，也许我不久后会回去一趟。”

舅妈推了几下，还是接过了钱。

她在黎回的脸蛋上亲了一下，把心一横，快速下车，关上车门前，听到黎回哭喊着要妈妈。那一刻，她心如刀割。是否自作自受，自断幸福，她都不考虑，她必须平复心绪，整理好待会儿开庭该作的陈述。

佟卓尧见她从车内出来，便问：“你还准备继续打这场官司吗？”

“你以为你搬来亲友团就能让我退缩吗？佟卓尧，你到现在还不明白我们之间的问题所在，这就是我们最大的问题。喜嘉，我们该上庭了。”她绕过他身边，挺胸抬头上台阶，不再停留。

他垂下了头，俨然输了。

过去的“相看两不厌”，此时竟成了狭路相逢。

何喜嘉紧跟着曼君，伸手搀扶着她。

她问：“刚才他和你说什么了，你没说什么不该说的吧，他肯定是想从你这儿打探我们的证据和证人消息。”

何喜嘉摆摆手，说：“没有没有，真的没有，他只是问我你最近好不好，有没有什么不舒服的地方，是否按时产检，他还说……”

何喜嘉欲言又止。

“还说什么？”曼君好奇。

“他说的话，我不大明白，他叫我放松，说今天的官司我们肯定会赢，他注定是输。官司还没开始，他为什么就这么消极呢？是怀疑江律师的水准，还是故意放出烟雾弹，施障眼法，好让我们掉以轻心？”何喜嘉分析着。

曼君没有多想，说：“或者他有自知之明，至少说明他总算看清楚自己的境况，Y楼计划根本就是个错误的计划。”

在法院二楼休息室，曼君和江照愿恰好撞了个正着。

江照愿手里端着两杯热咖啡，显然一杯是给自己，一杯是给佟卓尧的。

她不想和江照愿说话，于是选择避让。可有的人，越是知道你在逃避她，她就越是会选择上前离你更近，非要刺痛你一下才会罢休。

江照愿盯着她的腹部，感叹道：“你真是无福消受的人，佟家上上下下哪个亏待你了，你要做得这样绝，还不如我这个外人。况且身为正清律师事务所的人，你明知佟氏集团是正清的衣食父母，于公于私你都不该做太绝，主任为你的一意孤行，差点没丢了职位。你挺着大肚来开庭，我真怕等会儿把你刺激到了，你一激动，当庭产子就不太好看了。”说罢，她抿嘴轻笑。

曼君漠然地说：“我这么做，好像获得最大利益的人是你。根据司法上谁的利益最大、谁的嫌疑就最大的推论，很多事应该都是你从中作梗吧。你放心，不劳烦江大律师操心，我的孩子不会那么没出息。”

何喜嘉听着两个知名律师针锋相对，顿时见识大增，推了推眼镜，傻乎乎地听着。

“阮曼君，你跟我比，唯一可以骄傲的就是你的男人是佟卓尧，除此之外，你还有什么？之前我是羡慕你、嫉妒你，可如今你连他都失去了，你以为你还有什么比得过我吗？今天我若赢了，你的婆婆林璐云给我的承诺是什么，你有兴趣听一听吗？”江照愿挑衅地问。

“我毫无兴趣。”正说着，佟卓尧走了过来，她立即走开。

“佟少，来，咖啡，热的，提提神。待会儿就开庭了，我们再把程序过一遍。”江照愿朝卓尧迎上去。

我们在这孤独的世间，执着地想得到深爱的缠绵。只是天不遂人愿，我们各有各的心思和立场，再相爱的人，总是无法做到思想都是一致的。除了偶尔的默契，到底还是两个不相干的个体存在。

如同星球，哪怕光芒环绕，交相辉映，也还是会顺着各自的轨迹绕行。

短短两个月，他们就形同陌路，好像过去的岁月里，爱得死去活来的人不是他们。

手机收到短信，是多多发来的。

——我在法院外等你。黎回被林璐云带走了，本来林璐云是要进来找你的，被佟少阻止了。但愿随着官司的结束，无论输赢，你们都能一如从前。

能吗?

卓尧，我们之间，到底谁在扮演无情之人?

法庭上。

她的当事人叫罗娟，农民工金焦的妻子，外来务工人员，育有两个孩子，年纪稍大的孩子在念小学，年纪小的才一岁多。丈夫出事前，她在丈夫所在工地的食堂做饭。

罗娟当庭泪流满面，哭诉着亲眼看到事故楼坍塌、丈夫坠楼身亡的一幕，要她再亲诉一遍，无疑又是一次剜心之痛。

“我做好了饭，往金焦那儿走，打算招呼他们吃饭。当时别的工人都下来了，只有我丈夫金焦还在那二楼浇灌混凝土。我喊他，他还擦着汗对我笑……接着，我就听到‘轰’的一声，面前砖石飞落，灰尘四起，什么都看不清了……我的丈夫，也不见了。等我反应过来，就只有一堆砖块了，我丈夫……死了。”罗娟说着，痛哭流涕，惨剧发生的场景仍历历在目。

法官提醒：“请原告控制一下自己的情绪，好进行下一步陈述。”

曼君说：“原告曾听到她丈夫金焦亲口说，怀疑水泥掺了假，向包工头反映问题之后，被告知不要多管闲事。在后来的调查中，确实在现场找到剩余的一批劣质水泥，这是送检报告。”

她看了一眼何喜嘉，何喜嘉立刻呈上水泥的成分化验单。

“我们无法预计整个Y楼其余的建筑是否也是用了该水泥，但事关人命，我的当事人要求被告佟氏集团赔偿死亡赔偿金、丧葬费、抚养费以及精神损失费等各项赔偿803047.36元，并请法院强制执行停止Y楼的建设计划。”曼君义正词严。

江照愿提出了反驳的辩解：“据负责案件的司法调查，事故坍塌的楼是整个Y楼计划中的一个公共设施，总共才两层楼，与Y楼是独立开来的，不能以此殃及各项指标都符合建筑标准的Y楼。监管事故楼的包工头和Y楼监造经理根本不是同一个人，事故楼使用伪劣水泥，属于包工头个人的偷工减料行为。现该包工头已被刑拘，他的私人行为给佟氏集团造成了重大损失和负面影响。事故发生后，佟氏集团积极组织善后，安抚工人的情绪，积极给受伤的工人治疗，并对受害者家属先行赔付五十万。法官可以问罗娟是否收下了这五十万，我们这里有她亲笔写下的收据。”

江照愿低头翻看自己的证据档案夹，却找不到那张罗娟签字的收据。

无法呈上证据，这是极大的不利。

“可以传Y楼的监造经理出庭做证，证明Y楼与事故楼分别是独立的个体，原始的设计图纸也一并呈上。”江照愿说着，继续找图纸。

在传唤证人之后，却不见证人的身影。

江照愿回头望了一眼佟卓尧。

曼君趁热打铁："被告律师所谓的证人证言和证据全都得不到验证，所以只能算是一面之词。我请求法官给我的当事人一个公道，并强制停止Y楼的施工计划。"

官司进展得很顺利，没有她想象中那么棘手，江照愿是常胜将军，竟犯了这么低级的错误，与证人事前没沟通好，证据不足就敢当庭宣布。

结果如曼君所料，佟氏集团赔偿罗娟各项损失，并且法院还下达了强制执行的命令，封锁Y楼，暂停施工。

她很满意这个结果，却还没有做好应对这个结果后的准备。

江照愿并不服气，走到她面前，说："阮曼君，我不是输给了你，我是输给了他。你不要得意得太早，你看似赢了，其实有可能最大的输家才是你。你让这个高高在上的男人跌落在你手里，你觉得你们还有情分可言吗？"

"你当然是输给了他，他是错误的，你要做他的代理律师，你就是自毁名声。至于我和他的私人情感，我想我和他都认为你一个外人没资格过问。"她言语犀利，毫不让步。

走出法院，她看到他接着电话快步上了车。官司的结果一公布，Y楼计划终止，他马上就会迎来股东们的狂轰滥炸，股市暴跌，甚至其余楼盘也会遭到质疑，佟氏集团将面临一次重大危机。

何喜嘉抱着文件包，问："师父，你有没有觉得我们今天赢得太容易了？我都还没回过神，我们准备的那么多材料居然都没用上，江照愿在庭上屡次失误，倒成全了我们。"

"是我们高估了对手。"她看他的车疾驰而去，此刻又为他的处境担忧。

这就是法以外的情。若他一开始不这么坚持，及时停止Y楼，事情也不会闹这么大。他以前是个多么单纯的男人，画着漫画，可以甘于在小渔村过平静的生活，为什么现在他就是放不下这些非法的利益？幸好事故楼的包工头承认私下购买伪劣水泥的事，佟氏才免于刑事诉讼。他难道真不明白，她极力终止Y楼，其实是在挽救他吗？若Y楼以后出事，那他能逃脱得了惩罚吗？

他却认为她是太想做上海第一大律师了。

在他眼里，她是要名气；在她眼里，他是要金钱。原本两个都是清清白白，把感情看得高于一切的人啊。这个上海，繁华看尽，倒不如小渔村那般澄净无染。她宁愿回到小渔村，和他做回过去的普通夫妻。

如今一个是律政佳人，一个是地产大亨，偏偏互相伤害。

“阮律师，你等一等。”罗娟的声音憔悴无力。

她看罗娟毫无胜诉的喜悦，安慰道：“相信佟氏集团很快就会把赔偿金给你的，你拿着这笔钱，带两个孩子回老家，好好照顾孩子，别再四处奔波了。再有难处的话，就给我打电话。”

罗娟面露愧疚之色，吞吞吐吐地说：“阮律师，你是个好人，其实，他也是个好人，那个五十万，他给过我了，是我贪心，我怕说出来你会不帮我。我知道他是你的丈夫，你又快生了，我让你们夫妻反目成仇，我真是恨我自己……”

“罗姐，没事，你也有你的难处，一个人养活两个孩子，是不容易，钱是你应得的。我和他之间的问题不在于你，你无须自责。你快回去吧，家里孩子还在等着你。”她不想对这个可怜的女人有什么抱怨。

何喜嘉赢了人生中的第一场官司，到底还是个孩子，手机响个不停，对曼君说：“师父，我同学让我请客吃饭唱歌，你要不要去？”

“我就不去了，你看我的肚子，哪里还能去玩，我待会儿去医院产检。你去玩你的吧，记住，不许透露工作上的事。”她笑着说，看何喜嘉一脸雀跃的样子，和自己以前真像。

多多走了过来，何喜嘉把曼君交给多多，这才放心地离去。

“哎呀，年轻真好，这女孩才二十岁出头吧，你看，连走路都是蹦跳着的。再看看我们，站在青春的尾巴上，早已忘了青春的模样。”连多多都承认，岁月不饶人，自己不再是当年那个嚷着永远是十六岁少女的李多多了，看来在丽江，柔软的光阴让她沉淀了。

曼君挽着多多的胳膊说：“走吧，现在你这个没了青春的人，要陪我这个孕妇去产检。”

“行，看在你腹中我干女儿的分儿上，我会百般呵护你，但是你今晚必须跟我讲讲，这半年来你和佟少之间的故事。我太好奇了，这世上居然存在一种事物形态可以将两个如胶似漆的神仙眷侣给分开。你快告诉我，我好用来拆散别的恩爱夫妻，比如袁正铭。”多多狡黠地一笑。

她真是服了多多，说：“你还惦记着袁正铭啊，别提他了，我和佟少走到今天，他是真有不可推卸的责任，晚上再和你慢慢说。”

“你住哪儿呀，你的车呢？”多多张望着问。

曼君故作轻松：“住酒店，我净身出户，难道你连这点都看不出来吗？”

在医院，曼君做了常规的产前检查和B超。

医生拿着B超单仔细看着，又看了一眼她身上的职业装，说：“你现在还在工作吗？”

“从明天开始就暂停工作，安心待产了。医生，有问题吗？”她紧张地问。

“虽然你这是二胎，但照目前来看，有胎盘早剥的迹象，非常危险。如果有腹痛和出血的症状，你要马上来就医，当然，现在就住院更好。”医生说。

她惊慌失色，在关乎孩子健康的事上，她永远无法镇定，这是天底下所有母亲的共性。

“我目前还没有出血和腹痛，现在怀孕还不到九个月，如果卧床休息，孩子还能保多久？”她抓着多多的手，手都在颤抖。

医生说：“这个我无法保证，能够足月是最好。你还有半个多月就足月了，如果不住院，那你自行观察，有腹痛和出血就及时来医院，建议37周终止妊娠，这样孩子也不算早产，母子平安最好。”

从医院出来，多多安慰她：“医生说的话总是夸大的。这样，这半个月我寸步不离地照顾你。反正你也结束工作了，好好卧床休息，半个月后再来医院，今天的B超显示，宝宝都有六斤多了。”

“是啊，只能这样辛苦你了。我都不知该如何感激你，你总在我最需要的时候陪在我身边。”

“哈哈，说什么见外的话，以后我生十个八个，全部都要你来照顾我！”多多夸张地说。

“我舅妈呢？”

“哦，她回去了，还找佟少要了一笔钱，说是跑路费。唉，你怎么摊上这么个势利眼的舅妈。”

“她一直都这样，我已经习惯了，只要她帮着照看我在小渔村的房子，给些钱也是应该的。”

回到酒店，不到十分钟，门铃就响了。曼君打开门，卓尧站立在门口，手撑在门边，像是跑了很远的路。他怒目注视着她，恨不得把她给生吞活剥了。

“输了官司，就来这里和我较劲吗？我对你无话可说，你想离婚的话，我马上就签字。”

她故作骄傲，掩饰着内心的矛盾。看着他一脸疲惫愤怒的样子，她心里很不是滋味。他不说话，只是看着她，神情慢慢变得温柔，像一个充气的怪兽被拔了气塞，软绵绵了。

“你怎么还有工夫跑来这里瞪我，现在佟氏上上下下乱成一团，你去处理你的事吧。离婚的事可以等一等，我不会反悔不签字的。”她又说出这样一番话来。如此近的距离，她闻到他身上熟悉的味道，他宽阔的胸膛，还有他眉目间的怜爱。他的手指上还牢牢戴着婚戒，而她的却早已摘下了。

“你去医院，发生那么重要的事，为什么不告诉我？为什么对我隐瞒孩子和你的安危？跟我走，跟我回家！”他沉默半晌后，说。

她回头朝里面看多多，多多赶紧垂着头走进卫生间。

“是她向你通风报信的吧？危言耸听，我不是好好地站在你面前吗？你放心，黎声是我们的孩子，哪怕我们离婚了，我也会把孩子健健康康地交给你。你会这么紧张，是因为这个孩子，我也一样。作为黎声的母亲，我会用我的生命来保护她。”

“黎回，还有即将出生的黎声，一儿一女，是我们的心愿，现在都有了。你这个口口声声说爱孩子胜过自己生命的妈妈，却要离开他们，离开他们的父亲，你自问你是合格的母亲吗？”

她颇有讽刺意味地说：“那只怪他们的父亲太合格了。”

他神情黯淡下来，说：“你已经赢了官司，我们是不是该和好如初了。”他几近哀求。

“你输了，卓尧。撇开官司，你我二人，你输了。”

他突然做出了一个举动——拥抱住她，低喃着说：“我输了一切，因为我只想赢一个你。”

她试图推开他的怀抱，可在推开的过程中，她又是那么迷恋这一刻，她的动作那么迟缓，只想要多汲取一些他怀抱的温度。这样的相互折磨，这是她想要的局面吗？

林璐云的到来，让也许会有所缓和的局面陷入了更大的旋涡中。

“儿子，你在做什么，这个女人害得你还不够吗？！你还低声下气求她做什么，你越是卑微，她就越是得寸进尺！我们佟家哪一点亏待了她，她要这么报复我们母子。现在全公司都炸开了锅，你居然撒手不管，还来找她，你是不是要把妈妈气死！”林璐云痛心疾首地说。

曼君逃离卓尧的怀抱，冷眼旁观，她和林璐云之间好不容易建立好的婆媳关系，也因林璐云屡次不允许她见黎回而破裂。林璐云再次以黎回要挟，这是她无法接受的。

“妈，这是我们夫妻之间的事，你不要再插手！”他冷冷地说。

“她的伎俩不就是拿肚子里的胎儿来逼你吗？她都不在乎了，你还在意什么，想给你生孩子的女人，大把存在。这个孩子她爱生不生，我们佟家还不一定接纳呢！”林璐云狠话一出，激怒了曼君。

曼君气得发抖，她深知不能动胎气，想控制，可林璐云的那张脸，她看着是那么狰狞扭曲，于是还击：“我看在你是孩子奶奶的分儿上，不和你计较，你不要以为每个女人都和你一样，拿亲生骨肉作为自己攀附权贵的棋子！”

她这是在暗讽林璐云当年小三产子，登入佟家大门的事。

“你有什么资格来说我这个长辈——”林璐云举起手，一巴掌重重地打在曼君的脸上。

瞬间，曼君的嘴角流出了殷红的血。

多多见势不妙，赶紧冲了出来，挽起袖子就要打林璐云，嘴里骂着：“你这个老太婆，还敢打孕妇，你还有没有人性了！她怀的可是你儿子的亲骨肉，你这都下得了手。”

“我教训我儿媳妇，你算什么东西，还跑出来教训我！她就是受了你这种不三不四的女人的教唆，才会变得现在这么不可理喻！”林璐云推搡了一下逼近自己的多多。

多多哪咽得下这口气，管林璐云是谁的妈谁的婆婆，一把揪住她的头发，两人扭打在一起。

曼君上前拉多多，一不小心，林璐云一脚踢在了曼君腹部的右侧。尽管腹部隐隐作痛，可她也顾不了那么多了。这时，卓尧挡在了母亲的面前，抬起手臂，用力钳制住多多的胳膊，多多稍微扭动，就痛得拧眉。

“你还没有资格对我妈动手，她有心脏病，你最好别越帮越乱。”他阴沉着脸。

林璐云倒是会审时度势，上前就打了多多两巴掌。“啪啪”两声，让曼君的心被重重地刺伤，她绝望地盯着佟卓尧，这个男人，如此无情。

“你放开多多！林璐云你再敢动她一下，你信不信我报警抓你！还有你，佟卓尧，你不想看我死，就离我远一点，把你这位疯了一般的妈带得远远的，我不想见到你们！”她扶着多多。

他松开手，转身离去。林璐云见状，跟在卓尧的身后走。

“曼君，你没事吧，刚才有没有碰着你肚子，快检查检查。”多多不顾自己，观察着曼君的情况。

“我没事，连累你挨了耳光，我才是真难过。多多，对不起。”她有气无力地说，在他们走之后，她才软弱下来，感觉腹痛难忍，额头上的汗珠一颗颗冒出来，脸色煞白。

“两巴掌算什么！你怎么脸色这么难看，是不是伤到你了，快到床上躺下。”多多搀扶着她侧卧在床上，然后去倒水。

曼君忽地觉得腿间有股暖流流过，她还没起身看，多多手里的玻璃杯就摔碎在地上，惊慌失色地说：“血……好多血……”接下来发生了什么，她意识模糊，只记得自己被抬上了救护车，又被送上了手术台。

等她再度醒来，病床边，多多趴着睡着了。

曼君看自己正输着血，肚子上包扎着纱布。她最关心的是，孩子怎么样。

多多被她的动静惊醒，抬起头，见曼君清醒过来，说："阿弥陀佛，总算没事了，可把我吓死了。你这次是去鬼门关走了一趟，胎盘早剥，大出血，幸好被及时送到医院，宝宝也平安。只是你大出血，必须住一阵子院。宝宝早产有点体虚，已经进保温箱了。"

她这才露出笑容，说："那我什么时候可以去见宝宝？"

"现在还不行。我刚去了，也是通过视频来看的。你先休养好，我明天过去，拍照片回来给你看。"多多端来萝卜汤给她喝。

"这次幸亏有你在，不然我们母女俩都不知会怎样。"

"好姐妹说这个干什么，宝宝是叫黎声吧，很好听，你取的还是他取的？"

"他取的。两个月前，我们在巴黎度假的时候，做了一次检查。他知道是女孩，高兴得不得了，就取名黎声，佟黎声，一双儿女，是我们爱的回声。黎声，也有'巴黎歌声'之意。"她回忆着，沉浸在数月前的幸福中。

多多说："多好听的名字，女儿还未出生，爸爸就这么疼爱她！现在，黎声都出生了，他却还不知情。之前的事，要不是我悄悄打电话告知他，也不会害你大出血进医院早产，所以这次我就没告诉他，想等你醒来，由你来决定。你说呢，是不是该给他打个电话？"

"不打了，现在公司乱成一团，他无暇分心，我不想给他徒添烦恼。反正母女平安，这就好了。过一阵子快到预产期了，他应该会主动来问吧。"她说。

"都这个时候了，你还在为他着想。"多多摇头。

"有人打我电话吗？"她问。

多多拿出曼君的手机，翻看着说："何喜嘉发来了短信，问你想不想吃烤鸭，她送过来给你。还有就是林慕琛，打了好多电话，我没接，你要回个电话过去吗？"

她有些失落——卓尧没有打电话过来。

"你回条短信给林慕琛，就说我在医院，让他别告诉卓尧。"她不想看手机，眼睛又肿又疼，刀口也隐隐作痛。

多多发完短信，就端来一盆热水，给曼君擦身体。

不一会儿，手机上收到林慕琛的回复，他问她们在哪家医院哪间病房，他立刻过来。多多边回复边说："他倒蛮关心你的。"

"他是医生，他来了可以帮我问清楚医院里的具体情况，他也熟悉医院的流程，我想尽快接黎声回到我身边。"她说。

林慕琛的速度堪比火箭，五分钟后就出现在了病房里，曼君简直要怀疑他是不是就住在医院的后院中。

"这家医院有你熟悉的医生吗？麻烦你帮我打听下宝宝现在的情况，我很担心。"她拜托林慕琛。

林慕琛一副"小事一桩"的样子说："我不熟悉每个科室的人，但这里每个科室的人想必都认得我。放心，我去招呼一下，你现在是产褥期，要养好月子，别想太多，注意身体。"

"谢谢你。哦，还有，保密，不要让他知道。"她叮嘱。

"了解！"他做了个OK的手势，走出病房。

多多不可思议地说："这家伙一副玩世不恭的样子，居然是心脏科的主刀医生，还是在国外知名医院主刀。太神奇了！你看他，就像个街头小混混，我要是病人，看到自己的医生是这个样子，估计在手术室里当场就被吓死了。"

"他平时是这样，可只要穿上白大褂，拿起手术刀，就一本正经了。"曼君笑。

十分钟后，林慕琛带着几张照片走进病房，同时也带来了好消息："我去问过了，孩子的情况很稳定，已经可以喝几毫升的奶了，大约要在保温箱里住一周，就可以回到妈妈身边了。你看照片，小家伙在保温箱里自娱自乐玩起来了呢。"

曼君接过照片一看，胖嘟嘟的黎声，一点也不像早产儿，小腿还挺长的。她忍不住笑了，眼泪也随之落下。

两个孩子，此刻都不在她身边。

林慕琛仿佛看穿了她的心，说："是不是想念黎回了？我想黎回也一定很想妈妈和妹妹。这样，我这几天找时间，寻个借口把黎回带来陪陪你，好不好？"

她开心极了，问："真的吗？可不要哄我。"

他一副踌踌的神态，好像天底下就没有他林慕琛办不到的事。

接下来她在医院度过了漫长的一周，饱受等待的煎熬。直到黎声被护士抱了进来，放入她的怀中。她看到自己的黎声，喜极而泣，小心地将黎声抱在怀里端详着。真是不公平，黎回是卓尧的缩小版，长得酷似卓尧，女儿黎声竟然也这么像卓尧，那眼睛、嘴巴、鼻子都活脱脱是卓尧的样子。

都说长得像爸爸的女儿有福气。

我们黎声啊，从出生到现在，都过了一周了，也没有见到自己的爸爸。

她很失落，没有得到别的产妇分娩后丈夫的宠爱。他过去答应过她要弥补她。她生黎回的时候，他不在她身边，他信誓旦旦地说，等生黎声的时候，他要全程陪产。可如今他又在哪里?

在高等病房里的电视机里，她见到了他。

电视上关于佟氏集团的新闻都是负面的，每天都有业主去佟氏集团的大厦楼下拉起横幅，要求验房、退房、赔偿，甚至一年前已入住的小区里，也有业主想见缝插针闹事获得利益。佟氏集团的股票暴跌，股民纷纷抛售，旗下的饭店和酒店也门可罗雀。

镜头只拍到了他一个行色匆匆的侧影，她看出来，他瘦了好多，季东自始至终挡在镜头前。

林璐云倒是乐于接受采访，将矛头和骂名指向了曼君，说："我们佟氏集团这次栽在了自己人手里，我们认栽，我们的楼盘质量没有问题，我们能够接受一切检验机构的检测。至于那个阮律师，我们佟家已与她划清界限，离婚只是早晚的事，奉劝她一句，会有她后悔的一天。"

她关掉电视，望着怀里的黎声。这个小婴儿有着长长的睫毛和乌黑的头发，她轻声说："你想爸爸吗? 你怪不怪我是我让你见不到爸爸的?"

多多兴奋地推开病房门，说："曼君，你看谁来啦！"

黎回快速钻了进来，飞奔到妈妈身边说："妈妈——我好想你。"

她欣喜不已，抚摸着黎回的头，说："妈妈也想你，快来看你的小妹妹，和你长得很像呢。"

"我看看，我看看……"黎回踮着脚，凑近黎声的脸庞，喜悦地凝望着自己的妹妹，说，“妈妈，妹妹睡着了吗？她好可爱，我小时候是不是也是这个样子？要是爸爸看见了妹妹，一定会很开心，爸爸和奶奶这些天都没有笑了。”

“那你有没有听话？不要调皮，惹爸爸和奶奶生气，要乖乖的，以后你就是哥哥了，要做妹妹的好榜样。”

“我对奶奶说了，我和爸爸只要见到妈妈就开心，妈妈见到我和爸爸也会开心。”黎回带着稚气说。

“谁带你来的呀？”

“是林叔叔带我来的，他就在外边。他说这是我们的秘密，不能让爸爸和奶奶知道。妈妈，我画了画送给你。”黎回从肩上的小书包里拿出一张画纸，上面用蜡笔画着一家四口的卡通形象。

黎回不仅遗传了卓尧的长相，还遗传了卓尧绘画的天赋，栩栩如生的画，让曼君看得心酸。

“这是爸爸，抱着妹妹；这是妈妈，牵着我的手。我们一家人出去玩。”黎回咧开嘴天真地笑，“妈妈，你什么时候和妹妹一起回家啊？”

“现在还不知道，妈妈要住院观察一段时间，你是小男子汉，答应妈妈，就算妈妈不在你身边，也要听爸爸的话。不能乱吃东西，不能爱哭耍脾气，你越乖，爸爸妈妈就越疼你。”她左手搂着熟睡的黎声，右手搂着懂事的黎回。

林慕琛说不能逗留得太久，不然下一次就不方便带黎回出来了，母子二人只好在短暂的见面后依依不舍地分开。曼君分明看到黎回眼里的泪水将出未出，小小的人儿在努力忍住眼泪。

将来，他一定是个坚强勇敢的男孩。

在医院的日子，全靠多多的照顾，何喜嘉也常来看望曼君这个师父，有时会带来律师事务所的一些趣事。

一次偶然，曼君从何喜嘉的口中得知律师事务所里有一个去英国进修半年的机会，本来这个机会是给江照愿的，但输了官司的江照愿似乎不愿去英国了，而且正好也忙着给佟氏集团当顾问律师处理接下来的事务。

她记在了心上，考虑着要不要去英国进修半年，又有些放心不下黎声。

她趁多多不在的时候给主任打了一个电话，怒火未消的主任劈头盖脸就是一顿狂批："你还好意思给我打电话，你闯下大祸了知不知道？佟氏集团的主要律师都在我们事务所，现在闹了天大的笑话，自己人打自己人，我还有脸见佟少吗？你还要提你去英国的事，我要是放你去英国，佟少会拆了我们律师事务所，你信不信？我们的王牌律师江照愿也因这个官司输了，现在处在事业低迷期，你不仅毁了佟氏集团，你还毁了我们律师事务所。要不是程律师从中调和，我早就让你离开正清了！"

她无言以对，听主任一顿发泄后，默默挂断电话。这时，她想到了程肃清，以他在正清二三十年的资历和地位，现在也只有他能力挽狂澜了。

程肃清对她的来电并不意外。

"你是想让我推荐你去英国进修吧？"

"程律师，我……我没有别的路了。在上海，我暂时没法待下去了，我真怕我会得产后抑郁症。"

"你生了？"

"早产了，好在孩子很健康。还有一些日子就出月子了，我打算把孩子交给卓尧，他会照顾好两个孩子，然后再办理离婚手续。我想去英国进修，不是想逃避，我只是害怕待在这里，很害怕……怕面对这……"她说着，渐渐语无伦次。

"好，我来安排。你应该和他商量一下，我个人建议。"程肃清说。

"不了，眼下的事，够他伤神的了。"她想到程肃清也坚持在做无偿的法律援助，帮助社会的弱势群体，便问，"程律师，这次的官司，我是不是不该接？"

"都已经接了，还追究这个做什么呢？法外有情，情难逃法，忠于你的内心。"

结束了和程肃清的对话，她做了去英国进修的决定，只是每当看到襁褓中的黎声，这个信念就会被消磨掉。黎声真是一天一个样子，会笑，会做很多种表情，有时看着妈妈的眼睛，忽然就笑了，婴儿的笑容真是最纯净的。

她没有把这个打算告诉多多，怕多多会节外生枝，就算是要去英国，也要瞒着佟卓尧。

出院后，她带着黎声和多多一起回到了绿时佳苑的那套公寓住下。这套公寓是绿时佳苑刚开盘时，他送给她的，"绿时"谐音"律师"。好久没回到这里，室内的摆设还和以前一样。

夜晚，黎声睡着了，多多躺在曼君身边，把被子给她盖好，偎依在她的肩旁，说：“来，总算平静了，给我讲讲你和卓尧这半年的故事吧，如我之前所说，我太好奇你们怎么会对簿公堂的。”

窗外，下着春雨。

他们来来回回地寻觅彼此，那一段往事，最后只是暗夜中的一份回味。

那份记忆，她也很想重温。

她娓娓道来。

第二章

昨日重现，他们之间横亘的纠葛与缠绵

我 们 这 一 生 遇 到 的 男 人 太 多 了，
甚 至 对 你 说 “ 我 爱 你 ” 的 可 能 也 很 多，
而 能 够 给 你 平 和 长 久 相 伴 岁 月 的，
只 有 一 个 。

3 如果巴黎不快乐

他们在巴黎度过的半个月，是许久以来最平和的日日夜夜。

白天的时候，曼君和卓尧牵着黎回的手，坐在广场晒太阳。不远处，有个当地女子在唱法语歌。傍晚来临，黎回睡熟后，他们站在酒店房间的露台上，静静地看塞纳河畔的夜景，河面上浮动着月光和灯影。

“我已经能清晰地感受到肚里的小宝宝在踢我。”曼君低头望着自己隆起的腹部。

“噢，你这么调皮，以后爸爸给你买花裙子，你可要像妈妈一样淑女乖巧。”卓尧弯下腰，正对着曼君的腹部，用认真的口吻说道。

卓尧穿着墨色的衬衣，西裤并不工整，他总是会解开手腕的衬衣纽扣，挽起衣袖，把黎回抱在怀里哄着入睡，这会让他的衣裤被好动的黎回蹭出细微的褶皱。当然，肩膀上白色的痕迹，定是黎回吃糖果时流下的口水。

“她一定是一个可爱的女孩，因为她的爸爸在她妈妈怀她期间，整天都说给她买花裙子、蝴蝶发卡，还亲自给她布置公主房。”也许一儿一女才是最完美的。

这样的对白过后，他们都会陷入对未来圆满的憧憬中。

他是被众人瞩目的男人，浑身上下都闪烁着光芒。此时此刻，他却纯真简单得像一个孩童。他们之间是不会有任何嫌隙的。曾经同生共死，还有什么可以阻挠他们。

卓尧通过电脑召开视频会议时，又回到那个正襟危坐的姿态。她则窝在沙发上读书，旁边的台灯散发着暖白的光辉。

她望向正在安排工作的卓尧，他的侧脸被光圈笼罩着，专注认真说话的模样，英俊而温暖。

如此珍贵。

他真是个干净的男人。

她放下书，抱着靠枕，手撑着下巴，望着这个令自己仰望痴缠的男人，内心生出欢喜。

“任何事情都等我回来亲自处理，无论大小事宜，都不用惊动林总。”他吩咐着，做着最后的会议总结。直到他合上电脑回头，方才发现她的眼神，他的脸上竟露出微微腼腆的笑容。

“怎么这样直勾勾地看着我？像是要把我吃掉。”他走过来，敞开怀抱。

这样的拥抱，再多也不够。

“我只是一时之间还无法适应这样的幸福，就好比一个好几天饱一餐饿一顿的流浪汉，突然被告知从此可以酒池肉林。你说，像不像是做梦呢？”她在他怀里抬头，看见他下巴上有胡楂生出。

他突然十分动情，回忆道：“你大概不知道我是从什么时候开始想照顾你的吧。”

她好奇地问：“难道不是从你爱上我之后吗？”

卓尧摇头道：“其实第一次，你睡在我的床上，那一晚，我就这样决定了。”

“你还好意思说，那晚我们都喝醉了，第二天你就让我换下衣服，赶我走，我怎么就没觉得你有想照顾我的念头呢？”曼君不服气。

“那晚我是醉了，半夜我醒来一次，靠在床上，见你蜷在被子里，那么近地看着你，我在想等你醒来后我要怎么对你说。当然，大意就是我会对你负责。你睡着，身体突然颤动，腿踢了一下，像是十分害怕。我伸手摸摸你的头，拂开你的头发，然后你就安稳地睡了。我想是从那一刻起，我决定要照顾你。”他说着，手掌抚摸着她的背。

“睡觉突然抽动不是要长个子的意思吗？我经常这样子，脚好像突然踩空了，会有种坠落感，然后一瞬间惊醒。小时候我妈告诉我，这是在长身体呢。”

“小笨蛋，你每次这样，我都会把你搂在怀里，我要保护你。”他说这话的时候，像个神气的爸爸。

她睡觉时经常会颤动一下，会产生如同脚底踩空了的下坠感，有时会瞬间惊醒。年少时母亲告诉她这是长个子，直到遇上了他，夜里她偶有颤动，他会将她搂在怀里，手摸摸她的头，她就安稳地睡去。

世间的男人那么多，我们也会遇到形形色色的男人，但那个深夜里会因为你一个颤动而将你搂入怀中、紧握你的手的，又有几个？

是的，我们这一生遇到的男人太多了，甚至对你说“我爱你”的可能也很多，而能够给你平和长久相伴岁月的，只有一个。我们也许会错过，也许会迟到。

他们习惯十指相扣着入睡，有天夜里，她觉得手指酸，松开，把手握成拳头放在他的手心里。他原本松开的手掌自然地稍微用力握着她的手，一直紧紧握着。因为他睡得深，她更觉温暖。那是一种自然的本能。

还有一次，他说梦话：“小漫画，要好好的。”她还未睡，翻身看他，他紧闭着眼，也许是做了不安的梦。她的手掌刚碰到他的手心，他就快速握紧她的手，把她的胳膊往胸前一揽，这才安心。

一个男人爱不爱你，从他晚上睡在你身边的举动就可以看出来。

在戴高乐机场，他与她并肩行走。在周围不同肤色的陌生人群中，她握紧他的手，这样会使她更觉得与他亲近。就好比置身一个与世隔绝的空间里，哪怕有惊天动地的声响，对她而言仍然是周遭安静，她也只有卓尧和黎回。

曼君和黎回穿着亲子装，红色的卫衣，上面分别印着麦兜妈妈和麦兜。两个人都戴着格纹的报童帽，十分显眼，引来不少路人艳羡的目光。

卓尧穿着灰色薄大衣，低调的着装却难掩强大的气场。

曼君腹中的孩子已经越来越大，她的身形略微走样，小腿会突然抽筋，去卫生间的频率也变得更高。她走着走着就停住了，不敢动，只是对他说：“哎呀，我的腿又抽筋了，不行不行，不能动了。”

卓尧就在人来人往的机场里，蹲在她的腿边给她按摩小腿。他的大衣衣摆落在了地上，黎回站在一旁，小手搭在爸爸的肩膀上，嘴巴鼓起对着曼君的腿吹气。

“呼……呼……妈妈，吹吹就不痛了噢。”黎回一脸稚气和天真。

曼君活动了一下腿，对黎回说：“真的不痛了。”

“以后妈妈再痛，我就给你吹吹。”黎回开心地说。

卓尧抱起黎回，捏着黎回的鼻尖说：“你可出息了，都会在妈妈面前抢功劳了。明明是爸爸给妈妈按摩后妈妈才不痛的，你怎么说是你一个人的功劳，你看她喜欢你就比喜欢我多。”

黎回听了，皱着小眉头，想了想说：“那有了妹妹，爸爸你就更没妈妈的喜欢了。”

“是啊，你说爸爸可怜吗？”

黎回扭头望着曼君，都快哭出来了，说：“妈妈，你给爸爸多一点喜欢，好不好，爸爸好可怜……”

“好，妈妈答应你。”她说完，微笑着瞪了一眼卓尧：“你呀，就会在儿子面前卖萌。他还不到三岁，说话都跟你学了，你说什么他都信以为真。”

“佟太太，你总说我和儿子争风吃醋，我想很快，等我们的女儿出生了，你大概就能体谅我的心情了。”卓尧说着，对黎回眨了一下眼，黎回“咯咯”笑了。

登机之后是一段漫长的飞行，好在黎回不哭不闹，曼君中途去卫生间呕吐了两次，回到座位上，胎动十分厉害，像是小家伙十分不乐意坐飞机。好不容易缓和了些，她就靠着座椅睡了一会儿，连飞机餐都没吃。

卓尧很是担心，也没有吃什么东西，喂了些面包和牛奶给黎回。因为商务舱只有两排座位，他和黎回坐一排，曼君坐在后排。睡梦中的曼君把盖在身上的毯子一次次不小心拂到了地上，他就耐心地捡起来重新盖在她身上。

“先生，我来替你捡吧，你也可以休息一下，我们的飞行时间还有九个小时。”站在一旁的空姐热情地说。

“不用了，我太太不舒服，我亲自照顾她就好了。”他说这句话的时候，眼神都没离开过曼君。

“要不是先生和太太都很年轻，你们这样相爱，真像是度过了一生一世的夫妻。”空姐感动道。

“我们确实已一生一世了。”他笑着说。

等曼君醒来，飞机已经降落在上海浦东机场，正在跑道上滑行。

“我居然睡了这么久，你没睡一会儿吗？”她心疼地问。

他点头说："我睡不着，妻子和孩子都在我身边睡着，这么贵重，我哪能睡。"

黎回还香甜地睡在座位上。

飞机上的旅客开始陆续下机，卓尧抱着还没睡醒的黎回，拿着行李。打开手机，季东的短信传了进来，他已在出口等候。

"曼君，你和儿子先回家休息，我要回公司，还有些事情。"卓尧说。

她有些疑问，都出来玩了半个月了，即使需要处理事情，也都有远程安排，怎么才刚下飞机就这么急匆匆的。

"你不休息一天再去公司吗？什么事这么急，怎么也要休息一下换件衣服呀？"她问。

他停下脚步，松开拖行李箱的手，揽过她的肩，像孩童一样做出保证："黎回妈妈，我今晚一定回家和你一起吃饭。"

"这可是你说的，不许说话不算数。"曼君笑望着卓尧，用拇指与食指轻轻拈去粘在他肩上的一根长发丝。

"嗨，这么巧，居然在这里碰到了你们！"一个穿着军大衣把身体裹得紧紧的、戴着口罩的奇怪男子挡在了他们面前。

听声音有点熟悉，但曼君还没有反应过来，卓尧就用拳头力度适中地打在了男子的胸口，笑容满面地说："你从哪里冒出来的，还是老样子，不修边幅。"

男子摘下口罩，曼君这才认出来是谁。

"林慕琛，你怎么在这里！"她很惊讶。

"正好，你负责送曼君和黎回回家，我有事要马上赶去公司一趟。"卓尧急忙交代了几句，和她拥抱了一下，就快步走出了机场。

一路上，林慕琛开车是少有的慢速，他说："开车载一名孕妇，我压力不是一般大，踩油门都得轻轻的。"

"你怎么突然回来了，是不是在国外混不下去了？"她打趣道。

"我回来相亲啊！"他若无其事地说。

她"扑哧"一笑，说："你堂堂知名医生也要走相亲这条路啊，哈哈。"

"这次相亲的人你也认识，我姨妈介绍的，就是你们律师事务所的那个江照愿，也是海归。"林慕琛说。

她很意外："没想到江照愿和我婆婆也认识啊，那祝你相亲成功。我感觉，江照愿可以驾驭得了你，你们俩挺般配的。"

"我是给我姨妈一个面子而已，她金口一开，我只得照办。"林慕琛似乎没把相亲当回事。

黎回这时冒出了一句："妈妈，相亲是什么意思，我也要相亲。"

"完蛋了，你教坏我儿子了！"曼君笑。

林慕琛把母子二人安全送到郊区的别墅，也没有进去坐坐，就直接开车走了。

回到家，除了几个保姆在家，林璐云和管家倪叔都不在，佟桐这时候应该还在学校。

她随口问了一下保姆怎么家里没有人。

"刚才夫人接了个电话，就和倪管家一起匆忙出去了，好像是工地那边出了事。"保姆说得不清不楚，可话里透露的意思却让她生出恐慌。

她把黎回交给保姆照看，尽管身怀六甲，也还是开车赶往Y楼的施工现场。

Y楼计划是佟氏集团今年房产这块的重中之重，耗资数十亿，将建成集商业、住宅、办公、休闲娱乐一体化的综合性大厦，卓尧为这个Y楼计划耗费了太多的心血。

当她到了Y楼施工现场，人群渐散，她只看到一处坍塌的砖砾中，赫然显露出一摊血迹和一双凌乱的鞋。楼倒了，还压了人，这是她的第一反应，并且也从工人的口中得到了证实。

他在机场匆忙离开，一定是接到了工地上的电话，他不告诉她，是怕她担心。

现场有警察在提取水泥和钢筋等建材，没有无缘无故的坍塌，事故的背后，肯定涉及到了建材上的偷工减料。她抬起头，看了一眼离坍塌的砖砾不远处的Y楼，她心里一惊，不得了，Y楼很可能也存在极大的安全隐患，这样偷工减料建造出来的危楼，还能够出售吗？会不会造成更大的事故？

她回到家，坐立不安，却也没贸然给卓尧打电话。

他直到深夜才回来，全身灰扑扑的，她从来没见过他身上有这么多尘土。

"你累了吧，快洗澡休息，Y楼的事我听说了，工人现在怎么样？"曼君边问边给他递来一条热毛巾。

他声音干哑，疲倦地说：“当场死亡，问题应该出在水泥上，包工头被刑拘了，现在死者家属还有工地上其他的工人都在闹事。我本不想让你知道这件事的，你好好在家安胎，律师事务所那边的工作可以转给别的律师了。”

“你都不知情吗？不是自始至终你有亲自负责材料的监管吗？”

“我把重心都放在Y楼这边，出事的楼只是一个公共设施，我就没有过多去监督，谁想到会出这么大的乱子。你先睡吧，我还要打几个电话，安排一下，事情能化小就好，一定不能影响Y楼计划。”他手抚着额头，起身进了书房。

他自有他的渠道来摆平这件事，楼刚建到一半就出了事故，死亡一人，他肯定是想隐瞒住消息。

发生了这么大的事，她哪里还有心情睡觉，于是侧躺着，手抚摸着肚子，自言自语说：“宝宝，爸爸遇到了麻烦，接下来的日子可能不会安宁了，你要好好的。”

曼君早上醒来，床边不见卓尧的踪影。

她下楼，看到卓尧和林璐云正坐在客厅商量着。

林璐云双手抱在怀里，冷漠地说：“早不死晚不死，要是死在医院倒也还好，偏死在我们的地盘，真晦气。我明天安排几位大师去工地作法，等过几天事情平息了，Y楼就可以照常施工了。赶不上今年的房价热潮，那损失的就不是小数目了。”

“谁也不想发生的，我都打点好了，死者家属闹的目的就是为了钱，我看给死者家属和事发当天的工人一些钱，安抚一下他们，等事情平息了再动工吧。”他抽出一支烟点上。

她走到他们面前，毫不掩饰直截了当地说：“你们这是要给封口费吗？人命关天啊，你们就这样花钱打发了，这样做和那些黑心的房地产商有什么区别！Y楼计划不能草率继续，谁能保证Y楼就不会倒？”

林璐云听了这番话，特别上火：“你懂房地产吗？你懂楼盘质量吗？这里轮不到你指手划脚，最好别再说晦气的话。Y楼没有任何问题，你别在外面胡说！”

卓尧沉默不语，这种态度让她很无奈，也很愤恨。

“你们这是草菅人命，为了赚钱，简直罔顾人命！钱是什么？人是什么？已经死了一个人了，就是在敲警钟，你们还要上下买通，隐瞒事实真相。我反对你们的做法，这是不合法的手段。”她倔强起来，可是会豁出去的。

林璐云从沙发上“噌”地站起来，指着她说：“你要造反是不是，这里是佟家，你是佟家的人，你吃的、住的、穿的、用的全是佟家的，少拿你的律师派头来压我。要不是我儿子从中安排，你还能做回风光的大律师吗？”

“有我在，卓尧，这次事故的真相必须水落石出，别想蒙混过关。Y楼若出了事，那可就是大事。我是为你好，我不想你错得太大，哪怕放弃Y楼，我们也还可以有别的投资计划。”

“放弃Y楼？这不可能！我们投入了多少财力和物力，光是这块土地的竞标，我们就花了好多钱。整个集团大部分资金都在这边了，不是你说一句停就能停的。你先不要急，我会安排工程监督部门去鉴定，等鉴定结果出来……”

“你早就疏通好了关系，所谓的鉴定结果还有可信的意义吗？”她用的是质疑的语气。

他本就烦扰不堪，这时也失去了耐心：“你回房安心养胎好不好，这不是你管得了的事。我们不是约定好了，互不过问对方的公事。”

“你看我管不管得了。”她说完，转身上楼。

他们好久都没有用这样的语气来交谈了，她暗想，之前那么恩爱，大抵是没有矛盾的缘故，一旦彼此生出枝节，他就会失去耐心。

“你看看你把她惯成什么样子了，太不像话了！”林璐云说。

卓尧不想再听母亲数落曼君，说：“我出去一趟，她现在怀有身孕，情绪不稳很正常，你多多包容。”

她坐在房里发呆，他以前不是这样的，他过去对从商毫无兴趣，他热衷的是漫画，可有多久他没有再拿起过画笔了。是在商场上的屡战屡胜，让他被金钱蒙蔽了心吗?

那一晚，他没有回来。直到第二天早上，他才醉醺醺地被季东给扶了回来。她默默地给他擦脸、换衣服，又喂他喝蜂蜜水醒酒。她明白，他这一晚是去饭局陪相关的领导了，喝了这么多酒，看来已经差不多摆平了事情。

隔日，她趁着林璐云和卓尧外出，取了车，悄悄去了一趟医院。在医院里，她看到了死者躺在病床上的妻子罗娟，被丧夫之痛包裹着的女人气息奄奄。医生说罗娟两天来滴水未尽，严重脱水昏厥，病床边是一个才六岁大的孩子在忙前忙后。

她心生悲悯，买了一些水果，坐在病床边，不知怎么开口介绍自己的身份。

病床上的女人并不知情，只当她是好心人。在得知她是一名律师后，握着她的手，苦苦哀求她为自己死去的丈夫做主，她要告佟氏集团。

她实在无法拒绝，便答应了罗娟的请求，并留下了自己的手机号码。

从医院回来的路上，她满心沉重，罗娟家破人亡，她无比愧疚，是自己的丈夫失职，才会造成这样的惨剧。

她向卓尧表明了自己的想法，很明显，她这是在公然和他反抗。他没有耐心地说："你现在怀有身孕，就不要再搀和这件事了。你独自开车出去很危险，再这样，我可真要把你反锁在房间了。"

他只是用一句狠话来吓唬她，可偏偏激怒了她，曼君焦躁地说："你无权干涉我的自由，我明天就去律师事务所，只要罗娟需要，我就会做她的代理律师。我不仅是为她维权，我也要你终止Y楼计划！"

"Y楼不是我说了算的你明白吗？所有股东的权益，单凭我一个人做不了主。你是怎么了，安安心心养胎，就当这件事没发生过，眼不见为净。"

"可发生了的事怎么能无视？你没看到死者的妻子多可怜，在你眼里，一条生命只是代表着一串数字而已，你怎么变得这么冷漠可怕！"曼君向后退了几步，满心失望。

卓尧只觉头疼："是你孕妇的敏感心理在作祟，这世界上每天都有很多不公平的事在上演，你也要一一揽上身吗？"

"对不起，我不能纵容我的丈夫做有违良心的事。"她说。

就这样，两个人从开始的意见不合到针锋相对，最后僵持各不相让，而直接导致事情愈演愈烈的原因是佟卓尧居然聘请江照愿做佟氏集团的顾问律师。这一点彻底让她深受伤害。

他是故意的，明明知道在正清律师事务所里，独独江照愿事事与她争，与她作对，他还聘用江照愿，几次公开带着江照愿出席记者招待会。

即使这是林璐云的安排，那也要卓尧欣然接受才行。他看似很满意这个安排，甚至亲自开车到律师事务所接江照愿下班，无视她这个妻子的感受。他认为错的人是她，是她不顾自己的感受在先。

她真的无法理解，在巴黎的日子，他们那么默契，如胶似漆，现在却因为这件事闹得天翻地覆。

林璐云显然对曼君要做罗娟的代理律师一事反应激烈，在卓尧不在的一个晚上，对着曼君破口大骂："你敢背叛佟氏，背叛卓尧，你就从这个家滚蛋！别仰仗着自己怀有身孕就胡作非为！你做什么都可以，但我绝不允许你背叛我的儿子！"

背叛?

曼君不服，她究竟哪里背叛了佟卓尧。

她离开了别墅，在酒店里暂住，哪怕后来他屡屡来酒店接她回去，她都断然拒绝，打算一切私人的事情都等官司结束了再谈。林璐云更是不许她再见黎回。林璐云的从中作梗，加剧了她与卓尧之间的误会。而在正清律师事务所，江照愿嚣张跋扈，炫耀着自己和佟卓尧的关系，更令她心生芥蒂。

偶然见了一次林慕琛，他坦言自己和江照愿的相亲并不顺利，江照愿开门见山说："你和佟少的气质真是相差十万八千里。"

这句话深深地刺激了林慕琛，他要立刻回伦敦，过段时间还会有个学术交流会，到时再回来。

临行前，林慕琛友情建议："你和佟卓尧不要再闹了，别便宜了那个江照愿。你还有身孕，争一时之气不值得。"

"你是医生，你的职责是救死扶伤；我是律师，我的职责是伸张正义。我也不想和他走到这一步，是他逼我的。"她说。

后来，她和卓尧冷静地见了一次面，但并不愉快。起初还能聊聊黎回，可当她提到Y楼的事，他的态度又强硬了。她不禁问他："为什么一个Y楼你看得比我们的家还重要？你甘愿为了Y楼和我闹翻，你之前对我无微不至的疼爱到底算什么？！我最终还是比不过一栋楼在你心目中的位置。"

"那么你呢？为了一个外人居然要告我，你知道外界是怎么耻笑我的吗？我的妻子把我送上法庭，还要亲手毁掉我的公司！”卓尧亦认为她的行为是不能理解的。

“首先错的人是你，我是在挽救你。不过你也找到了你的救世主，江照愿，你们俩走得很近，我都看到了。”

“那也是被你逼的，我真是傻到极点，对你还有所幻想，以为你对我会留有情面。你真伟大，大义灭亲！你没看到事实的真相，仅凭你一句话，就要我放弃Y楼，你当是儿戏啊！你太天真了！”他讽刺地说。

原本双方都是抱着好好谈一谈的想法，可结果还是不欢而散，她挺着肚子，骄傲地离开，拒绝了他要开车送她的提议。

“在开庭之前，为了避免不必要的误会，我们还是尽量不要见面了。”她说。

他们就这样陷入了双方都痛苦的局面，直到开庭那天。

曼君说了一个并不冗长的故事，多多听完后，坦白地说：“听完你的话，我觉得你们当中肯定有误会。他也没有完全反驳你的观点，他不是说了，等相关部门检测后再公事公办，决定Y楼的走向。你这样一下就上了法庭，把事情闹开了，全上海的人都知道Y楼出了人命，现在法院又封锁了施工现场，你这么做，是不是太绝了？”

“他和他母亲早就疏通好了关系，所谓的检测只是个表面形式，谁能保证Y楼不会像旁边的事故楼那样坍塌。何况，法庭上，江照愿也没有提供有效的检测报告和证人。”

“你就不担心自己冤枉了他？他如今正面临破产，焦头烂额，你都不觉得内疚吗？如果你一丝一毫的内疚和心疼都没有，那你就真该想想自己是否爱这个男人了。”多多直言不讳。

“我此刻跟你掏心掏肺地说一句，我口口声声说是为了我的当事人讨公道，实际上我也是为他好。我做了一件被全天下人都认为是坏女人、坏妻子干的事，我背负这个恶名是因为我爱他。Y楼的问题，很可能是林璐云一手造成的。她之前经手的楼盘就出现过墙体开裂、漏水等质量问题，Y楼这次是幸运，旁边小楼的坍塌是在敲警钟，我真怕万一Y楼继续，会出更大的事。到时候，卓尧的处境可能远比他现在遇到的危机要可怕得多！”曼君揪心地说。

多多恍然大悟：“原来是这样。看似毁了他，实则是在保护他，可现在你们的误会这么深，该怎么办呢，你有什么想法吗？”

曼君想了想，看了一眼窗外的黑夜，说：“下个月，我打算去英国进修半年。”

“你开什么玩笑呢！曼君，你打算丢下黎回和黎声，丢下佟卓尧？这怎么可能，且不说他会不会放你走，就你自己，能舍得吗？”多多只觉得曼君是在赌气。

曼君的眼睛开始湿润，眼泪轻轻地落下来。

“我已经决定了，我相信他会照顾好孩子的。去一个没有人认识我的地方，过离群索居的生活，或许半年时间可以改变我和他之间的窘迫僵局。”曼君看着窗棂外泛白的天空。

天亮了。

多多用诧异的目光打量曼君的脸，在微醺的晨光下，她的脸仿佛蒙上一层薄薄的雾气，如同她此刻的心。

“你太让我不敢相信了，曼君啊，佟卓尧说得没错，你真的变了。从前的你，义无反顾跟着他；如今的你，义无反顾远离他，甚至还要抛下年幼的黎回和嗷嗷待哺的黎声。这又是何苦呢？相爱相杀才解气吗？”

“我没变——”她执拗地说，内心却毫无底气。

婴儿床里的黎声像是也在抗议母亲的这一决定，哭了起来。曼君连忙把黎声抱起来，紧紧地搂在怀里。小小的婴儿在母亲的怀抱中很快就有了安全感，安然恬静地入睡，粉粉的脸颊，五官和她爸爸一模一样。黎声在睡梦中抿嘴笑着，那甜甜的一笑，足以融化寒冰。

这个出生那天就会笑的小女孩，将来会有好运气吧。可既然如此好运，怎么会这么小就将要和母亲分离。

多多继续劝说：“这么可爱的宝宝，连我这个打算一辈子丁克的人，看到她也突然萌生了结婚生子的念头。你说，你怎么就狠得下心呢？”

“我不是抛弃她，我是让她回到她父亲身边，暂时离开半年，即使没有我，她也会被照顾得很好。”曼君说着，将怀里的黎声搂得更紧，仿佛生怕会被人从怀里夺走。

“你说的都是废话，你我都是从小就死了妈，我们应该知道孩子没有妈妈意味着什么，难道你就不担心佟卓尧给两个孩子找个继母吗？”多多句句犀利。

她沉默了，面上的神情冷若冰霜。

第二天中午，多多揉着酸涩的眼睛醒来，走到客厅，见曼君一只手抱着黎声，一只手在笔记本电脑上写着东西。

多多上前接过黎声，说：“你就不能休息一下吗？昨晚肯定没睡吧，你这样眼睛会坏掉的。你还没吃东西吧，我去拿面包给你吃。你看你，这样我都没法走了，你让我怎么能放心？我呀，干脆做你的贴身保姆得了。你说那阿春也真是的，嫁给季东之后，这么快就大肚子了，不然她还能照顾一下你。我大把约会的好时光啊都得荒废了，我可声明，我不是照顾你，我是照顾我的干女儿。对吧，黎声，快快长大呀，叫我干妈，干妈给你买花裙子……”

曼君一边忙碌地写申请，一边说：“你什么时候变得这么婆婆妈妈，一点儿也不像过去的李多多。记得我来上海第一次见你，你穿着貂皮大衣，里面是不是还穿了件高档料子的艳花盘扣立领旗袍来着？年月久了，我忘了很多画面，却怎么也忘不了望你那一眼。你知道吗？你活脱脱就像某位先生的姨太太。”

“可不是吗？我那时候可不就是袁正铭的姨太太。呵呵，他的太太大概生了吧，肚子蛮争气，给他生了个儿子。和我在一起时，他说不让我生孩子，说女人怀孕分娩太痛苦了，别毁了我的好身段，他会心疼。可他怎么就和自己太太生孩子了呢？”多多轻轻地拍着黎声的背，一脸哀怨。

曼君笑：“你还苦大仇深做什么，不是都看开了吗？再说了，你和你的深情王子没联系了吗？人家可是爱了你那么多年。”

“我又不爱他，只是被他深深地感动了，仅此而已。如果二十年后他还不结婚，还在等我，那我就嫁给他。”

“二十年？你可真是个害人精！”

“你自己又何尝不是，佟少那么好的一个人，是你八辈子的福气吧，你却不珍惜。”多多低头在黎声额头吻了一下，说：“黎声小宝贝，你妈妈将来一定会后悔的，因为你的爸爸真是个好男人。你长大了会不会因为有个太完美的父亲，而看不上世间普通的男子？不过你的奶奶可真是个百年女妖、千年奇葩。”

曼君合上电脑，说：“算了，我去做饭，好堵住你的嘴巴，晚点家里有客人来。”

“什么人？男人还是女人？”多多八卦道。

“我们事务所的一个老前辈，我带孩子不方便出门，他亲自过来拿我去英国进修的申请报告。”

“你动真格的啊，哈哈，希望你的申请不能通过。”

“内定名额。我们律师事务所，在资历上，除了我就是江照愿，不过她肯定是不会去的。”

多多的手指在曼君头上戳了一下说：“她当然不会去，正好你走了，她留在佟少身边伺机下手。”

“随便吧，能够被抢走的爱人就不算是爱人。”她变得镇定，即使有所隐情。隐情，是隐秘的情感。

佟卓尧，我该收起对你的全部隐情。

她提着菜篮下楼买菜，遇到久未谋面的邻居。对方见她没有了大肚子，恭喜她生了宝宝，又问她怎么搬回了这里。她淡淡地微笑，只是说来这里小住几天。客气地寒暄问候过后，邻居又问起卓尧：“你家佟先生好久没见了，看电视得知，好像是遇到了些麻烦，现在境况好转了吗？”

她尴尬地站着，竟有些想逃，怕人知道自己就是将自己老公推入困境的“罪魁祸首”，便摇摇头说：“我不知道，不要再问我了。”声音里透着冷冰冰的拒绝。

在菜市场买了新鲜的蔬菜，不知不觉，菜篮子里全是他爱吃的菜。怎么，还想亲手做饭给他吃吗？不该继续留恋的。曾经在一起相亲相爱的时间，如今却都用来想他、恨他，恨他一开始的坚持，恨他和江照愿走得那么近。他又不是不清楚，她在他这里，又小气又好吃醋。

“佟太太，买菜啊，这种事让家里的保姆做就好了，你还亲自来。哎，你生的是儿子还是女儿啊？”卖菜阿婶热心地问。

“是个女儿。”她笑笑，低头挑菜。不过她还哪有心思买菜，佟卓尧，你看你，在我的生活里无孔不入。走到哪里，人人都知晓我们是夫妻，都询问我们的生活。是不是只有我逃往一个生死不相识的地方，才好割舍了这层关系？

“女儿好啊，像爸爸吗？”阿婶笑眯眯地咧着嘴。

曼君点头，随意装了些菜在篮子里，从钱夹里拿出一百元，说：“不用找了，下回来一起算。”

“这还没称啊？”

“我赶时间，不用称了，就这样吧，我走了。”她说着，逃也似的离开了。

身后的阿婶对一旁帮着卖菜的女孩说：“你长大也要成为像阮律师那样干练出色的女人，再嫁个好男人。哪像那些来买菜的，一毛钱都跟我计较，有钱才好啊，谁说钱买不到尊重。”

她脑子里回味着这句——“谁说钱买不到尊重”。大概在佟卓尧和林璐云的心里，钱可以买到生命和尊严。

这样一想，变了的人，是他。

又何必再去想他。

她匆匆回到小区，然后恍悟，逃到了这里，还是他的地盘，绿时佳苑是他集团下的地产，到处都是他的影子，空气中都回响着他的声音。官司输赢未定之前，她一心想打赢官司，给死者家属一个公道。现在官司结束了，她赢了，失去了目标，就像是充足气的塑胶超人忽然被拔了气塞，成了一张皮，连站稳都艰难。

物业管理员在单元楼下用对讲机说着什么，她一句也没听进去。

“喂，佟太太……佟太太，请留步……”她刚要按下电梯键，就被身后连声的追喊叫住。

她回头，手指着自己，惊讶地问：“你是叫我吗？”

“是啊，佟太太，不是您还有谁会是这里的佟太太。是这样的，电梯刚出了点故障，我们会马上抢修好，请佟太太放心，小区居民的安居乐业，是我们全体物业人员的工作重点，我们一定竭尽全力保障业主们快乐出行，平安回家……”这位物业管理员滔滔不绝，恨不得曼君把这些话原封不动讲给自己的老板佟卓尧听。

“你没看新闻吗？我和他正在办理离婚手续，很快就不是什么佟太太了。”她说完便走向楼梯，留下不知所措的物业管理员。

她一步步走在楼梯上，耳边是不断涌入的各种人在喊自己佟太太的声音。傻瓜，还留恋什么，佟太太只是一个称谓而已。他日，他佟卓尧另娶他人，这佟太太还是会有人来当。

她从未觉得这楼梯这样漫长。

以前，电梯是正常运行的，他也喜欢背着她上楼，好怀念趴在他温暖的背上，双手搂着他的脖子的感觉，就好像把自己这一生都托付给了这个男人。他一步步稳稳地走着，背上的她需要小心轻放、呵护备至，是最贵重的。

“佟先生，十年之后，二十年之后，你还会再像今天这样背着我爬楼梯吗？”

他坚定地说：“当然会，你以为我背不动你吗？除非你再胖个百八十斤。”

这画面，清晰得就像在眼前。

她回到家就给黎声换尿布、喂奶，她想着，黎声都出生好些天了，佟卓尧大概还不知道。一想到女儿至今还未见到父亲一面，她就难以抑制内疚，抚摸着女儿的小手，喉咙哽住了。

多多蹲在厨房里择菜，问：“你确定你的大人物前辈中午会在这里吃饭吗？买这么多菜，咱们俩得吃好多天啊。”

她抱着黎声站在厨房门口说：“应该会吧，吃不完放冰箱里吧。”

多多哪里知道，曼君只去了一趟菜市场，就把看到的所有佟卓尧爱吃的菜，统统习惯性地买了回来。

桌上有一份今天的财经报，上面的一篇报道里，所谓的专家正在分析佟氏集团股市的走向，并提到一个至为关键的人物——任临树。关键时期，如果任临树这位商业骄子能够给佟氏提供帮助，那么佟氏就还有起死回生的机会。

她脑子里迅速搜索起过往有关任临树的信息，之前律师事务所也给任临树的企业做过法律顾问，虽然她没插手，但多少对任临树也有一些了解。

任临树，三十岁，后起的商界新秀，主产业是珠宝，副业涉及房地产、酒店、广告，也会投资拍摄电影，算是奇才。他毫无家庭背景，全凭人脉和头脑发家。并且他相貌不详，神龙见首不见尾。他会帮佟卓尧吗？从某种程度上讲，他们还是竞争对手，佟氏集团一旦垮掉，任临树的企业就会吸引大批客户和精英，跻身排名第一的企业，取代佟氏的地位。

不过，不按常理出牌的任临树也许会伸出援手。

曼君放下报纸，怅然。这和自己又有什么关系呢？若是卓尧看到她这副为自己担心的样子，只怕会觉得他不过是假慈悲。

“佟少不会真的像那些专家分析的，去向任临树求助吧？哎呀，菜来了，尝尝我的手艺，这是我在大理学做的小蘑菇炒青菜。”

“你把蘑菇炒了？”

“对啊，难道让你来做饭吗？你要照看黎声嘛，让我来做菜。”

“可是……可是这蘑菇，我……”她欲言又止。

这是佟卓尧爱吃的一道菜，他每次吃她做的这道菜都会赞不绝口，其实只是一道普通到不能再普通的家常小炒。

可她这样想做什么？他又不会来。

门铃响了。她抱着黎声，起身去开门。

站在门口的，是应邀而来的程肃清。

“程律师，快请进。”她忙退后。

“我今天还带了一个人来，你肯定很想见他。”程肃清说着，走了进来，他身后跟着走进来的高大男子，除了佟卓尧，还能有谁。

他看到她怀里抱着的孩子，喜出望外。再一次做父亲，他期盼已久，一瞬间，他和她之间的隔阂仿佛全部消失不见，此时此刻，他们只是黎声的爸爸和妈妈。

他抱着黎声，露出了这么久以来都没有出现过的笑容：“我有女儿了，真是个女儿，一看就是个小女孩。你真是太过分了，为什么不让我知道，我可是她的爸爸呀！”话虽如此，但他的语气里满是宠爱和欢喜，没有半点责备，即便是说着“你真是太过分”，那也是开心的。

“都是爸爸不好，让你少见了爸爸这么多天，爸爸一定好好补偿你和妈妈，等会儿就带你去见哥哥和奶奶，还有你佟桐姐姐。”他说着，望着曼君，似是在征求她的同意。

程肃清坐在沙发上，曼君给他沏了茶，也给佟卓尧沏了一杯。

“我回自己的家，你何必还给我沏茶？”他说着，目光却没离开怀里的黎声。

“程律师，这是我的进修申请，麻烦你签字提交上去。”曼君拿出早已打印好的申请表，递到程肃清的手里。

程肃清为难地看看佟卓尧，又看看曼君，这份申请，让他两难。

“我已经听程伯父说起了，你要去英国进修半年，下个月就走。曼君，你不觉得这太不实际了吗？黎声还这么小，你想进修，明年我陪你去，等我先把事务处理妥善，我有的是时间来陪你和孩子们。你暂时先别走，跟我回家，好不好？”他用温和的口吻和她商量着。

她这才转头看他，这是他进门后，她第一次直视他。他瘦了、黑了，胡须没有剃，青青的下巴，看上去很疲惫，肯定又是连夜工作喝了太多的咖啡和浓茶。

心疼，还用说吗？她说不出话来。

程肃清见曼君不吭声，便说：“这份申请表暂且搁在我这里，我也不签字，你们俩商量一下。我今天来，主要的目的还是想劝劝你们俩。之前的事，你们都没有对错可分，毕竟立场不同，可你们好歹要往前看，再往怀里看看。孩子太小了，你们做父母的闹一闹，可有想过最可怜的是孩子？为人父母，一切决定的出发点难道不都是孩子吗？”

“程律师，谢谢你，先吃饭吧。”曼君搬开一张餐椅，请程肃清坐下。

程肃清了解曼君的性格，情理上她比任何人都清楚，并且她也不是轻易就下决定的人，因为她比旁人更清楚自己内心想要的是什么。她也不是个糊涂之人，一经点拨就翻然醒悟。人不怕糊涂，最怕过于清醒。

“饭我就不吃了，你们小两口想说的话一定有很多，我就不打扰你们了。孩子还小，不能吵闹，你们俩可记住了。”程肃清告诫着，意指他们不要再争吵，免得吓到黎声。

“那好吧，谢谢你百忙之中还亲自过来，我送你。”曼君送程肃清出门。

等电梯时，程肃清说：“别任性了，就朝着自己的一双可爱的子女看，跟他回家吧。关于进修的事，他说得对，明年再去，就当一家人度假了，何乐而不为呢？”

“顺其自然，我不再苛求和奢望，你就别为我们操心了。下次我回律师楼，还有好多官司上的事要请教你。”曼君说。

程肃清点点头：“快回去吧，和他好好谈谈。”

曼君推开门，抬头就看见卓尧坐在客厅的沙发上，温柔地凝望着怀里的黎声，自言自语说：“爸爸盼了好久，总算把你给盼来了。你放心，爸爸一定会求得妈妈的原谅，你也要和爸爸一条心，替爸爸求情。”

“你还带了说客来？呵呵，以为这样就能皆大欢喜圆满解决问题吗？我下个月一定要走。”她说。

“我不准！”他斩钉截铁地回应。

他始终不明白，自己到底是犯了什么天大的错误，让她执意不肯原谅他。如果是他和江照愿让她生出了误会，那一定是她多心了，他怎么会对江照愿有任何想法。从一开始，他就对江照愿没有半点好感，甚至他故意聘请江照愿做自己的代理律师，也是暗下苦心。

他并没有往更深的层面细想。

他终是无法说服她。同她告别、说晚安，她都不回应，只是说让他稍等一下。她去了书房，在落了薄灰的书架上拿起盘香、檀香、沉香和两盒香枝。

他喜欢檀香，气味略烈于沉香。而她喜欢沉香，觉得更能使人心静、安宁。不过这些香时日已久，恐有受潮。再者，家中有婴孩，不宜用香。

她将香递到他手中，连同那尊在古玩拍卖会上他不惜高价竞得的宋代香炉也一起给了他。

“黎声在这里，香料不能焚点，你拿回去用掉。还有这个香炉，如此贵重，必要的时候。可以变卖掉。暂不说你我的事，现在公司一定需要不少钱，你就别再来找我了，我要是想你，自会去看你。你妈要是同意，就把黎回送到我这里，让我来照顾一段时间。”

他接过香，却把香炉轻放在鞋柜上。

“我送你的东西怎可卖掉，我还没有穷困到那种地步。”他说完，看着她，又道了声，“晚安。”

就如同他不会离开，和过去的那些夜晚一样，道一句，晚安。

未来的生命里，你将以何种身份与我说晚安？原来这份简单的亲昵，亦是难得的。

“佟卓尧的威力不可低估，你还为他担心什么，他肯定会漂亮地打赢这场仗的。就算Y楼成了烂尾楼，佟氏集团也不会垮。”多多信心十足地说。

“那也要看银行能不能把贷款批下来，好周转别的项目，又或者那个传说中的任临树这次能够出手相助。”曼君思量着。

多多摇头笑道：“那些我不关心，倒是你，你要是真去了英国，我估计他一怒之下会踏平你们律师事务所。”说罢，她还做了个踏平的手势。

“时间会缓解一切伤痛的吧。”曼君怀抱着柔软地散发着奶香的黎声，将脸轻贴在黎声的脸上，慢慢闭上了眼睛，脑海里都是卓尧的面容。林璐云肯定不会再原谅她了，可要她向林璐云认错，她做不到，也无法和林璐云住在一起。婆媳关系已彻底僵化。

她很想念黎回。

我们在人世中灌注情深，又渐行渐远，漂流疏离，直到惘然相忘。

第三章

只因你给了我短暂的美好，我便倾此生之力回报

燕去燕归，沧海桑田，倘注定有缘无分，亦感蒙赐初面。纵此生不见，平安惟愿。若得闲，仍念。

如果巴黎不快乐 —— 3

——“我发誓用全力爱你，不管你是何种形体。直到永远，永不忘记，这是一生一世的爱情。在我的灵魂深处，永远知道，无论发生任何事，我们都会回到对方身边。”

电影《The Vow》中的台词。

她坐在拥挤的地铁车厢里，列车微微晃动，车窗外的视线忽明忽暗，像是穿梭在光阴的两端。她戴着耳机，看着电影。人群中，她孤立地存在着。

这部影片，触动了她内心某部分说不清的情感。

她想起年少时失去双亲，独自求学，和他相识，一步步走到今天，所有的誓约都在岁月长河里流逝了。

曼君低头，尽管周围不会有人认识，可哭泣真是一件难为情的事。

走出地铁站，阳光耀眼。

“嗨，师父，真巧。”她听到那甜甜的熟悉的声音，慌忙露出笑脸，抬头看见手里提着一大杯冰镇可乐的何喜嘉。

“刚下班啊，这还没到夏天就喝冰可乐，当心感冒。如果在庭上流鼻涕，可就不好看了。”她疼爱地看着何喜嘉，这个父母年事已高远在异乡打拼的女孩。

何喜嘉穿着薄荷绿的上衣，浅色高腰牛仔裤，怀里还抱了一摞厚厚的资料，缩了缩脖子，吐着舌头笑：“我怕热。师父，你什么时候回来工作啊？江律师这些天心情不好，就没给过我们好脸色看。这下又弄了一堆案例让我们背熟，实习生早走了一拨了，就剩我一个了。”

“那你为什么不走呢？”

“我在等你啊师父，你对我这么好，又教会了我那么多东西，我不想离开。不过江律师那天和佟氏董事长的谈话，我无意间听到了一些，我想我应该要告诉你。”何喜嘉鼓足勇气说。

她们在地铁出口附近的咖啡馆坐下。

佟氏董事长，对她而言，是个陌生的称谓。以前她是佟太太，而此时，何喜嘉口中的佟氏董事长，只是一个称谓。因为之前她就不许何喜嘉再在自己面前说起自己和佟卓尧的关系，要求她以律师的水准来判断一个人的身份。而她应该明白，就算是从法律的角度，他也是她合法的丈夫。

何喜嘉四下张望，神神秘秘，像是怕被人发现了，光洁的脸庞因为急促的呼吸和刚进空调室内的原因，显得特别红润。这是张面若银盆的脸，干净得连一粒雀斑都没有。隔着近距离，曼君越发觉得何喜嘉长得可爱。

她故作镇定，或者说假装不在意更贴切。她点了两杯咖啡，几份点心和甜品，看了看手表，说："小何，别卖关子了，这里又没有旁人，黎声还在家等着我。"

黎声暂时由多多照看着，她出来去母婴店买婴儿衣服和纸尿裤，顺路去了一趟正清律师事务所，大家都下班了，她在自己办公室坐了会儿，便匆匆离开，也说不清在怀念什么。

"师父，最近记者盯紧了我们正清，江律师连给佟氏败了两次官司，损失惨重，但是，败得都莫名其妙，有失水准。就好像是谁挖了一个坑，让看似胜算在望的Case，稀里糊涂，各种古怪，就输了。师父你一定不知道，其实那个官司会赢，是因为佟董作弊。"何喜嘉说。

曼君惊了一下，迅速恢复微笑："他作弊？我不是很明白你的意思。"

"我也听得不是很清楚，在江律师的办公室，我听到江律师和佟董这样的对话。"何喜嘉说着，开始模仿起他们对话的场景。

"佟少，上一次和阮曼君的官司，我就输得莫名其妙，准备好的证言材料或遗失或被篡改，白白让她占了上风，不费吹灰之力就赢了官司。而这一次，又输了，我不得不怀疑——佟少，这和你有分不开的关系。"

"江律师，你应该很清楚，不管官司的输赢，我都会付你律师费，你没必要用这种语气和我说话。"何喜嘉模仿佟少，压低声音。

“你这样说，就是承认了，你为什么这样做，一连输两场官司，我之前都在媒体面前信心满满，你叫我以后怎么在正清做下去，怎么接Case。”

“我不需要向你解释。”

“那我是不是要向林总解释呢？”

“随你。”

“他们就说了这么多，佟董一脸不悦地离开了正清，我注意到，他路过你的办公室时，目光和脚步都停顿了会儿，我想他做这些，牺牲集团利益，都是为了你。”何喜嘉两只手握着咖啡杯，边喝边说着。

曼君叹息，轻声说：“小何，你也是他请来的说客吗？他做了手脚故意输了官司，听起来好荒唐，也不符合他商人的本性，他但凡真想费心做这些事，那为什么还要坚持Y楼的项目，到底Y楼有多大的意义？曾经的他，能够穷得一无所有和我一起在小渔村生活，而现在，他却为了利益和我相抵。”

“师父，我怎么可能是佟董派来的呢？我只是觉得师父你误会佟董了。我想，会不会是Y楼对佟董而言很特殊呢？如果他真的那么爱财，就不会故意输了官司，损失那么多钱了。”何喜嘉摊开手心，背靠在沙发上，有些无奈。

曼君抿了抿干燥的嘴唇，说：“你一定听错了，我们是凭自己的能力赢了官司。小何你记着，任何时候都不要因为别人的话来怀疑自己的能力水准，我想，是江照愿输了官司，不甘心罢了。”

何喜嘉点点头，只好说：“也许吧，我只是希望，师父你和黎回、黎声、黎回黎声的爸爸，一家四口幸福地在一起，冰释前嫌，不要再彼此误会了。江律师根本不会入佟董的眼。”

阳光照在曼君的半个肩膀上，使她感觉一半温暖，一半薄凉。她好像看见他坐在自己面前，穿着墨绿色西装，平心静气地喝着咖啡，朝自己微笑。

他真的是为了她故意输掉了官司？

同何喜嘉告别后，她走在街道上，心里想着何喜嘉刚才说的话。她不承认何喜嘉的观点，一是因为她并不想赢一个他拱手相让的官司；二是因为她怕自己会内疚，会马上追回他。

江照愿说会向林总汇报，也就是说她会将一切原原本本地告诉林璐云。

林璐云虽已退居二线，但实际仍拥有一部分的决定权。

她和林璐云的关系已经不可调和了，只要一想到差一点因为林璐云而失去了黎声，她就充满了深深的怨恨。可是恨又如何，林璐云始终是佟卓尧的母亲。

自从她们的关系僵化之后，她就再也没有喊过林璐云一声“妈”。她手指轻抚了一下鼻尖，内心酸涩。她隐约嗅到了自己手指上有他的气息，那一刻，她觉得他们离得并不是很遥远。

日落，冷风吹来，车辆疾驰而过。身后传来一个高昂的男声，在叫着她的名字。不用回头就知道，是林慕琛。

林慕琛穿着印花衬衫，系着黑色丝巾，换了新发型，看起来还是不学无术的富家子弟模样。他假装偶遇的样子说：“嗨，阮曼君，真巧，在这碰到了你，你怎么没开车？”

“旧症复发，视力不是很好，所以，坐地铁更安全一些。”她看看他别在身后的手，问，“你手上拿的是什么啊？还藏着，怕我和你抢吗？”

他笑：“哦，送你一顶帽子吧。那个，你最好不要吹风，以后会头痛的。”

“不是正巧碰上吗？连帽子都准备好了？”她接过帽子戴在头上说，“以前你是不是也给我戴过帽子？”

“你还记得啊，当时佟少还打了我呢。”林慕琛望向四周。

“他不会又突然冒出来打我一拳吧。”

曼君双手拢在怀中，看向远方，说：“那都是过去了，好怀念那时候的我们，就算不能在一起，可依然相信对方。”

林慕琛耸耸肩，仿佛变魔术一样，手在背后一晃，变出一个金黄色的橘子，递给她：“我请你吃橘子，很甜的。我小时候，再难过，只要一吃橘子，就会忘掉不开心的事。”

她握着橘子，放在手心凝视。卓尧，假使真的可以吃一样东西，立即忘记我们之间的爱，你会吃吗？我不会，即使我们到了这种地步，我也不想忘掉你，我要记住你，永远记住你。

她把橘子和帽子一齐还给林慕琛，冷冷地说：“谢谢你，我马上就到家了。”

“怎么，不邀请我去家里吃饭吗？我想看看黎声。”林慕琛很温柔地笑了笑。

她婉拒了林慕琛，只想避免不必要的误会。

再见，林慕琛。

她看到他脸上流露出隐隐的失落。

回到家，空调开着恒温，黎声已经睡着了。

多多的手指在手机上飞速按着，扭头对曼君说：“还没吃饭吧，菜是热的，赶紧吃。我干女儿下午可乖了，喝了奶就睡了。你说，我在这儿几天都舍不得她了，你又怎么舍得抛下黎回和黎声。”

“多多，够了，这几天你重复了太多遍，不是每个人都可以像你这样无视过去，轻易重新开始——我不小心听到的，你和袁正铭还有联系，他都是有家室的人了，你为什么还要和他纠缠下去，这样道德吗？”她质问多多，心里生出一阵莫名其妙的火气。

她说完这些话，立即就后悔了。她这是怎么了，也太神经质了。

“我和袁正铭，不是你想象的那种。我……”多多试图解释。

“对不起，我可能太累了，我去拿衣服洗澡。”她歉疚地说，想快点避开眼前的这一切。她站在黎声的婴儿床边，看着黎声熟睡的脸，肉肉软软的，想起也曾看过卓尧婴儿时的照片，此时的黎声，眼睛、鼻子、嘴巴，全都是卓尧的影子，只是饱满的额头略像自己一点。

她捂着嘴，无声无息地哭了。

在衣柜里找衣服的时候，来来回回她都没有拿出一件衣服，只是呆愣着。回想以前住在别墅那边，他有早起晨跑的习惯。每天清晨，他洗漱之后。进房间来换衬衫和西裤，她睁开眼听到动静，会赤着脚跑来开门。两人相视微笑，深深拥抱。他立在衣橱旁，她给他扣衬衫纽扣，扣下面几粒纽扣时，她会弯腰蹲下身子。拥抱过后，她就送他出门上班。等他走之后，她再吃早餐，晒晒太阳，听胎教音乐，给花园的花修剪枝叶。

这样温存的岁月，已不复存在。

想起何喜嘉说的那番话，细想在法庭上，从江照愿的神情来看，确实是突然发现丢失了重要的证言资料，才会不知所措。可江照愿毕竟是金牌律师，很快就遮掩住慌乱的面色。即使输，她也输得从容不迫。

他若真的默默做了那么多，那自己岂不是错怪了他？

她拿出手机，想给他打电话，想想有些不妥，又打开短信。她思忖着该如何表达，头又痛了，眼睛也有点模糊。编辑了半天，才写了这样一段话：你明天有空吗？我想见黎回了，也有点想你。之前是我太冲动了，明晚把黎回带来，一起吃饭好吗？

她默读了一遍，又删删改改。

正想发送出去，就听到黎声哭了。

她赶忙把手机放在床上，跑了出去。

好不容易哄好了黎声，她又匆忙吃了一碗饭。多多给她倒了一杯热水，忧心忡忡地说："曼君，如果你心里有什么，就一定要说出来，千万别闷在心里。你这样情绪化，什么都自己一个人承受，我真怕你会得产后抑郁症。"

产后抑郁症。

她无法控制自己的情绪，喜怒无常，时而堕入绝望的深渊，时而又渴望得到爱。尤其是看到黎声的脸，她就更加痛苦，恨自己不配做母亲，不能让黎回和黎声都在爸爸妈妈的身边。

"不会的，我怎么会得产后抑郁症。多多，我控制不住自己的情绪，我再这样继续下去，恐怕都不能做个好律师了。也许是流泪的缘故，我的视力退化了，这几个月卸了妆之后像是衰老了好多。真是难为你了，此时此刻，只有你在我身边，我还冲你乱发脾气，你不要见怪。"她抱歉地说。

"怎么会呢，只要你觉得发泄出来会好一点，那就发出来吧。其实我之所以联系袁正铭，是想从他口中问点有关佟少的消息，毕竟他们是好朋友。但袁正铭似乎有所隐瞒，不愿多说，我几番保证说绝对不会透露出去，他还是不肯说。Y楼，应该有个很大的秘密。"多多思量着。

"秘密？我是很疑问，他不是个把利益放在第一位的人，却偏偏对Y楼如此坚持，我不懂原因。大概是股东们给了他很大的压力，斥巨资建造的Y楼，直接关系到佟氏的生死，所以他就糊涂了。"她想不到还有别的原因。

多多拉着她的手说："我再继续问问，尽量多打听一些消息。听袁正铭说，林璐云在他妈妈面前说起过你，无非是两个婆婆在议论自己的儿媳妇。佟少夹在你和自己妈妈之间是很为难的。”

“我们三个人都有各自的立场，我并不想让他为难，我只是在做一个律师应该做的事。”

“曼君啊，你不仅是一名律师，你还是妻子、母亲。以前我没有家庭观念，自从见到你生下黎声，这些日子，我感受到了抚育一个孩子的乐趣和意义，这让我很向往。我真的很高兴能看到你拥有一双儿女，我好羡慕。”多多说。

曼君深呼吸一口气，是的，上天到底是待自己不薄的，给了自己可爱的黎回和黎声，又还想要什么呢?

“你忍心看到两个孩子从小就失去爸爸或者妈妈吗？跟随你们之间任何一方生活，都意味着他们会失去一份母爱或父爱。你想想，你们坚持所谓各自的立场，可最后受到伤害最大的，却是无辜的黎回和黎声。”多多直言。

曼君辩驳说：“难道孩子成长在那样的家庭里就是幸福的吗？唯利是图，金钱利益至上，缺失真善美……”

“够了曼君，你不是孩子了，你没有资格自作主张替他们来安排人生。忠于你自己的内心，别再为了你的追求执迷不悟了。也许你是高尚的，可你脱离了实际和你的身份。世上可以带来公平公正的律师很多，需要拯救援助的人也很多，但黎回和黎声的妈妈只有你一个。同样，你也只有黎回和黎声这一双儿女，这样简单的道理，难道你不明白吗？”多多一语惊醒梦中人。

曼君恍悟过来，眼角泛着泪光，激动地摇着多多的肩膀说：“我全明白了，你说得对，我和孩子才是彼此的唯一。官司已经结束，Y楼也停工了，我们的生活也该恢复到以往了。我这就去打电话给他。”

“快去找你的佟少吧，唉，很快又只剩下我这个孤家寡人了。我得找个城市，远离你们这些贤妻良母。噢，对了，你有一份快递，我放桌上了，你自己看一下，寄件人地址好像是佟卓尧的公司。”多多指了指茶几。

她走过去，就看见一个只能装些文件的快递信封。这会是什么呢？她心里也自恋地想，不会是他寄来的信吧，于是迫不及待地走进房间去看。只听见多多在她身后说：“什么人寄的呀，还躲起来偷偷看。”

她打开后，里面掉出了两张纸，上面赫然写着五个字——“离婚协议书”。

在这份离婚协议书上，明确写了孩子的归属问题和财产分割问题。黎回由卓尧抚养，她抚养黎声。至于财产，协议书上写明她是婚姻中的过错方和背叛者，所以她得不到佟家一分钱的财产，也就是说，她要带着刚出生的黎声净身出户。

若不是亲眼看见这离婚协议书上赫然签着“佟卓尧”三个字，她不可能相信这会是真的。就算是赌气说了好几次离婚，她也还没准备这些。而他，口口声声说要复合，却做出了这样决绝的事。

她坐在地板上，一旁手机上的那条短信显得那么讽刺。是天意，这条短信还没有发送出去。她真想立刻打电话给他，问他为什么要这样无情。难道他之前来这里说的那些话都是在演戏吗?

这时，手机屏幕亮起，来电人正是他。

她犹豫着接了电话，一言不发，只听到他的呼吸。她想，他大概也一定听得出来，自己的呼吸很急促，他应该还能从中听出自己愤怒且难过。

他打破了双方的沉默，故作轻松地说：“协议收到了吗？对不起，我临时有事去了北京，不能亲自送给你，只好快递过去。你看看吧，要是没问题，也签个字。”

她想，既然都要离婚了，自己还会为这点小事生气吗？他那么忙，忙到离婚这件大事也变得微不足道。她一只手握着电话，一只手捏紧离婚协议书。

她明明眼泪都在往下掉，却还是要装成没事人一样说：“嗯，我收到了，这样也好，省得我麻烦。你放心，我立刻就签字。我也很忙的，不能亲自送给你，所以也快递给你吧。我挂了。”

“等一下——”他急忙说。

她的手指停留在手机屏幕上的“挂断”二字上。

“你还要怎么样？”她用手背胡乱地擦脸上的泪水，她想自己一定哭得很难看。真是没用，一直都是她在闹着要分开，这下好了，他同意离婚了，她才彻底看清和明白自己的心有多痛。

卓尧，我不敢相信，有一天我们真的会分开。

过去历经了太多磨难，好不容易才结婚，黎声还不到两个月，他就提出离婚，他甚至选择了黎回，而没有选择黎声，那是因为，像这样的家族企业，都需要男孩来继承家业吧。

一想到孩子就无法控制眼泪，久违的心绞痛浮上胸口，她捂着心脏的位置，说不出话来。

这是对她的惩罚，惩罚她之前轻易把“离婚”二字说出口。可女人的一生至少要说三百次离婚，可又有哪一次是真的要离？无非是想看看这个男人究竟有多在意自己罢了。她素来聪慧，在他面前，也成了俗套的小女人。

“我在北京可能要待一个星期，或许会更久，你要是不想见到……她，你就把协议快递到我公司。我会说服她，做她的思想工作，让你见到黎回的。”他在电话里说。

她，指的是林璐云。

听得出来他在边考虑边说，却听不出他有半点悲伤。

她只觉得天昏地暗。

要是早知道真离婚的这一天，她会如此痛心，而他又是如此漫不经心，她会不会后悔和他生下了两个无辜的孩子？

“我是黎回的妈妈，在法律范围内，我也有权利看他。我不想黎回和黎声分开，等你回了上海，你要亲自好好照顾黎声。”她嘱咐着他说，然后快速挂断电话。真是怕啊，怕他会再打来电话说有什么需要补充的。

多听一句，她都担心自己会控制不住情绪而失了态，说出一些不妥当的话。尽管那些话在刚才就快脱口而出。

——为了孩子，我们是不是该双方冷静冷静，暂时把离婚的事搁置一边？

可她的自尊心让她说不出口，毕竟一直以来说要分开的人是她啊。

“阮曼君，这下你到底是满意了啊……”她伏在床边哭，泪水滴在离婚协议书上。这个家，终于要散了。

林璐云，如你所愿了。

从房间走出来，一双红肿的眼睛出卖了她。她无力地坐在沙发上，有些失魂落魄，端着一杯热水，却喝得寡淡无味。是啊，本身就只是一杯普通的水，还能要求有多甜。

多多抱着平板电脑，随意扫了曼君一眼，吃了一惊，说："你眼睛怎么肿成这样了，要不要我煮个鸡蛋给你敷一敷？寄的是什么东西啊，不会是一千万的支票，让你喜极而泣吧。"

"我真没心思和你开玩笑，因为世界末日要来临了。多多，你帮我问问袁正铭，查一下佟卓尧去北京的目的，去多久，同去的人还有谁。"她想知道他究竟和谁在一起，只是两天之隔，变化就这么大。

"难怪呢，刚袁正铭和我说，他在北京，要陪同十分重要的人物，估计他是和佟卓尧在一起。"

"那你快问问江照愿是不是也在北京。"

多多的手在屏幕上翻着，说："不用问袁正铭了，网上的照片都出来了，你来看。"

"我不想看，你直接告诉我吧。"

"姓江的也在啊，就在佟卓尧身边，还被记者拍了好多照片。真是的，我要打电话给佟少问个清楚，他和江照愿去北京做什么，不用拐弯抹角，直接问他好了。"多多查找着卓尧的手机号码。

曼君拿过手机，强装笑脸，摇摇头说："不要打给他，他刚才打电话和我说清楚了，我不想再问他任何话了。"

"哎，袁正铭回我消息了。他说，此番去北京的任务就是，陪好任临树，拯救佟氏企业。"

任临树，卓尧果真向任临树求援了。

这个唯一能够和佟氏抗衡的人。

"任临树怎么说，很难搞定吗？"

"佟少带了一个律师来，结果任临树在饭局上要求女律师喝三杯酒。可佟少不同意，他说如果自己的公司需要女人喝酒来得到资金的援助，他宁可不要。他就是这样古怪的人。"

这是多多和袁正铭的对白文字。

他很袒护江照愿，这跟何喜嘉说的那些根本对不上。连去北京见任临树这么重要的事，他都带着江照愿。呵，他是要重新开始自己的情感生活了吧，他是不是已经忘了自己已是两个孩子的父亲?

黎声在睡梦中笑出了声。

这么点点大的小婴儿，每天能睡上二十个小时，除了喝奶就是睡觉。

她羡慕这样的无忧无虑。

就算离婚，她也要把黎声留在自己爸爸的身边。并不是她自私不想抚养孩子，而是她不想女儿在没有父亲的呵护中长大。听起来像是个借口，她明白没有人能取代他这个做父亲的位置，但终会有人替代她，成为孩子们的妈妈。

江照愿这样的女人，不可能入得了佟家。

林璐云不会愚蠢到找个比自己心机还重的女人做儿媳妇。

她心中那个去英国逃避眼下痛苦的念头更加强烈了。虽舍不得黎回和黎声，她的心有如千刀万剐，但她必须去英国深造，这样才有机会获得在律师行业里继续立足的能力。

现在，已经没有哪家律师事务所敢要她了，除了正清。当然，主任也是看佟卓尧的脸色的。

一个公然背离所在律师事务所的原则，和自己丈夫打官司的女律师，这样不听从领导的安排，这样固执无情，即使再有能力，也没有哪家律师敢接纳了。所有的领导都喜欢属下服从自己。

想要好好养两个孩子、拥有工作、赚钱养家，她只有拿到更高的学历。

离婚协议上写了，她拿不到佟家一分钱。何况她也没指望分财产。他公司都已经陷入这么大的危机之中了，且是因她而起，她还能开口要什么财产。

黎回、黎声，等妈妈半年，半年之后，妈妈应该就会很强大了吧，这样就能赚很多钱来养你们了。

特别是黎回，一直过着锦衣玉食的生活，她怎么能够拖累孩子。就算不能再过那样好的生活，但也不能太差。在上海，单身女人如果没有一份好工作，薪水也不够高，想养两个孩子，谈何容易。她没有别的要求，只想半年后能够带着两个孩子一起生活，她希望他们不会跟着自己受苦受罪。

她本已搁浅的出国计划被快速提上了日程。

“你说什么，佟卓尧他同意离婚?这怎么可能！我和他爸爸是多年的好友，自从他进了佟家，才七八岁，我也算是看着他长大的。因为他自己的成长阴影，所以他对家庭很渴望。前阵子见面，他还说一定要挽留住家庭，其余的都是次要的。我见他说得情真意切，才会同意上门做说客。这该不会是曼君你想去英国而编出来的话吧。”程肃清不信。

曼君穿着姜黄色复古衬衣，黑色高腰中长包裙，很职场干练的装扮。她产后恢复得很不错，衣服的尺码也没有增大。她坐在程肃清面前，从包里拿出离婚协议书给他看。

“他都已经签字了，也在电话里说让我签字之后寄回公司给他，他是下定决心离婚了。程律师，我向来都敬重您，现在，我想去英国，恳求你推荐我去吧。我有两个孩子，我不去就会没有工作，可我要养活他们啊。”

程肃清一惊：“这签名是他的不假，简直难以置信，前阵子他还说放不下。难怪你能放下两个这么小的孩子，执意去英国，原来你是想独立抚养他们。工作的事不需要担心，正清只要我活着一天，就没人会让你离开。”

“是我自己没有颜面再待下去了，我不想再和他有任何瓜葛。再说了，我这次也给正清添了很多麻烦，把正清推上了风口浪尖，我很内疚。只有我离开正清，才是对的。”她垂下头，忧心地说。

程肃清拍了拍桌子，说：“好，去英国的事包在我身上，你准备准备。第一批的赴英深造计划就这几天了，我们这边苦于没有合适的人选，本打算放弃第一批计划的。现在既然你有难处，那我就交给你了。不过学成归来后还是要回正清的哦。剩下的时间，你把孩子安排好。孩子还太小了，半年啊，没有妈妈在身边。好在佟少很疼爱孩子，肯定不会让孩子受到半点委屈。”

曼君点点头说：“只能是这样了。半年后我就会把他们接回我身边，再也不分开。”

手续很快就办理妥当，程肃清应该是预料到她会去英国，所以出国申请和安排都早已准备好了。她是去英国一所著名大学的法学系进修半年。

她每天都陪伴在黎声的身旁，也深深想念着黎回。偶尔黎回会偷偷打电话给她，喊一声“妈妈”，说自己很想妈妈和妹妹。

她迫切想见黎回，在睡梦里都念着儿子。

要既不惊扰到林璐云，又见到黎回，能办好这件事的，只有一个人。

“林慕琛，我想拜托你帮个忙，对你这样神通广大无所不能的著名医生而言，这只是个举手之劳，你一定会帮忙帮到底的，对吧？”她先拍他的马屁，见儿子要紧，再说点违心的恭维话也没损失。

林慕琛果然爽快地答应：“你说吧，就没有我办不到的事。”

“我想见黎回。”

“这个，估计就这件事我做不到……最近姨妈很谨慎，前几次我带黎回出来见你，这小家伙回去之后都特别兴奋，见到了妈妈，那脸上简直都在放光，可能姨妈察觉到了。都不用你说，我还想找机会带黎回来找你呢，可都没有得到姨妈的允许。”林慕琛说。

她一听到这里就很火大，要不是林璐云唯利是图，金钱至上，她和卓尧也不会弄成现在这样。她想了一下，说：“可你绝对会有办法的不是吗？你的点子多，麻烦你最近一定要找机会把黎回带来我这里。那个人到底是你姨妈，只有你最有机会，拜托了。”

她只能依靠林慕琛了，照林璐云的性格，被Y楼的事气得火冒三丈，她要是亲自回家去看黎回，林璐云出于报复肯定会把黎回藏到另一个地方的。和林璐云这样的人还讲什么道理和法律，她只认为自己制定的规则和制度高于一切，可以凌驾于伦理之上。

母亲见孩子，天经地义。

多多没有再收到袁正铭的回复，看他个人网页的更新，应该是家里孩子发烧了，已匆匆从北京赶回了上海。

只剩佟卓尧和任临树还在北京。

多多这时也不再劝阻曼君去英国了。

“早告诉我嘛，原来你去英国是为了回来能更好地工作，更好地照顾孩子，那我就理解了。之前我还在想，你怎么就变成狠心的女人了？佟少也是，毕竟一日夫妻百日恩，就算他现在很穷，快要破产了，也不至于这么小气吧，离婚还一分钱不分给你。我和袁正铭分手，他还给了我一大笔钱呢。哎，对呀，你干吗要花这么大力气？你没钱，可是我有啊。我给你一笔钱，你做点生意，要不我们一起做生意，投资玩玩？”多多饶有兴趣地说。

曼君鄙夷地看着多多：“你啊，太不了解我了。我好不容易才能继续做律师，我不想放弃。工作的目的不单是为了挣钱养家糊口，也是要让自己快乐啊。我对做生意和投资丝毫没有兴趣，多枯燥啊，还是做律师更让我快乐。”

“天哪，你什么逻辑？我觉得你背那些条条设定死的法律条文才是真的枯燥。你做律师，几乎每个月都有不少于两次的法律援助，碰到一些官司还不接。就你这样的律师，能赚到钱吗？”多多嗤之以鼻。

“这叫追求，你是不会明白和体会到的。”

白天就在照顾黎声的忙碌中，还有和多多的调侃玩笑间度过了，她假装没事发生一样，照常生活。夜里，黎声睡了，多多也睡了，她独自躺在床上，想起过去的种种回忆，就不停地哭。她怕惊动了睡在隔壁的多多，便把头埋在被子里哭。黎声醒了，她还是照旧换纸尿裤，哄黎声入睡。

她很想他，他现在过得好吗？有没有和任临树谈成合作？

他要离婚，一定是恨她破坏了自己的事业，恨她再三说要走要离开他。

所以他来了个彻底的断绝。

世界上最无法理解的两个词，一个是分手，一个是离婚。

两个原本真心喜欢、情投意合且爱得死去活来的人，可以因为这两个词而一刀两断。过去一度是那么亲近恩爱，那么了解对方，怎么一句分手、一句离婚就能把所有习惯瞬间放下。请告诉我，该怎样在遇见的时候抑制住跑去拥抱他的冲动，该怎样把笑容都换成冷眼相待和形同陌路。

即使是朋友在绝交时都会舍不得，更何况曾是爱人。

只因你给了我短暂的美好，我便倾此生之力回报。

卓尧，有人说我笑起来和你很像。我捧着镜子端详了很久，直到脸都笑僵了，你的笑容还是没有浮现。我很难过，我们曾信誓旦旦地保证会爱一辈子的。

卓尧，祝你平安喜乐。

她开始收拾黎声的衣服和日用品，消了毒后装在包里。她会亲自把黎声送到卓尧身边，如果卓尧在她临走前还没有回上海，她就把黎声交给林璐云。到底林璐云是黎声的奶奶，会好好疼爱孩子的，就像疼爱黎回一样。

听林慕琛说，林璐云私底下找了他好多次，问黎声的模样长得像谁，有没有照片，是不是能吃能睡。听到林慕琛说黎声很像卓尧，林璐云得意得不得了。曼君想，也是该林璐云得意，两个孩子都是他们爸爸的缩小版。

离婚协议书拿在手里很久也没有下笔签字，她不知自己在犹豫什么。当初是哪个人再三说离婚的，那个不同意离婚的人都果断地签了字，现在剩下她依依不舍，有意思吗?

卓尧每天都会打电话来，在她冷漠的回应中，他只好把话题都围绕在孩子身上。也只有在问有关黎声的事时，她才会跟他说会儿话。

“你什么时候回上海？我想见你，有些事当面说清楚不是更好吗？”她的语气咄咄逼人。

“还需要一段时间。我也想见你，这边只要谈拢了的话，也就能解决公司的事了。你照顾黎声也很辛苦，不要太累着自己。”他周旋在性格冷酷古怪的任临树身边，煞费苦心，暂时依旧毫无成效。

她有时真想问他，为什么每天还打电话过来关心她，都要离婚了。可想想，离婚最初是她提的啊，她还有什么话好说的。所以那些成天把分手、离婚之类的词挂在嘴边的女人要引以为戒，男人有时是会当真的。

等我半年后回来，我要带着黎回和黎声远走高飞。佟卓尧，你以后还可以娶别的女人，而我只有黎回和黎声了。所以原谅我自私的安排，我去英国只是为了更好地独立抚养孩子。

林慕琛不知哪儿来的本事，不仅让林璐云同意他带黎回出来玩，还能让黎回在外面住一夜，这让曼君十分兴奋。她已经有好长时间没有搂着黎回睡觉，没有给黎回讲睡前故事了。

去英国之前，还能和黎回一整天待在一起，这也是意外的惊喜，她开心得都忘了问林慕琛是怎么做到的。

黎回穿着白衬衣和牛仔薄外套，林慕琛那条很潮的印花丝巾也系在了黎回的脖子上。小家伙一见到妈妈和妹妹，就开心地在房子里蹦蹦跳跳，还趴在黎声的婴儿床旁自言自语地和黎声说话。

“妹妹，你要乖乖听妈妈的话，快快长大，哥哥带你玩……我们的爸爸去北京了，北京我没有去过，爸爸很累，总是在叹气，就像是哥哥这样……”黎回边说边叹息，像个小大人一样。

曼君做了黎声爱吃的排骨瘦肉粥，小心地挑出骨头，想起卓尧曾说过的话——

“我说佟太太，你以后就不要去律师事务所上班了，全上海都知道你是金牌大律师，你已经赢了。回家吧，你只要带带孩子，出去旅行就好。别拼了，有时候你赢了官司我反而更担心，怕你会被跟踪遭到报复啊。”

“全职做佟太太吧，这样最舒坦，也最安全。”

那时，她替一名保姆打官司，被告是一名年过五旬的富商，有暴力倾向，虐打保姆，却反过来说是保姆盗窃家中财物。她没收取分文律师费，为伤痕累累险些要扣上小偷罪名的保姆做代理律师。结果她赢了官司之后就多次被人跟踪，走在路上还会被人故意往脸上泼可乐，有同样的人在不同的地点里来伤害她。后来还是他调查清楚了背后的缘由。

自从那件事发生之后，他就不想她再继续做危险的工作了。她这样当律师，被打击报复将会是常有的事。

可要她这个职业女性再去做家庭主妇，她很难适应。

现在，照顾儿女，做饭给孩子吃，反倒成了珍贵奢侈的事，就连做佟太太，也成了遥不可及的梦。

他终于放弃了她。

她迟迟下不了的狠心，他替她做了选择。

晚上，左边睡着黎回，右边睡着黎声，她觉得真是好幸福。

“妈妈，以后我可以每天都这样睡在你怀里吗？”黎回睁着大眼睛问。

“你等妈妈半年，妈妈啊，要学习，要读书，才能有好的工作，才能挣钱养你和妹妹。这半年，妈妈不能在你身边陪你，你要乖，听爸爸和奶奶的话，等半年后，妈妈就来接你和妹妹。”她尽量简单地表达自己的想法。

黎回又问：“妈妈是要走了吗？去哪儿？不带爸爸，也不带我和妹妹吗？”

“妈妈去上学，黎回你明年也要上学了。妈妈和你一样，只是妈妈上学的地方比你要远很多。你可以和妈妈打电话，视频通话，中途有假期的话，妈妈会回来看你，半年时间，很快的。”

“半年是多久啊，妈妈？”

“半年啊，就是等你长满整齐的牙齿时，妈妈就回来了。”

黎回咧开嘴，露出牙齿，手指着嘴问：“那妈妈，你看看我还差几颗牙就长满了？”

“妈妈数数看，还有四颗牙齿。”

“那我记住了，等我四颗牙都长出来了，妈妈就回来了……”黎回用胳膊搂着妈妈的脖子，安心过后，睡意袭上来。

身边的两个小家伙酣甜熟睡。

曼君难以入眠，让她如何能舍得这两个孩子，再多的坚强，在柔软的婴孩面前都不堪一击。她十分珍惜这样的夜晚，卓尧，倘若你也在，那就好了。

第二天一早，她给黎声喂过奶之后，就亲自下厨给黎回做早餐，烤面包、热牛奶、新鲜水果，还录了几段自己讲的童话小故事。

黎回吃得饱饱的，嘴角还有一滴牛奶，在她脸上亲了一大口。

“妈妈，要是每天早上都吃这样的，我一定会长得胖胖的。”黎回摸摸肚子，靠在沙发上，把妈妈做的早餐吃得一干二净，此时肯定有些撑了。

“小傻瓜，吃那么多，记得和妈妈的约定，再长四颗牙，妈妈就去奶奶那儿接你，然后每天都给你和妹妹做饭。在你四颗牙没长出来之前，你要听奶奶和爸爸的话，尤其是奶奶的话。”曼君说着，拿湿巾给黎回擦嘴巴和小手。

黎回像什么都懂似的说：“妈妈，我以前喜欢奶奶，可以后我不喜欢她了。因为她不让我见妈妈，我想妈妈。”

说着，小家伙的嘴就嘟了起来，走到曼君身边，偎依在她怀里。

再不舍，也还是要暂时分离。难道要她放下自尊，去求卓尧，求他不要离婚？她做不到。她闯了那么大的祸，彻底得罪了他的妈妈，他也不会原谅自己了。至今，她也不承认自己有错，只是对孩子，她有着莫大的愧疚。

前一天就答应林慕琛了，黎回只能待到第二天上午十一点，中午必须送回佟家。她打电话让林慕琛过来接黎回，他居然在电话里说有事不方便过来，让她自己去送黎回。没办法，她只得去了。临去英国前，她总归是要见林璐云一面的，还要把黎声拜托她照顾。

再次回到这栋郊外别墅，她俨然把自己当成客人。在家里做事的保姆见她走进来，张口习惯性地刚想喊一声“太太”，又被林璐云的目光给吓得咽了回去，慌慌张张地走了。

“我今天来不是和你吵架的，黎回奶奶。”她让黎回先去房间玩。

“改口改得可真快，不过‘黎回奶奶’这个称呼真是你我之间最恰当的称呼，我可当不起你这个背叛佟家的女人的婆婆。”林璐云冷笑讥讽。

曼君想到了黎声，不想和林璐云争执，于是说：“我要去英国了，他还不知道这件事，我没有告诉他。”

“不告诉他是正确的，他已经够烦了，为了得到任总的援助，他跑去北京，做了多少取悦人的事。这些都是因为你，你让我那原本骄傲的儿子失去了他的骄傲。你今天既然来了这里，我就实话告诉你，是我让我侄儿林慕琛找你的，黎回去你那里也是我的安排。是因为我心疼黎回，才会在你临走前让他见你。而黎声，我会亲自去接她。你就安心去英国进修，做你的大律师吧。将来孩子们大了，自然会忘掉你。黎回现在是记得你，可时间久了也就会忘了。你还会记得你三岁之前的事吗？黎声就更不用说了。说了不怕你难过，就算我儿子再娶一个女人回来，只要善待两个孩子，久而久之，孩子们也都会当她是自己的亲生妈妈，会忘掉你的。”林璐云冷笑着说。

这番话击溃了曼君，她踉踉跄跄地退后一步，捂住了胸口。

林璐云继续刺激她说：“怎么，受不了了？你害我损失了几个亿我都承受了，光说你两句，你就脆弱成这样吗？你放心，孩子们不会有阴影的，我会给他们找个好妈妈，一定会比你称职。”

“你是坏人——我不许你这么说我妈妈！”黎回竟没有回房间，而是躲在楼梯后面默默听着这一切。也许他并没有听懂，可他知道，奶奶的话一定让妈妈很不开心。于是他冲了出来，站在奶奶腿边，拿小手用力地推奶奶。

“哎哟，我的乖孙子，奶奶和你最亲了。这个人是坏女人，不是你妈妈。”林璐云哄着黎回。

“骗子，你是骗子，她是我妈妈，我要我妈妈，我要和我妈妈吃饭，我要长出四颗牙……牙牙……你快回来牙牙……”黎回转身走到曼君面前，紧紧搂着她的腿，号啕大哭。

林璐云气不过，问："什么牙牙！阮曼君，你到底和黎回说了什么？还有，离婚协议书呢？签了字就给我！"说完，她伸手要离婚协议书。

"我不明白你在说什么，就算离婚，也是我和卓尧之间的事，不需要你插手。"曼君手搂着黎回的头，安抚着他。

林璐云急得瞪眼，把黎回用力往自己身边拉，说："你想不认账是吗？是你让林慕琛告诉我，只要让你见黎回一面，和黎回在一起待一天，你就在离婚协议书上签字。我就知道你不会轻易放过我们佟家，我们到底是造了什么孽，娶了你这个祸害，毁了我儿子。你别碰我孙子！"

黎回吓得哇哇大哭，尽管被林璐云抱了起来，可双手还是牢牢抓住妈妈的衣服，哭得喘不过气来，嘴里叫喊着妈妈。

她的心都要碎了，恨不得马上抱着黎回走。

林璐云叫来了家里的厨师、保安、门卫，一行七八个人，把她"轰"出了佟家。好在她平时待这些人也不薄，他们只是在林璐云面前装装样子，出了林璐云的视线，就对她客客气气的，并向她道歉。

身后是黎回渐渐变弱的哭声，一定是被林璐云抱进了房间。

"拜托你们帮我照顾好黎回，不管他是感冒了还是拉肚子了，都要和我联络。我有你们的手机号码，如果我打你们的电话，麻烦你们让黎回接电话，谢谢你们了。"她哀求着，如同抓住最后的救命稻草。

保安小罗拍拍胸脯说："太太你放心，我肯定随时报告你，做你和小佟少的联络人。上次我妈生病，还是你托朋友在北京买药治好了我妈，你是个好人，一定会有好报的。"

这样的话很温暖，让她也稍微放心了些。

在佟家别墅门口又坐了一会儿，她才起身走。

再过三天就要去英国了，还要再经历一次分离。黎声还那么小就要送到这里来，她再不舍，又能如何？

她只能想着这里有专门的婴幼儿医生和营养师，会比自己照顾得更科学，更全面了。

她要很努力才能说服法官，将两个孩子都判给自己，可眼下自己连工作都保不住，又怎么可能得到孩子的抚养权。

去英国进修，有了更高的学历和工作经验的积累，就有希望。

这半年，怕是她有生之年最艰辛也最难熬的日子了。

骨肉分离，没有当过母亲的人体会不到。然而有关佟卓尧的一切，她都将深埋在心里。也许半年之后，再次相见，还会回到从前。

过去同他在一起的时间，现在都用来想他。

说绝情的话，做深情的事。

分开，是为了更好地重逢。

由于时间仓促，直到临行的前一天，她才办理好所有的手续。仓促之余，她也没有过多的时间去想悲欢离合了。只有一刻不停地忙，才是遗忘的最好方式。不过可惜的是，我们还有睡眠的时间，那些相忘的人就会趁着这个机会跑来梦中，占据我们的大脑。

第二天中午的航班，她准备上午的时候把黎声送回佟家。

那一夜，她彻夜无眠，黎声熟睡在她身边。她凝视着黎声的小脑袋，柔软的毛发，紧闭的双眼，偶尔嘴巴会做出吮吸的动作，偶尔会在梦中哭起来，她忙轻拍着，嘴里念着："不怕不怕，妈妈在这儿，有妈妈在，不怕……"

黎声，原谅妈妈的无能为力，也原谅妈妈的自私。或者妈妈从最初就不应该卷入Y楼的官司，不该和你的爸爸、奶奶闹翻，安安稳稳地过日子，给你一个完整甜蜜的家。可是妈妈做不到，可能换了现在，妈妈看着你，会后悔当初的决定。但在当时，你还在妈妈肚子里，妈妈真的顾不了那么多。

曼君想着，念着，再多的坚强，都会在孩子面前瓦解。

此刻，人的悲伤就像是没有上限和下限一样。

清晨的时候，她做了一个一定要给他写一封信的梦，就像是马上就要分开，还有太多的话要说，但时间仓促，怎么都来不及。好不容易找到笔，她却老是写错字，写着写着，很多话都字迹模糊，看不清写了什么，又换信纸重新写一封。这样反复着，地上扔了一堆废弃的纸团。直到一梦初醒，这封信还没写好。醒来后，她还是没能忘记梦中自己那万分急迫的紧张心情。

他们之间，多像扔在地上那揉成一团的信纸，舒展开来，是缠绵的情话，只是扔在地上，就成了多余的废品。

唯有在梦中，可以思念他，思念得那么坦然，那么大胆。

卓尧，想要远离你的心和想亲近你的心在打架。

他还不知道她要离开了吧，她的手机已经关机，不再等待他的电话。他还在北京，周旋于任临树的身边，就算放弃Y楼，也要赔偿股东们的大部分损失，否则就要宣告破产清算了。

对不起，卓尧。

没有我，你会更好地过自己的生活。

第四章

原来不爱我的你，就是我生命中最猛的一枚催泪弹

以笑拭泪，才是你离开时，
我最悲伤的表情。

如果巴黎不快乐

3

北京，早晨八点。

北方的春天，春寒料峭。他穿着薄大衣，坐在四合院里，看见天空中有鸽群飞过。记得曾和曼君说过，来生，要做一对鸽子，遨游天际。

鸽子是忠贞的动物，一生只有一个伴侣。

现在，他多想给她写一封信，绑在鸽子腿上，让鸽子飞回她身边，代为传情。

季东站在他身后，递过手机："不用飞鸽传情，打电话吧。"

多年的跟随，季东很是了解这位年纪轻轻就成为上市集团董事的心。

他握着手机，思虑着，像是想到了什么，便问："任总约我们今天在哪里见面？把行程安排好，等了这么多天，总算是有了好的进展。不出意外，今天应该可以谈拢合约，这样马上就能回上海了。"

"佟少，你已经迫不及待了。"季东望着他的背影偷笑。

"别以为站在我背后，就可以肆意取笑我。"他转身，笑着说，"你比我更迫不及待想见你的妻子。"

季东摆摆手："不不，这一点我肯定没有你急。"

"那还不出去，我要打个电话。"他笑道。

解决了重大的麻烦，感觉轻松了些许，恨不得马上签了合约，回到上海，回到曼君和两个孩子的身边。电话拨通，回复的却是那句无情的话：您所拨打的电话已关机。

本来就被焦头烂额的事弄得很疲惫，好不容易看见了希望，想马上告诉她这个好消息，却怎么也联系不上。

他继续拨打，隐约间，有不好的预感。

转念，他便打电话给母亲。

林璐云正坐在车上，接了电话，问："和任总谈得怎么样了？"

"谈妥了，今天上午签合约，下午资金就会汇进公司……"

"嗯，机票我给你订了，明天回来吧，在北京休息一晚。Y楼的事，我安排了个饭局，明晚和季东，在老地方，固定的包间，陪好客人，相信风头差不多也过去了，Y楼就能恢复开工了。"林璐云底气十足地说。

"我联系不上曼君，你们是不是有什么事瞒着我？"

"这我就没本事知道了，我哪有时间搭理她啊。她还不是在赌气，哪会管我们火烧眉毛，全公司上上下下几千人等着发工资。再不发，估计只有进集团多年的老员工会坚守，那些新进的员工会纷纷辞职跳槽。我们没有了好的职员，整个企业还有什么活力？你父亲手上传下的家业，可不能毁在我们手上啊。"林璐云看了看手表，故意拖延时间。

"既然想跳槽，那就放他们走，不需要挽留想走的人。"

林璐云笑："你明白这个道理就好，想走的人，就不要费时费力挽留了。"

挂断电话，林璐云对司机说："开快点吧。"

林璐云的到来，让曼君有些措手不及。

曼君站在门前，一手抱着黎声，一手拖着行李箱。

她身后的多多看到林璐云，立马板着脸说："你们有话好好说，我先下楼等你。有事给我打电话，我马上上来。"

林璐云环顾着房子问："这处房产，是在谁的名下？"

"在我的名下，我已经和中介公司联系了，会卖掉这套房子，钱会给你。"曼君说。

林璐云点头，说："这可是你自愿的，不过以阮律师这样敬业又大公无私的职业素养，相信很快就会成为王牌律师，到时候，这样的小公寓对你而言，简直微不足道。"

言语中尽透讽刺。

"以后，我不会再出现在你的面前让你碍眼了。"

"我是来接黎声的，否则，你以为我想来见你吗？"林璐云看着曼君怀里的黎声，伸手就要接过来。曼君下意识地搂紧了黎声，谁懂她有多么不舍得。还没有两个月大的婴儿，就将要离开妈妈。

“她怕热，不能穿太多，不然会长湿疹。她现在用的尿不湿是S码的，要再等一个月才能用M码吧，这个包里装的是我给她买的衣服，能够穿到七八个月大，暂时是不用买衣服了。”曼君说着，始终还是把黎声紧紧抱在怀里。

林璐云不耐烦地点头：“我们有专业的育婴师，会比你更好地照顾我的孙子和孙女，你就别管了。孩子是卓尧的骨肉，是我们佟家的血脉，你走是你的事，就算我再不待见你，也还是会全心全意爱我的孙子和孙女。往后你就放宽心做你的大律师，就当自己没有生下这两个孩子，也没有遇见过我儿子。”

曼君不再说话，低头望着怀里的黎声，小宝宝睁着大眼睛望着她，甜甜地笑着。她再也忍不住了，怀里这个柔软的小宝宝是自己的女儿啊，马上就要分离了，她怎么能不伤心。

不可思议的是，怀里的黎声见到流泪的妈妈，竟然不再笑了。她就像怔住了一般，望着妈妈的脸，仿佛在问：妈妈，你为什么哭，为什么这么伤心……

曼君再也控制不住，低头抱紧黎声，大哭了起来。

林璐云看了看时间，冷冰冰地说：“再给你五分钟时间。”

五分钟，短得一眨眼就过去了。

我的黎声啊，将来妈妈一定会亲自抚养你长大成人，再也不分开。此时此刻，和你分离就像是要了妈妈半条命一样。没有别的法子了啊黎声，想要得到你的抚养权，如果妈妈不努力，就无法争取到。

怀里的黎声也哭了起来，这让曼君的心更痛了。

“好了好了……别哭了，把孩子都弄哭了。她这么小，还什么都不知道，你走吧，别再回来打搅我儿子了，他被你害得够苦了。早知今日，当初我就不该动了恻隐之心答应你们在一起，也就不会让我们公司沦落到这种地步。你走吧，走得远远的，可真是大快人心啊……”林璐云决然地说。

曼君不想再浪费时间做无意义的争吵，还有什么攻击性的语言要比和黎声分开更具伤害力呢。

还有不到三个小时，她就要飞去英国了。

该松手了，曼君。

林璐云抱着黎声，像想起了什么，厉声问：“对了，别想一走了之啊，离婚协议书呢？”

“我还没有考虑好，等我再想清楚些。”

“没考虑好？你不是自己口口声声说要离婚吗？现在反悔啦？甭想，赶紧签字离婚，放我儿子一条生路吧。”林璐云不顾怀里啼哭的黎声，讨要着离婚协议书。

曼君隐忍着，伸手握着黎声的小手，黎声抓紧妈妈的手指，哭声才止住。

“要我签字离婚可以，两个孩子的抚养权我要争到手。”她镇定下来，说着最关键的一个要求。

“协议里是我和卓尧商量的结果，黎回归我们抚养，黎声归你，你居然痴心妄想要两个孩子的抚养权。凭什么？就凭你是口若悬河、信口雌黄的金牌律师吗？你就算是大律师，上到法庭，法官也不会把两个孩子的抚养权都判归你的。痴人说梦！况且，婚姻过错方是你。”

曼君坚持：“那我是不会签字的。”

“不签字？那你就是在耍无赖了。你最好老老实实的，否则，两个孩子的抚养权都不会归你，你信不信？想想自己吧，唯一在正清的工作，还是看我们的脸色赏你一口饭吃。你这样无情无义，背叛律师事务所，背叛自己的丈夫，就算赢了大官司，你看看全上海，还有哪家律所会聘用你？再者，这套房子也变卖了，一个没有工作，也没有房子的女人，法官会把孩子的抚养权给你吗？应该一个都不会给你吧，你自己掂量掂量好吗？”林璐云胸有成竹地说。

无房无工作无存款，别说法官不会考虑让她来抚养两个孩子，就连她自己，都万分恐慌不能给孩子好的生活。尤其是黎回，一直以来都过着锦衣玉食的日子，怎么能吃半点苦。

尽管黎回会说：“妈妈，只要能和你在一起，我可以不住大房子，不吃冰激凌，不买新衣服，只要能和妈妈在一起，就好了。”

可当妈妈的，谁能忍心看孩子跟着自己受苦呢。

“好，我签字，我签——”她一字一字地说，像是考虑了很久才狠下心来。

她从包里找出离婚协议书，想着他看到这份协议时会是怎样的表情，而他当初签下这份协议，签名一气呵成，找不到丝毫犹豫的痕迹。这个说好了和她永不分开的男人，当时心里在想什么？

卓尧，当初你那样千般百般待我好，可你有没有想过，将来有一天，你离开了我，我该怎么活。

她握着笔，在离婚协议上写下了自己的名字，犹如千斤重担。

好漫长啊。

林璐云终于拿到了自己期盼的那一纸协议，笑逐颜开："你放心吧，等你学成归来，黎声我自会送到你身边。当然，你要是遇到别的人想嫁了，不想要黎声，也行。毕竟你已经是离异的女人了，本就不怎么好再嫁人，还带个孩子，只会更不好嫁人吧。"

曼君无言。

林璐云抱着黎声走了，曼君双手扶着门框，手指牢牢抓着门。看着黎声消失在自己的视线中，她再无力气，顺着门跌坐在地上。几十秒之后，她突然像是被唤醒了一样，拔腿就跑，拼命按电梯，下楼，冲出单元门就往外跑。多多蹲在地上，看见曼君疯狂的样子，吓坏了，想抱住她，却失败了。看来眼下只能求助佟卓尧了，多多拿出手机准备发信息……

林璐云的车在缓缓行驶，她抱着黎声坐在车的后排，曼君跟在车后跑，想再看黎声一眼。

"怎么开这么慢，我叫你开快一点没听到啊，是不是要等我换司机你才明白我的意思？"林璐云不悦地说。

佟家的老司机崔师傅一直都受到曼君的恩惠，他女儿能够顺利去美国留学，也是曼君托人办的。

崔师傅停了车，眼睛红红地说："孩子的妈妈在后面追着，那么可怜，就不能再让她看孩子一眼吗？你要是嫌我不够资格做你的司机，那你就开除我吧，反正这样残忍的事我是做不出来的。"

"你说我残忍？我就不明白了，这个女人在佟家一年，究竟收买了多少人心？你们一个个不好好工作，全都敢冲着我给脸色。本来今天那个保安小罗弄坏了院子的自动门，害我出不来，我就够气的了，你是也跟着造反吗？！还不开车！”林璐云发起了威。

老崔干脆下了车，对着远远跑来的曼君说：“太太，别急，我们会等你回来。”

“真是的，这说的什么话，我快要被气死了，知不知道这个月你们工资都发不了就是因为她！”林璐云火冒三丈。

曼君含泪感激地点点头，哽咽着说：“谢谢你，崔师傅。”

林璐云隔着车窗，冷冷地说道：“还不放手，你再拖下去，可赶不上飞机了啊。”

曼君近乎哀求地说：“我能再抱一下黎声吗？”

北京机场。

季东阻挡在佟卓尧的面前。

“不行，不能就这么走了，和任总约定好的时间，如果我们走了，这合约可就毁了，再要想办法，就没有这么容易了。”季东劝说着。

卓尧厉声道：“多多说曼君就要离开我去英国了，我还管合同做什么！你留在北京，跟任总解释。”

“任总的傲慢性格你又不是不清楚，就我这样的小角色和他谈，他会买账吗？都费了这么大劲了，先签了合约再走，可不能功亏一篑啊！”季东冒死进谏。

卓尧转过头，笑笑：“你还真是胆大包天，连我的路都想拦，也不看看自己是什么身份！”接着就是一拳，不过拳头在快靠近的时候又停了下来。

“我不想对你动手，让开。”

“我不会让的，除非你签了和任总的合约。”

身后响起了掌声。

任临树居然来了，脸上是难以捉摸的笑容，说：“佟少果然是名不虚传的情痴，我今天倒想看看你有多么痴情。”说着，他向后伸手，跟在一旁的助理便将合约递了上来。

“只要佟少答应陪我喝一小时咖啡，我就签了这份合约，你们佟氏集团也就有救了。当然，佟少如果想要做情圣的话，那就当着我的面撕了这份合约，我们之间的合作作废，你就可以马上回去。”任临树说着，对身旁的四个彪形大汉保镖使眼色。

四个保镖将卓尧和季东围了起来。

“任总，这是在为难我吗？”卓尧沉着地说。

“堂堂佟氏少董，出门只带一个助理，都没有保镖的吗？”任临树挑衅道，对佟卓尧的不告而别很是不满。

“我可没有任总那么娇弱。”卓尧冷笑着回击。

任临树傲慢地说：“那我倒要看看，佟少是愿意做商人，还是做情圣？是和我一起喝咖啡呢，还是撕掉合同？”

“你以为这两件事我会很难选吗？”佟卓尧接过合约，当着任临树的面，从合约的中间撕开，再交到任临树的手中，没有一丝停顿。

江照愿远远地跑来，一改往日的孤傲庄重，在旅客匆匆的机场大厅中央，直跺穿着高跟鞋的脚，尖声道：“佟卓尧，你一定是疯了！”

任临树举起手，晃了晃手中被撕开的协议，不可思议地说：“我着实读不懂你，这么多天你煞费苦心、纡尊降贵地给我赔笑脸，可此时此刻，你就这么轻易草率地撕了合同，我怕你还没坐上飞回上海的飞机就会后悔。”

“我赶时间，请你的人让开。”卓尧径直大步走。

任临树的保镖往后退着，却仍旧包围着卓尧。

江照愿跟在任临树的身后连声道歉：“任总，真是对不起，我们董事长家临时有事，所以情绪不稳定，您千万不要放心上。协议的事我们回上海再约，反正都谈妥了，您看？”

“江律师，我很好奇，你和他是什么关系？连输了两场官司，你这样的败将，没资格和我谈条件。”任临树对她不屑一顾，双手别在身后，冷眼看着佟卓尧。

江照愿气得扭过头去，堂堂正清的大律师哪受过这样的轻视。

周围人纷纷投来好奇的目光，还有人举起手机，八卦地拍着照片。

卓尧停下脚步，站立在原地，回头对任临树说：“如果任总想惊动机场警察，我并不介意。”

“我给了你机会，是你自动放弃的。OK，good luck！放行——”任临树说完转身，极绅士地阔步离去，几名保镖这才紧随其后离开。

江照愿追上卓尧，正开口想说点什么，却被他给打断。

“我警告你，江律师，做好你自己的本分，否则我可以单方面解除我们的合约。”他说话间还在拨打着曼君的手机。

“林总的话，你完全都不放在心上了吗？好，那我就原原本本把我看到的、听到的转达给林总。”

……

身后的季东拦住咄咄逼人的江照愿，他的耳根才清净点。他快步朝登机口走，心想：曼君你不接电话，难道真的是像多多短信里所说的那样，已经登机要飞往英国了吗？我愿意放弃Y楼计划，只求你不要走。曼君接我一个电话吧，就一个。

可电话始终都是无法接通的状态，他只能以最快的速度赶回上海，看是否能在机场拦住她。

而此时的曼君，把黎声紧紧抱在怀里，泪水从脸颊滑落，林璐云在旁边催促着。纵使有再好的育婴师，她也无法安心。

可这又如何？

黎声最终还是被林璐云带走了，留下浑身虚弱无力蹲在地上埋头痛哭的曼君。之前的干练和坚强都退去了，这时候，她就是一个不得不和自己两个孩子分离的母亲，伤心欲绝。但航班不等人，她不能再停留了。

多多从她身后走来搂住她说：“我知道你很难过，我也很心疼你，可我们太势单力薄了，没有法子……”

“我一定要争取到两个孩子的抚养权。”曼君抬起头，隐忍着泪水的眼睛里充满了决心。

“走吧，打车去机场，我也要离开上海了，你走了，我在这儿连个朋友都没有。别问我打算去哪里，总会有再相逢的一天的。我应该还是会过着一手夹着香烟，一手握着红酒的生活，然后，孤独终老。”多多说着摇了摇头，长吁一口气。

“是的，这繁华，再美不过烟火。”曼君幽幽道。

“我算是混迹情场欢场多年的交际花了吧，可能我把这一辈子的欢爱都提前过了，所以，我现在算是看破红尘，无牵无挂了。在回上海之前，我特别特别想知道，曾经对我说会爱我到天荒地老、不离不弃，会娶我做他太太的那个人过得怎样，是不是像和我在一起的那段时间一样快乐。我已经看到了，他很快乐，都有孩子了。”多多泪眼蒙眬。

“别再想了，多多，还有，我自己也是，不要想了。今天的太阳这么温暖，第一次觉得，其实有没有他都没什么关系，没什么大不了的。我是不会灭亡的。”曼君努力露出笑容，和多多拥抱。

她没有让多多送自己去机场。

再好的朋友，也终有一别。

她坐在出租车后排，手心里是黎声用过的那块小手帕。窗外，这座城市的种种浮华一闪即过，就像是这几年匆匆流逝的时光。她登上了幸福的巅峰，然后重重地摔了下来，摔得面目全非。

不再奢求，顺应自然。

卓尧，我仍然记得你第一次在小渔村见到我和黎回时脸上的笑容，我大概这辈子都忘不了。本想走的时候再见你一面，可已经没有必要了。你人在北京，正做着违心的事，一定让你很为难吧。

曼君从包里掏出手机，抚摸着屏幕，手指轻按开机键，但最终还是放弃了。

她下了出租车，正想往机场大厅里走，就看见了靠在车门上的林慕琛。她不想理他，视若无睹地从他身边走过。他突然伸出手，拉住她的胳膊，眼睛并没有看她，仍注视着正前方。

“等一下。”林慕琛说。

她没什么心情跟他多话：“我赶时间。”

林慕琛看了一下手表，说：“三分钟。”

“你眼睛一直看着那边，你是怎么看到我来的？”

“余光。”林慕琛笑起来，一边嘴角上翘。

“你居然对林璐云说我同意签离婚协议，是不是话太多了点？”曼君想起林璐云之前说的话，不免质问他。

林慕琛故作冷静地说：“是你说想见黎回，不管我用什么办法的。我已经做到了，我姨妈那个人，她想做到的事一定会想尽办法，反正总是要签字的，不如借机会见黎回一面。那一纸协议只是，哄哄她的，没有什么效力。我来，是受人之托送东西给你的。”说着，他走到车子的后备厢，打开，从里面拿出一个玩具汽车模型，递给她。

曼君一眼就看出来，这个玩具汽车是卓尧送给黎回的，看似是个汽车模型，其实是支手电筒，还能发出警鸣声，这是黎回最宝贝的礼物。

“你儿子今早吵了我一个早上，非要我把这个拿给你。我的耳朵到现在都还嗡鸣，小家伙也太能闹腾了。”林慕琛揉了揉耳朵，痛苦地说。

她握着这个玩具汽车模型，黎回把自己最珍爱的玩具送给了她，而她却不能够陪在他身边。她把汽车模型放到背包里，对林慕琛说了一声“谢谢”，就不再多言，怕触动到自己内心努力对黎回和黎声抑制的难舍难分，往机场大厅里走。

林慕琛大声嘱咐道：“有困难就打我电话，觉得辛苦就回来。”

她不禁想到多年前自己独身逃往巴黎，卓尧也说过相似的话。瞬间，她有些恍惚如梦，仿佛梦醒了，他就睡在她身边，握着她的手，十指相扣。她坐在登机口的座位上，等待登机。不知内心在期待什么，她打开手机，看到并没有电话打进来，心里有说不清的失落。

阮曼君，你后不后悔当初的决定？她问自己。

从一个决定到下一个决定，一步步离他越来越远，好似陷入了一个连环扣，他们的距离逐渐拉大。彼此深爱又互相伤害，这才是最痛苦的相爱状态。他做得对，替左右摇摆的她做了了断。最可怜的是黎回和黎声，将要在单亲家庭里成长。曾经在一起的画面忽闪而来，那么亲昵，那么温存。再想一遍，还是会心动。

她给他发了一条短信：我马上要走了，你自己多保重。

最后还是用一句“多保重”代替了“我爱你”。

等待了数分钟，手机没有任何动静，她起身拿着登机牌和护照前去登机。

卓尧刚下飞机就直奔机场大厅，四处搜索着曼君的身影想要拦住她。他打开手机，之前因为一小时的飞行都处于关机状态。开机后，他想立即打电话给她，站在熙攘的人群中，他环顾四周，真想见她，带她回家。

“查过了，上午直飞英国的航班已经在办理登机手续了。”季东走来汇报。

“马上给我订下一趟航班的机票，让秘书长去我办公室把护照送过来，我一定要找到她，把她带回来。”卓尧说着，手抚着额头，闭上眼睛，诸多愁绪一齐涌来。怎么办，该怎么办才好？！

她真的离开了，像做了一场噩梦一样，说好的抵死缠绵，到头来还是要走。

手机跳出一条短信，是她发来的。看到短信的内容，他说不出话来，只是双眼慢慢模糊了。

林璐云带着秘书一起走了过来，从背后拍了拍卓尧的肩膀："儿子，不要为她难过了，她不值得你这样，还有太多事和太多人在等着你。你知道吗？她已经在离婚协议上签字了，还把黎声也送了回来，看来应该是早就做好了这个打算吧，不然也不会走得这么干脆利落。你跟妈回公司吧。"

他低头，难以置信地看着离婚协议书上曼君的签名，清晰无比，仿似一个千斤重且烧得火红的大烙铁猛地朝心中砸来，又沉又烫。短暂的窒息感后，他整个大脑一片空白，只剩下眼前的这个名字。

他并没有看到正在排队等候登机的她突然放下行李，从楼上一口气跑到楼下。身边的人都望着她，她偷偷绕过了安检，又回到大厅，远远地看着站在那儿好像在轻声哭泣的他。

是真的很想走上去抱一抱你，卓尧，对不起，我终究要离开你。

他也一定不知道，她临走之前，去了一趟他公司楼下，只为了感觉离他近一些，尽管心里清楚他不在。这样明明爱着还要分开，无论是当事人还是旁观者，都是痛苦的。

我们常常这样，在别人的爱情里做着爱情的专家，却在自己的爱情里做着爱情的盲人。

上海飞往英国的航线上，淌满了她的泪水。

他坐在车后座，一言不发，林璐云起先还在数落曼君的种种"恶行"，说了太多，他根本没有听进去一句，失魂落魄的。她从未见自己的儿子悲伤成这样，渐渐也就不再说话。

车停在了公司大厦的楼下，林璐云下车，卓尧突然拉上车门，对驾驶位的季东说："开车，去正清。"

后视镜里，林璐云张大嘴在喊些什么，他没有听清。

季东疑惑地问：“我们去正清还能做什么，曼君已经离开正清了，辞职都办妥了。”

“原来你一直都知道，却还继续让我在北京待着，为什么要这么做？”他声音一沉，带着被欺骗的愤怒。

季东显得很无奈：“对不起，林总嘱咐……”

卓尧一拳打在车门上，直起身子，吼道：“你跟了我这么多年，对我而言最重要的是什么，你难道还没清楚吗！”

季东一声不吭。

“再有一次就从我这儿滚——”他的声音缓和了些。

到了正清律师事务所，主任早带领着一行下属站在门口迎接。主任低头不敢看佟卓尧，能不能保住自己这个职位全凭佟卓尧的一句话。他从主任身边走过，看也不看一眼，只是扔下一句：“你，到办公室来！”

他站在曼君的办公室门口，推开门，步伐放慢。此时的办公室里空荡荡的，桌上属于她的东西都被带走了，仅有一些无关紧要的文件还整齐地陈列在桌上。他的指尖抚过桌面，缓缓坐下，坐在她过去每天都要坐的位子上，看着她每天都要面对的那些文书、文件夹。空气里似乎还残留着她的味道。

拉开抽屉，看到一张稿纸上写满了他的名字，还有“对不起”三个字。傻瓜，写这么多我的名字，为什么不当面告诉我？只要你喊我一声，不用说对不起，我就已经原谅了你。我无法原谅的，是我自己。

主任战战兢兢地敲门进来，低着头，额头上冒着细密的汗珠，等待接受惩处。

“我不打算追究了，你出去吧。”他只是简单地说了这么一句。

主任听到这句话，如释重负，赶紧出去，生怕走慢点会逃不出去。

他就这样一个人静静地待在她的办公室，直到何喜嘉轻轻推开了门，他抬起头，认出这个女孩就是之前跟在曼君身边的实习生。

何喜嘉有些胆怯，说：“佟董，您好，主任让我问您，午饭吃什么，哪家饭店，他来安排。”

他对何喜嘉招招手，示意她过来。

何喜嘉走到办公桌前，等待着他的指示。

“我想起来了，你是和我太太一起出庭的那个女孩吧，看来你和她关系不错。和我讲讲我太太之前工作上的趣事吧，或者，只要和她相关的，我不知道的另一面的，我的太太。”他说着逻辑并不是很通的话，就只是想找个熟悉她的人来重复这四个字——“我的太太”。

何喜嘉歪着头想了想，笑着说：“我想起师父……”

他轻咳一声纠正：“佟太太。”

“呃……佟太太有一次好机智，我们一起去吃饭，有份汤里有一只蟑螂，我正想叫店里的服务员来，结果佟太太对我摇了摇头，悄悄放了一枚硬币进去，然后才叫来服务员。我开始还不明白她的用意，当时那个服务员也不知该怎么办才好，就叫来了经理。那个经理倒是很爽快，立刻道歉，并答应马上为我们换一份，还送了一瓶红酒做补偿。过了一会儿，汤重新又端上来，太太当着经理的面，用勺子在汤里舀了一遍，发现硬币居然还在！我这才明白，原来太太早就料到他们肯定是把汤端到厨房去，捞起蟑螂又重新端上来，所以才放了硬币，这样那个经理就无话可说了。过了几天，那个饭店就因为厨房卫生环境差、饮食安全不达标被停业整顿了呢。”说着，何喜嘉笑了起来。

他偏着头，听到最后一句话，神情有些变化。

很快，何喜嘉就意识到自己说错了话，连忙补充道：“我师父就是这样，对事不对人的。她其实不是针对那家饭店，那家饭店现在又重新开了业，生意比之前更好了，所以佟董你不要想到Y楼上面去。”

“你在撒谎。据我所知，那家饭店已经关门大吉了，现在换成了一家咖啡馆。”他淡定地说。

“你怎么会知道？”何喜嘉吃惊地问。

那时他和曼君正处在僵持得最厉害的时期，他有一天坐在车里，在律师事务所楼下等她，看到她和何喜嘉一起走出来。她挺着大肚子，紧锁着眉，偶尔说话，看起来并不开心，然后走进了不远处的一家饭店。他下了车，走到饭店门口，隔着玻璃窗，看到了这一幕。

后来饭店被查封，其实都是他着手处理安排的。

“说说吧，官司的事。”他很想听一听，她真的有那么想赢了自己吗?

“师父是个好人，为那个可怜的母亲做法律援助。佟董，她没有错，你去把师父找回来吧，她还是爱你的。”何喜嘉恳求地说。

他摇头，哽咽道：“她……要和我离婚，她这样执着地离开，目的就是为了半年后和我再打一场官司。”

“什么官司？”

“抚养权。”他起身，轻拍了一下桌子，有些不舍地说，“去跟你们主任说，这间办公室不许任何人进来，我以后还会过来。”他说着，打开门离去。他不能被她一次次这样绝情地伤害，再不能了。阮曼君，你每一次都固执己见，可曾替我想一想，为什么要一而再、再而三地毁灭我的人生。

小漫画，你是我的灾难。

没有你，我失去了一半的大脑，可还有一半要继续处理余下该收拾的烂摊子。

我是不是该遗忘你了?

他回到家，将大衣脱下扔在沙发上，解开衬衣纽扣，第一件事就是去黎回的房间。黎回此时正趴在床边，看育婴师给黎声喂奶。他走过去抱起黎回，可爱的小黎回把食指放在嘴边做“嘘”状，随后又指了指黎声，小声说：“妹妹在觉觉。”

黎声闭着眼睛喝奶，有节律地吮吸着，她长得白白嫩嫩，看得出，曼君是全心全意在呵护黎声。

“荷姐，两个孩子以后就拜托你了。”他恳切地说。因为在意孩子，他一直格外尊重这位高薪聘请的育婴师。这位荷姐有着二十余年的育儿经验，她以科学育儿著称，孩子交给她，他很放心。

要是曼君在就好了，再好的科学育儿，也不及母亲的亲密陪伴。

他坐在一旁，黎回趴在他的肩头睡着了，嘴里还不时地念着“妈妈”。过去他和曼君憧憬着一夫一妻、一儿一女的生活，如今拥有了两个健康可爱的孩子，她怎狠得下心扔下他们远走高飞，决绝得就像他们过往的几年都是白过了。

阮曼君，我恨你，恨你搅乱了我的生活后扔下所有的包袱离我而去。你想要孩子的抚养权，你做梦！他在心里下定决心，对这个狠心的女人，他要彻底死心才好。

深夜，他还在书房里工作，电脑屏幕偶尔会因信号干扰产生波纹，他就会立即看手机，好像要在手机铃声响起之前就看到她的短信或来电。随即他又感到失落，她没有发来任何消息。他痛恨自己，她都这样践踏他的尊严了，他还在想着她。而她呢，每次相见都是一脸无情。但凡对他还有些牵念，就不会在离婚协议书上签字的吧；但凡对两个孩子还有些牵挂，她也不会一走了之吧。

他揉了揉太阳穴，从抽屉里拿出一包烟。自从有了黎回，他就戒烟了。再一次点燃烟，初抽的时候，猛吸一口，呛得他咳嗽起来。案上焚的檀香是从她那里拿回来的，有些潮气，断断续续灭了好几次。

他按捺着那股强烈想去找她的念头，抽身去工作。他眼前的烂摊子一堆，公司里人心惶惶，无论如何，当下首先要稳定人心，再寻找资金出口。Y楼不能放弃，他要打造东方第一商场。她既然不相信他建的商场，那他偏要建好给她瞧。

此时她在做什么？住得好吗？吃得习惯吗？会不会也像他一样，因为想念一个人而吃不下，更睡不着？

他开始恢复每天有规律的生活状态，早起陪伴两个孩子半个钟头，吃过早餐后，自己在房间里熨衬衫，想起她站在这个位置给自己熨了很多件衣服。

想起她，他整个人就会温柔起来。

眼下需要解决的问题绝对不是一方面的。公司楼下被Y楼所占土地的居民拉起了横幅，这些居民强烈要求要么拍卖Y楼，要么尽快动工以保护他们的权益。原因很简单，当初在签订拆迁协议时，佟氏集团承诺将会以低于门店租金百分之四十的价格将Y楼旺铺租给居民，并且安排一层楼作为他们的住宅楼层。目前这些居民都租住在市郊，尽管佟氏每月都会补偿五千元的租金，但这些居民显然想快点结束租房生活，搬进Y楼，拥有新的旺铺门店。

白底红字的横幅上赫然写着八个大字——

还我住宅，拒绝欠债。

林璐云为了集团的颜面，怕这些拆迁户闹事，私下给他们打了欠条，承诺按合同规定的Y楼开业日期，迟一天就赔偿拆迁户总利益百分之一的损失。但想必是有人在这些原住居民面前煽风点火，导致拆迁户们纷纷手握欠条，站在佟氏集团大厦楼下抗议示威。

保安全体出动拦住冲动的拆迁户们，而此刻有些人已经出言不逊，甚至领头的黄衫男子还喊出“冲进大厦”的口号。

他坐在车里冷静地看着这一切，打电话给江照愿：“江律师，来我公司楼下。”之后他照例从容不迫地走进大厦。他看都没看一眼这些胡乱叫嚷的拆迁户，不过是想要钱，人的嘴脸总是在金钱面前变得狰狞。他快速思考着，任临树是肯定不会有戏了，还有谁能在这个关头拿出一大笔钱呢，银行?

“季东，从现在开始，把我们之前合作的银行行长一个个约出来吃饭。还有，私下联系那个领头的黄衣男子，查查他的来路，不要声张。”他边走边吩咐。

职员见他来了，纷纷侧身站在一旁：“佟董，早上好。”

他微微点头，报以微笑。

一个女职员悄悄地说：“佟董一冲我笑，我就要晕倒了。你看，那个意气风发的佟董又回来了。你还说辞职呢，就算停薪，我也要在佟氏做下去。”

身边的男职员嫉妒地说：“这就是高富帅和矮矬穷在你们这些花痴心目中不同的待遇。佟氏有这么多花痴的员工撑着，走了我们这些男员工，照旧垮不了。要我说，作为男人，就不要来佟氏应聘，简直是自取其辱。凭什么同样是男人，我就是穷矬丑集一身，而佟董就是万千宠爱集一身呢。佟氏集团男性职员普遍晚婚，就是因为女职员都去仰慕佟董了。”

“咯——你们两位上班时间议论公司高层，是不是不想在这里干了？”江照愿冷着脸出现。

两个职员慌忙溜走。

不过江照愿很快就会心一笑，自言自语道：“看来他知道什么重要，什么不重要了。阮曼君，是你自己要走的，他没有去找你，显而易见，你不再是他的唯一。在他最危难之际，你逃离了，只有我对他不离不弃。”

这个优秀得近乎完美的男人，在江照愿的眼中，似已成为她的囊中之物。

江照愿走进了董事长办公室。

佟卓尧正在和两位股东商谈对策，江照愿在隔壁会议室坐下。十分钟后，他走过来，坐在会议桌的正上方，和江照愿隔着三米的距离，淡然地问：“那些拆迁户你解决了？”

“我随随便便解释了一下何为合法游行、何为非法集会游行，后果是什么，他们就散了。”江照愿得意地说。

他笑道：“同样的话，我们的保安也说过，但果然从江律师的口中说出来才有分量。”

“佟董看起来心情不错，那好，我今天是顺道过来，把林总交给我的协议，拿给你过目签字的。”江照愿递过来的，是那张林璐云握在手中的离婚协议书。

他瞄了一眼，果断地说：“我是不会签字的。”

“她都果断签了，你还念什么旧情！你难道不恨她吗？是她把你……”

“这是我的家事，还轮不到你说话。江律师，不管我恨不恨她，我都不会看你一眼。”他说完，起身离席。

江照愿不服气地说：“你如果对我没有半点好感，在北京，宴请任临树的饭局上，你为什么不让我喝酒，要为我挡酒？”

“我只不过是单纯地觉得不应该让女人喝酒来达成我的目的，我不喜欢喝酒的女人。”他说着，心里就想到了曼君。她呀，还会不会独自一个人喝酒喝到痛哭？她过得好吗？

“你要看清，在你最困难的时候，是谁陪在你身边，谁又离你而去。”江照愿自幼学习芭蕾舞和小提琴，身形曼妙，职业装让身体线条凹凸有致。她对自己很有信心，就如同她当初说的：阮曼君，你和我比，你唯一可以骄傲的就是你的男人是佟卓尧。

“江律师，我有支付你薪水，我希望你能站在自己的位置上，不要说不符合你身份的话。”他不再多言，起身走出会议室，只留下一脸委屈的江照愿。

他不愿再提及和阮曼君有关的一切，身边的人也渐渐心照不宣。他冷静得出乎所有人的意料，每天都在为公司的事奔波，也亲自去赴那些银行领导们的饭局。只是所有的贷款加在一起，都远远不及公司需要的资金，更不能安抚那些拆迁户躁动的情绪。他需要的是更大一笔资金，目前，只有任临树财力雄厚，能够帮助他，但已经是不可能了。

季东也只查出游行队伍当中为首的黄衣男子并不是拆迁户，暂时还调查不到该男子任何的有效信息。

他靠在沙发上，感到心力交瘁。每每累的时候，他总会想起她，想起她修剪花枝时侧着脸对自己笑的样子。什么才是真正的爱？应该是你努力想不去爱、不去想她，但还是会爱、还是会想，到了连自己都控制不住的地步，就是真爱了吧。

“这世上很多人能够做到和谁在一起都能过得幸福，都能相爱，可是我不能，我做不到。我不能理解相爱的两个人一旦分开，还可以各自交往新的伴侣，过新的生活。我只想和她度过我的余生。”

这是他在工作簿里写下的一段话，在夜深人静的时候，他趴在办公桌上，孤独和煎熬包围着他，他无法不想她。

愚人节那天，他拖着疲惫的身躯回到家。刚上楼，一阵风吹来，他闻到了熟悉的味道，是属于她的香气。他顿了顿，突然想会不会是曼君回来了。他大步冲上了二楼，一间一间房地寻找她的身影，心中那种期盼越来越强烈。结果在他们的卧室梳妆台底下，他看到她最爱的那瓶香水碎了，洒了一地。

他莫名恼怒，叫来倪管家：“我说过多少遍了，不要进我的房间，不许碰我的东西，为什么不照做！是不是要我把你们全都辞退了！”他沉着脸。

倪管家只好说：“佟少，这点小事不值得动气，我马上找人来收拾，再去查查到底是谁打破了香水。”

卓尧不作声，低头看着地上的香水瓶碎片，说不清是因为空欢喜一场的失落，还是因为生意上的屡屡不顺。他坐在沙发上，皱紧了眉，旁人很难猜到他的心思。

林璐云走了进来，气定神闲地说：“我当是怎么了，这点小事，至于对倪管家这样发火吗？有火冲我来发，是我让人打扫你的房间的，有些不用的东西就该丢了。”

“你有什么权利处理我房间的东西！”他站起身，迎面对峙林璐云。

“就凭我是你妈！”林璐云双手叉腰双目圆睁。

他知道，在和母亲的争论上，他永远赢不了她。就因为她生了他，并且她还有严重的心脏病。

“倪管家，你出去吧。”他声音减弱，像是失去了所有防御，卸下了沉重的盔甲，等着被远远刺来的矛直插心窝。曼君就是那支矛，让他的心里时常一阵阵发酸。

心脏仿佛多了一种会流泪的功能。

林璐云以一副胜利者的姿态，得意地说：“倪管家，叫人把地上的玻璃碎片扫干净，免得扎到孩子。”

“不用了，我自己清理。以后不许进我房间。”他说这话时，眼神黯淡，一脸的落寞。

等林璐云和倪管家出去之后，他才弯下腰，捡起地上的一片片香水瓶碎片。房间里满满的香气，让他想起他们从前一起出去吃饭前，她都会往空中喷两下，然后在香水的雾气中旋转身子，笑着说：这是香水舞，你也来跳呀。她说着，就会把他也往自己身边拉，所以他身上不时也有她的香水气味。

渐渐地，这种气味就能够代表一个人了。

他蹲下来，坐在地板上，低喃着说：“我就知道，怎么会是你回来了？今天是愚人节，真像个笑话。你为什么不回来，甚至连个电话都不打给我。我始终想不明白，是什么让你变得如此绝情。”

曼君，你过得可好？

半年之期，却仿佛如此漫长。

日子就这样在重复着思念和不停地应酬中度过，有时陪那些领导，他总是一脸不食人间烟火的淡然，一旁的袁正铭只能尴尬地说：“他呀，和庙里的和尚一样清心寡欲了，我们玩我们的，不用管他。”

一旁倒酒的服务生也只敢远观，不敢靠近他。即使他身上散发着强大的吸引力，但同时也具备着更大的排斥力，就仿佛这个男人光芒万丈地坐在那里，却透着拒人千里之外的波光。

他努力违背自己的内心去迎合一些人与事，当然，这也取得了不少进展。Y楼原本被法院查封暂停施工，现在有希望五月恢复开工，这算是个很好的消息。他像是要竭力证明什么给她看，即便她在遥远的地方，他也想证明自己并没有错，Y楼是完全符合安全标准的。

眼下独缺资金，而拆迁户隔三岔五还是会来闹事。事不大，但像只蚊子“嗡嗡”地飞来，这里叮一下，那里叮一下，让人很烦。

他开车路过商场，特意停了车，走进商场，找到那款香水，买了一瓶带回家，重新放在原来的地方。林璐云将曼君没带走的衣服和用品都扔进了储物间，他悄悄进去把属于她的物品又一件一件拿回房间，回归原位。

夜晚总是会失眠，他就靠着她留下的这些物品来安慰自己。

每天早晨睁开眼就会想起她，他的情绪会不断变化，从难过到愤怒，再到自责，最后只有想念。

怎么能不想她，又怎么能不怪她？

曼君，只要你回来，我愿意和你重新再爱一次。

他不信她不想念自己。

黎回又学会了很多新词汇，有时候还会说长长的流利的句子，黎声也会伸手抓东西，会盯着人看，甜甜糯糯地一笑了。他总觉得黎声的笑容很像曼君，神韵相似。

一天下午，他从花园里走过，匆匆忙忙要往公司赶。只是很奇怪，向来稳重的佟家司机崔师傅却躲在花园一角在打电话，听着像是在说“太太放心”什么的。他一惊，怔住了，听到任何可能与她有关的事，他的神情就会变成这样。

他停下脚步，站在一棵枫树下，悄悄听着崔师傅打电话。

“太太，家里都好，两个孩子都健康。是呢，小的那个都认生了……不不，你是她妈妈，她肯定不会对你认生的，大的那个很有礼貌，看到我都会叫我崔伯伯，嘴巴真甜，有礼貌又懂事。他呀，佟少瘦了不少，我听季经理说，公司的事那边还闹着呢，法院也没松口，他应该很烦吧。”崔师傅显然是在和曼君打电话。

他心里一阵狂喜，尽管面上还是装得很平静。

她居然还在家里安插了眼线？其实何必绕这么大的圈子来问外人呢，直接打电话问他不就好了。

他轻轻地离开，那一天心情格外好。晚上还主动对开车的崔师傅说了一声“谢谢”，弄得崔师傅受宠若惊，暗暗地想：我在佟家开了二十多年的车，就没听过佟少对谁说过一声谢谢。哈哈，今天是怎么了，他居然有了笑脸。

曼君离开已经整整一个月了。

这一个月，他总算是走过来了，也能够略微适应见不到她的每一天。

他居然有了错觉，以为只要半年一到，她回到上海，他们就能重新开始，就当从来都没有那么多的误会，她只是出去进修了半年，并不是离开他。他数着日子过，等待着她半年后回来。

如果不是紧接着黎回生一场重病，他是真的会抱着这种期待一直等待她吧。

那场病，毫无征兆，又来势汹汹。

第五章

温山软水繁星万千，不及你眉眼半分

安安静静结束你我之间过去的缠绵。你知道吗？不吵不闹，放你走，是我给你最后的温柔。

3 如果巴黎不快乐

一天夜里，荷姐急促地敲着他的房门，慌张地说：“佟少，赶紧来看看黎回，这孩子高烧不退，都烧到39.5度了。”

他随手套上一件大衣就跟着荷姐去黎回的房间。他清楚，能够让有着多年育儿经验的荷姐如此慌乱，一定不是简单的小病。他的心被揪得紧紧的，祈祷千万不要有事，黎回还那么小，怎么承受得了。

房间里，黎回静静地躺在床上，小脸蛋烧得通红，眼睛闭着，额头上贴着退热贴，看来荷姐已经给黎回进行物理降温了。他心疼得不得了，宁愿这病是在自己身上，哪怕是严重十倍，他也不愿黎回的小身体被折磨。

“荷姐，现在怎么办，是不是该送医院？”他抱起黎回，搂在怀里，用下巴贴着黎回的头。

荷姐拿起桌上自己记录黎回二十四小时之内发烧温度情况的本子说：“照目前看，物理降温起不了作用，我怀疑是小儿肺炎，还是去医院治疗最好。”

肺炎，在他听起来是很吓人的，因为从出生到现在，黎回一直都很健康。他抱着儿子就往外走，荷姐拿着黎回的盖毯跟在他身后，匆匆上车，往医院疾驰而去。

到了医院，挂了急诊，怀里的黎回仍处于高烧昏睡中。医生检查之后，做出的诊断和荷姐是一样的，急性肺炎，必须立刻住院治疗。

躺在病床上的黎回，穿着小小的病号服，紧紧握着爸爸的手，嘴里不停地在喊：“妈妈……妈妈……我要妈妈……”

这使他心如刀割，儿子病了，她再忙也总该回来吧。他想起崔师傅上次有偷偷和曼君联系，于是立刻让倪管家去找崔师傅要曼君的号码。大半夜里折腾了一番过后，崔师傅风风火火地赶来医院，带来的消息竟让他的心落到了谷底。

“对不起佟少，太太之前确实有打过电话回来，不过那个号码是公用号码，她也只打过两次，问我两个孩子的情况，我都是如实相告，其他的我真的什么都不知道。”崔师傅紧张得满头大汗。

他沉默片刻后，说：“很晚了，你们回去休息吧，我一个人在这里就好了。”

荷姐握着手机说：“林总说她一会儿过来。”

“不用了，你告诉她，孩子需要的不是一个充满控制欲的奶奶，而是自己的妈妈。”他说完，眼睛看着黎回，再也没说话。

他守在病床边，每隔几分钟就把湿毛巾放到水里重新揉一遍，再搭在黎回的额前，一夜就这么重复着。直到护士告诉他，已经从高烧降到了低烧，他才稍稍放心。至少要住院一周，在这期间，他想放下一切事务，好好在医院陪着黎回。

清晨的阳光照在黎回的脸上，他坐在一旁看着，有些困倦，但意识里没有一点想睡的念头。这一夜，黎回不知迷迷糊糊喊了多少声妈妈，他想，如果曼君能够出现在病房里，那该有多好。不管是黎回还是他，都会万分欢喜和雀跃吧。

她却这样执着地走了，杳无音信。

他握着手机，查看通信录，想着谁还会有她的联系方式呢？第一个想到的当然是李多多，马上打电话过去，传来的却是用户已停机。翻来覆去，他突然发现，原来自己和她的交集并不多。他深爱着她，却没有真正走入她的世界。与她有关的人那么多，他竟然也只有李多多一个人的电话号码。

最后，他不得不一大早就打扰程肃清的美梦。

他在电话里抱歉地说：“程伯父，还在休息吧，打扰了。我想问问正清派去英国进修的大学那边的联系方式，方便给我吗？”

一直以来，他都是非常敬重程肃清的。

“好好，没事，不打扰，我一会儿去律师楼就把号码发给你。哦，对了，曼君在英国生活得还习惯吗？”电话那头的程肃清的声音还是那样朗朗有力，看来是在晨练中。

“习惯，就是有些想家。”他也不知道自己为什么要这么满是幻想地回答。可能是不想被人知道他被她甩开了，甚至连个电话和招呼都不曾有。

是啊，他差点都要忘了自己的骄傲和自尊。

在焦急中，他等到了程肃清发来的一串号码。他先给醒来的黎回洗了脸，换上干净衣服，又喂了水和白米粥，看护士进来挂水、量体温，一切安排妥当后，黎回又渐渐睡着了，他才轻轻合上门，站在门口拨通那串号码。

电话接通后，他用流利的英文简单说明了情况，当他问到要找该校一位从中国来的律师阮曼君时，对方居然回应说，这个学生并没有来校报到，而是办理了退学手续，之后的情况就不清楚了。

他握着电话，哑口无言，内心却无比焦急紧张起来。她都去英国一个多月了，竟然没有在进修的大学学习，那她究竟去了哪里？这样音信全无，她是不是安全的，又会不会发生什么意外？

漫画家到底是漫画家，幻想无边，脑子里很快就闪过好几个惨不忍睹的画面。他紧张得要命，站在病房门口，从未有过这样的六神无主。即使公司面临那么大的问题，他也没这么慌乱。她太坏了，无情地走了，还留给他这样大的恐慌和担忧。

是要立刻去英国找她，还是怎么办？联系驻英大使馆？他想着对策，看似条理清晰，实际一片混乱。

"佟董，你好，一大早你怎么在这儿？"身后传来一个年轻女孩的声音，他循声望去，是曼君非常喜欢的徒弟何喜嘉。

可能是因为眼前的这个女孩是他深爱的曼君很喜欢的人，他也就对她生出了些许好感，露出了温和的笑容，说："我的孩子病了，在这边住院。你呢，来看医生吗？"

"啊！孩子病了？是黎回还是黎声？怎么样？不严重吧？"她说完才反应过来自己的态度过于热情了，有些不好意思，于是接着说，"我参加了福利院的志愿者活动，负责照顾的一个孤儿得了肠炎，所以我就陪着来医院了。"

他点头赞许地说："我太太果然没看错人，你是个热心肠。黎回没事，烧退了，轻微肺炎，住院观察一下。"

"需要我帮着照看黎回吗？我和师父在一起时，和黎回见过几次面，他很可爱，我也喜欢他。"何喜嘉热情地说。

"不用了，我会在医院陪着他。只是，他很想他妈妈——我忘带手机了，你能打电话给你师父，让她回国来看看黎回吗？她那么喜欢你，不可能没给你电话。”他撒了谎，因为他不希望任何外人知道自己连她的联系方式都没有了。

出人意料的是，这个方法很奏效，何喜嘉轻松地拿出手机，说：“好的，我来打，这时候英国应该是凌晨吧，师父肯定还在睡梦中。”

他努力掩饰着激动的心情，静静等待电话的接通。

“通了通了。”何喜嘉做出一个“OK”的手势，甜甜地笑了。

“喂，师父，你在英国好吗？还在睡觉啊，我很好，主任没刁难我，我已经转正了呢。嗯……嗯，我会努力的。呃……师父，是这样的，你方便回来一趟吗？我听说，黎回生病了……不严重，不严重，你放心，就是黎回很想妈妈，他想见你……你没时间啊……那只能这样了，下次吧……”何喜嘉沮丧地说着，朝佟卓尧看了一眼。

佟卓尧忙指着自己，意思是自己要听电话，亲自和曼君说。

“师父你等一下，佟董有话要和你说。”何喜嘉说着，几秒后，她放下电话，失落地说：“师父一听你要接电话，就挂了。”

他拿出手机，说：“把号码报给我，我来打电话给她。”

何喜嘉翻动着手机，糟糕的是，手机居然不早不晚这时黑屏了，任凭她怎么按，就是毫无反应，她都快要急哭了，说：“这部破手机也太不争气了，偏偏这时候坏了。怎么办？号码还是朋友给我办的，他人在国外，我也查不了电话单。”

“你能不能想起一点她号码的数字，哪怕是尾号几位？”他焦急地说。

何喜嘉使劲想了想，无奈地摇了摇头。

“想不起来就算了。”他心中的滋味无法言喻，他不敢相信曼君怎么会变成一个连孩子病了都置之不理的冷血之人。

这时，手机响了，是季东打来的电话。他接通：“季东，我在医院有些事，公司那边你先看着。”

“佟少，这次无论如何你都要来公司签合同，任总答应无条件给我们资金了，并且利息比银行的还低，真是雪中送炭。你快来，合同一分钟没签，都会有变动的可能。”季东兴奋地说。

他难以置信，问："你没发烧吧，这怎么可能？"

"是真的，佟少你赶紧过来吧，任总正在贵宾室等着你，我先招待一下。"

看样子是真的，不过他还不能高兴得太早，对于向来难以捉摸的任临树，不能轻易看表面。不过此时他必须先赶回公司，可黎回还在打吊针，现在临时通知荷姐来医院似乎又有些来不及，于是他看向了何喜嘉。

"能帮我照看黎回吗？就上午这一会儿，等会儿黎回的育婴师就会过来的。"他说。

"没事，没事，有我在这儿行了，你去忙你的。"何喜嘉笑着说，还有些羞涩，低着头不再看他。

"那就拜托了，谢谢你。"他从病房的窗户看了黎回一眼，便匆忙往公司赶。

他在开车时才想起自己刚刚有多糗，他一面装得很酷地说自己手机没带所以打不了电话，而不久之后又拿出手机问何喜嘉曼君的电话号码，真尴尬。

这个何喜嘉，难怪曼君会如此喜欢，真是个善解人意的女孩，居然没有拆穿他，不露声色就当什么都没察觉。

他在内心称赞——我的小漫画啊，还是那么有眼光，她喜欢的人，从来都没有错的。

瞬间，他又想到她竟然不回来看黎回，还一副一点都不紧张的口气，也没透露自己在英国的哪个地方，为什么没有如约去大学报到，种种疑团，这时候都来不及想了。眼下最重要的事是弄清楚任临树的目的，只要能够合作，签好合同，Y楼就能顺利开工了。

爱使人矛盾，使人在悲与欢之间游离。

如果你恨了一个人很久，听到了有关这个人的消息，还是会欣喜若狂，那是因为，所有的恨，不过是掩埋爱的一层薄沙，风一过，深爱就会显露出来。恨是因为对方的不联系、不来往，一旦对方伸来手，我们就会立刻忘了曾经的痛心疾首。

办公室里，缭绕着任临树抽的香烟烟雾。

佟卓尧审视着合约，作为乙方，按照合约上看，几乎没什么苛刻条件就能让乙方获得甲方的资金，甚至那点利息低得可以算是零利息了。这反倒让他不敢轻易签合同，便问："任总，之前在北京，我们有过很不愉快的经历，现在你主动提出以这么低的利息来注入资金，太便宜我了吧？我无法理解，所以不能签这份协议。"

"无功不受禄是不是？果然是了解你的人，猜到你会有警惕之心。好吧，坦白地说，那次在北京见面之后，我想了很久，觉得佟少你非常有趣，而我恰好对Y楼也很感兴趣，所以，就当交你这个朋友了。日后，Y楼也会入驻我们千树的专柜。我相信，这次只是我们合作的开始，未必以后我就不是赢家。再说，以我对佟少能力的了解，Y楼肯定能找到投资人，与其让他人有份，倒不如我自己来。这是我的解释，不知佟少还满意吗？"任临树摁灭烟头，起身走到卓尧的办公桌边，双手撑在桌上，弯着腰，两眼直视他。

面对任临树的解释，佟卓尧仍心存疑虑，收下合同，说："这样吧，合作是长久的，等我们法务看过合同后，我们再约个时间签约，怎么样？"

"好，那下周一我等你的回复。"任临树洒脱地说，站起身，拍拍衣袖，蓦地说了一句，"佟少，只在此山中，云深不知处。"

"嗯？"佟卓尧有些不明所以。

任临树爽朗地笑道："没事没事，突然兴起念首诗。"

果然名不虚传，商界怪才任临树，传闻中七年前被初恋女友甩了，自此后就变得冷酷无情。情场失意，商场得意，一朝崛起，千树集团成为可以和佟氏集团鼎立抗衡的企业。若能强强联手，那自然是商界一次双赢的夺目之举。既是对手，也是伙伴。

卓尧陷入了沉思，捉摸不透任临树的用意，究竟背后还隐藏着什么呢？

季东倒认为是他多虑了："我觉得我们有必要马上让法务过目合同，签合约，任总是个变化多端的人，非常个人主义，为了避免夜长梦多，我看……"

他抬手打断，说："不不……季东，正因为他变化多端，我们才要观望一下，听起来任总的解释是挺合情合理，但我总是能察觉到他有些神秘。他不只是对Y楼的股份觊觎，似乎还有对我更重要的东西，具体我也说不清楚。"他一手撑着额头，思忖。

“可我们没有退路了，Y楼我们已经砸进去很多钱了，现在只缺这些钱就能竣工开业。商场早一天开业，我们获得的利益就越大。再往后拖，媒体就会对Y楼有更多的猜疑，现在已经有八卦说我们Y楼闹鬼了，再加上拆迁户们三番五次阻挠，我们没有机会再等银行那边的贷款了。”季东分析着眼下的境况。

他对季东的分析并不否定，只是眼下再没有一步路可以走错了，余地不多，他不得不小心谨慎。

“林总交代，尽快签约。”季东说。

他一听到母亲插手公司的事，心里就很不舒服：“够了，我和她母子一场，她做的事、说的话，最后没有几件是正确的。我还要去医院，黎回得了肺炎，我得去医院陪陪他，你把合同交给法务。”

“肺炎？要不我也去医院看看，你有打电话给……”季东欲言又止。

“她不回来。”他叹息一声接着说，“或许英国有对她更重要的事吧，随她。”

“哦，那合同要不要给江律师过一眼？”

他摆了摆手：“不必了，这种商业机密，知道的人越少越好。她还不足够让我信任。”

从公司出来后，佟卓尧驱车赶回医院。一进病房，只见何喜嘉坐在病床边，给躺在病床上的黎回讲童话故事，精神状况好了很多的黎回正聚精会神地听着。他不忍打扰，轻轻地在沙发上坐下。

“公主在花园里玩，她的玻璃球不小心掉进了水井里。这时，一只青蛙说，‘公主，如果我帮你捡了那个玻璃球，你就要带我回城堡’……”何喜嘉声情并茂地给黎回讲着故事。

黎回“咯咯”笑，不经意地扭头，看见了他，大声喊：“爸爸，爸爸！”话音刚落，又猛烈地咳嗽了几声。

“你看你咳的，乖乖听故事，不许在何阿姨面前淘气。”他笑着下命令，见黎回恢复了精神，心情顿时好转。

何喜嘉站起来，憨厚地笑：“佟董，你来了，那我就先走了。”

“爸爸，我要阿姨陪我，要阿姨陪我……”黎回索性撒起娇来，拉着何喜嘉的手，不让她走。

何喜嘉一时之间不知如何是好，站在原地，任由黎回拉扯着。

卓尧轻咳一声："乖，你已经生病了，难道还不听话吗？何阿姨也需要休息。"

黎回低下头，嘴里嘟囔着："何阿姨认识我妈妈，我想妈妈……"

他这才明白，原来黎回这么快就依赖起了何喜嘉，是因为他知道，这是妈妈的朋友。想到这里，他就更加不解为什么曼君得知孩子病了还不回国。她之前把孩子看做是自己的命，她怎么能够不管不问？难道不想见他，就连对待孩子也一同冷漠了吗？

在何喜嘉等电梯的时候，他追了出来，客气地说："何小姐，方便把你的手机给我吗？我想拿过去看我朋友能不能修好，我想通过手机的通话记录，找到我太太的联系方式。"

他难得对不熟悉的女孩如此客气，自从曼君不告而别，他在公司就变成了一个脾气很坏的人。尽管在认识曼君之前，他也是不善言笑的。

那时曼君挽着他的胳膊，走在黄昏的路上，说："我发现你最近脾气好了很多，也不会无缘无故对女下属发火了，怎么变得心情这么好？"

"我哪有那么多的好脾气，我的好脾气还不都是因为你。"他说着，抽开被她挽着的手，紧紧拥抱住她。

过去的一幕幕令他难以忘怀，而现在曼君的所作所为，却令他陌生。

"佟董？佟董……你在想什么呢？给你，我的手机。"何喜嘉拿着手机在他眼前晃晃，打断了他的浮想。

他接过手机，简单地说了句："改天还你。"说完，他转身便走，脑海里还是绕不开曼君的身影。

为什么还要去想她，是本能的习惯吗？这该死的习惯，要不要改一改？

白天在公司，晚上要彻夜守在医院，在他看来，反正在家也是失眠，都一样。任临树的那份合同，他反复看了很多遍，也没有看出任何不妥。现在就差法务那边了，如果也没有发现问题，周一就能顺利签约了。

季东把何喜嘉的手机送去维修，尽管已尽力修复，可手机还是无法开机。内存恢复过后，也没有找到一个国际长途号码，可能是手机本身的存储功能就有很大的问题。

“这种老款手机，市面上都淘汰停产了，我已经尽力了，可还是没有找到号码。其实也简单，我让通信公司内部的人查一下通话记录就可以了。”季东说着，把手机放在他的办公桌上。

他拿起手机，转动着看了一眼，说：“算了，到此为止，没有继续查的必要了。”

这些天来，他的手机二十四小时都开机，只为等待她的一个电话。每次电话铃声响起，他都高度紧张，但每一次都不是她。她可以把他的手机号码倒背如流，却没有打电话给他。

他幻想过，如果真接到了她的电话，自己一定会说：小漫画，闹够了没有？闹够了的话就给我回家。

可她始终没有打来电话。

他又何必一波三折去找她的联系方式，不愿回来，是她的决意。总归知道她在英国过得很好就行了。

曼君，若早料到我们会这么快分道扬镳，那么我宁可你爱我浅一些，这样你就能爱我长久一些。

星期五的清晨，正清律师事务所。

卓尧穿着橘色暗纹衬衫，宝蓝色西裤，春日晨光照在他的肩上，整个人都像会发光一样。主任连忙赔笑迎了上来，从口袋里掏出一包软中华香烟递过去，小眼细眯着说：“佟董大驾，有失远迎，快请进。”

他微微颔首，径直走进了曼君的办公室。

主任赶紧叫唤着：“小何，赶紧去楼下买咖啡！”

江照愿踩着七寸高跟鞋，穿着意气风发的职业装走了进来：“哎，主任你今天怎么梳大背头了？是哪个大人物来了，看把你给紧张的。对了小何，我还没有吃早饭，帮我也带些来。”

“我的江大律师，分贝小一点，佟董来了，正在阮律师办公室呢。”主任说着，手指了指办公室门。

江照愿不屑地笑笑：“人都走了，还留着办公室做什么，供人瞻仰遗容吗？浪费资源，没看到大家伙都挤着办公很不方便吗？不如腾出来，反正她就算回来我们正清也不会欢迎了，对不对啊主任？”

主任就差伸手捂住江照愿的嘴了，急急忙忙地说：“姑奶奶你就少说几句吧，别让佟董听到，我会吃不了兜着走。”

“怕什么，佟氏都快要倒闭了，迟早的事，他不听我的，简直是自取灭亡。”江照愿得意地说。

“那你就太不了解佟少了。”主任神气地说。

新进律师事务所的实习生们窃窃私语起来。

“这就是传说中阮律师背后的大BOSS先生吗？好帅好迷人，你们确定他和阮律师离婚了吗？那我不是有机会了？”A女花痴流口水状。

B女推搡了A女一把，傲慢地说：“伸手接住你的口水，然后照照口水看看自己的样子，不自量力！听说阮律师是被甩了呢，连家门都不让进了，这下又被抛弃又是失业的，可真惨。”

A女问：“她不是去英国进修了吗？”

B女冷笑道:“对外当然说是进修,难道说自己被甩了要出去散心?豪门可不是我们这种资质平平家世平平的灰姑娘进的。阮律师完全是自作孽,换任何一个男人都会甩了她,何况是佟少这样骄傲的男人。”

何喜嘉拎着咖啡和面包进来,板着脸气愤地说:“够了,还想不想干了!再说我师父的坏话,你们就等着收拾东西滚蛋吧!”说完,她将咖啡重重地放在桌上。

江照愿伸手从袋子里拿面包，吃惊地望着何喜嘉对主任说：“哟，主任，你发现没有，自从小何转正之后，就总欺负这些实习生。”

“那还不是人家师徒一场，感情深厚嘛，理解理解。小何，把咖啡给佟董端进去。”主任吩咐着。

A女殷勤地跑过来，道：“主任，让我来端吧。”话毕，便以迅雷不及掩耳之势拿起咖啡就往办公室走，那速度，简直像风一样。

此时，卓尧正坐在曼君的办公椅上，用面巾纸擦桌上的灰尘。他下过命令，除了自己，任何人都不能进来，更不允许做清洁打扫，这里还保持着曼君离开时最后的原貌。他想，这样有关她的气息就不会流失吧。

A女敲门进来，放下咖啡，却并没有要走的意思，就杵在他面前站着，长长的假睫毛随着眨眼的频率闪动着，令他觉得碍眼。

“你出去，让何小姐进来。”他淡然地说。

“哦。”A女失落地往门口走，一出办公室，就没好气地说：“喂，何喜嘉，佟董叫你进去。”

何喜嘉抬起头，推推眼镜，一脸的茫然。

当卓尧将一部新款手机放在何喜嘉面前时，她愣住了，显得有些受宠若惊：“佟董，你这是？”

“之前那部手机坏了修不好了，这部手机你拿去用吧。”

何喜嘉慌忙回绝：“不用不用，我发了薪水就去买，反正我在上海也没有什么亲朋好友，暂时没有手机也没有关系。”

“你就当是黎回送你的礼物吧，这样，明天周六，你如果有时间的话，去医院给他讲故事吧。”他说着，又想起了什么，便问，“曼君一般多久给你打一次电话？”

何喜嘉眼里掠过一丝失落，但紧接着用轻快的语气回复道：“师父啊，一般隔个七八天就会打给我，有时她在那边学习，需要在正清工作的一些案例，她就会打电话给我，让我查一下。”

“她在正清安排的那所大学吗？”他装作不知道地问。

“是啊，在那儿，每天课程很紧张，师父还说……”

“好了，我明白了，你出去吧。”他冷冷地打断。

佟卓尧的忽热忽冷使何喜嘉内心越发慌张。

卓尧望着桌上空空的花瓶，陷入了沉思。原来这花瓶中，每天都会插着一束绽放的百合。他心中有了一个念头，这个念头萌生后，就急切地想去做。

因为心里有所牵挂，以至于他走到停车场才想起车钥匙落在了曼君的办公室里，于是返回正清，恰好看到江照愿正把何喜嘉骂得狗血淋头。

“小何，你果然具备狐狸精的潜质啊？看你平时闷不吭声的，居然不声不响就把你师父的男人给勾引了，他是谁你掂量过没有？他是佟少，你又有几斤几两？竟敢在我眼皮子底下做这种龌龊的事！怎么，被他包养了？新手机都给你送来了。你真可耻，你配做一名律师吗！她阮曼君真是傻了，把我当敌人，结果防不胜防，没想到自己爱徒当了小三。你可别忘了，人家现在还是合法夫妻，还没离婚。”江照愿气势逼人地说着。

何喜嘉全身都在颤抖，硬着嗓子说：“我没有！”

A女赶紧落井下石以泄私愤，跟腔道：“就是，还教训我们呢，自己做出这种下作的事。”

“这就是不要脸。贱人做贱事。”江照愿恶狠狠地说。

卓尧走上前，把何喜嘉拉到自己身后，用威慑的语气警告江照愿：“江律师，你如果再说下去，我可以告你诽谤。你这张嘴巴，真不该长在一个律师的身上。光凭这点，你就没法和曼君比。”

“佟少，你真看上这小丫头片子了？”江照愿摇着头难以置信，原是有气故意撒在何喜嘉身上，却没想到他会返回来。

“从现在开始，她从正清辞职，正式加入我们佟氏集团的法务部，你再没有资格对她妄加评论。”卓尧一字一句盯着江照愿说。

江照愿瞪大眼睛道：“佟少，你一定是鬼迷心窍了！”

“我只知道如果是曼君在这里，她也一定不会允许你这样侮辱她的爱徒。”他语气强硬。

在整个正清人人惊呆的目光中，何喜嘉跟在佟卓尧的身后走了出去。每个人都有着各自的打算，主任后悔莫及，想着当初怎么就没有善待何喜嘉。而江照愿则是满心的不服气，想着阮曼君若看到这一幕会怎样。

律师事务所楼下，何喜嘉停下了脚步，说：“佟董，谢谢你刚才帮我解围，我会重新找工作。以我的资历，是进不了佟氏法务部的。”

“不用谢我，我不过是看在你是曼君徒弟的分儿上。周一来上班。”他说着上了车，并没有再多话，也没有载何喜嘉。

第二天一大早，何喜嘉就出现在了黎回的病房门口。卓尧有些意外，倒是躺在床上的黎回开心得直踢腿，嘴里叫嚷着：“阿姨，阿姨讲故事，讲故事听。”

于是他转身对黎回说：“你要听话，阿姨才会喜欢你。”

手机响起，是季东的电话，他顺手接听。

“法务那边说合同没问题，所以周一我们就签合约吧。”季东喜出望外。

“好，那你安排，和任总约吧。”他说着，瞄了一眼何喜嘉，看到她似乎想说什么。

他挂断电话，就听何喜嘉问：“冒昧地问一句，这个任总，是叫任临树吗？”

卓尧一惊：“你认识他？”

“我一个不起眼的小人物怎么会认识他，不过倒是听师父提起过。”何喜嘉说。

他的表情忽地严肃起来，说：“你之前说你是带福利院的孤儿来这里看病，这里是私人医院，诊金很高，哪家福利院会出手这么大方？另外，你告诉我说我太太在正清安排的大学进修，可据我了解，学校那边根本没有曼君的记录。我想你最好老老实实说清楚。”

这一番话把本就胆小的何喜嘉差点吓哭：“我不是有意要撒谎欺骗你的，其实……是我自己路过这儿看见你，跟了进来，才知道黎回生病了，我也不好说我是跟着你来的。还有，我师父是这么说的，我就这么对你说，我也不知道她不在那所学校。”

“你跟踪我？是曼君叫你这么做的吧。”他相信了她的话，也认为她定是受了曼君的安排。这样一想，就说明曼君还是在意他的，这让他心生欢喜。

“不是，是我自己的好奇心而已。”她说。

“好，不愿出卖师父，算你忠心，以后就留在公司好好工作。记住，如果曼君打电话过来，就第一时间来我办公室。”他表面还装得淡然，实际上快要眉飞色舞了。

人与人之间，在相处得好的时候，我们往往称之为缘分、佳缘。好比看黎回如此喜欢何喜嘉，孩子脸上露出了久违的笑容，他就在想，这是曼君种下的一段善缘。她曾待何喜嘉如亲妹妹，处处呵护，才会有何喜嘉今天对黎回这般珍视在意。

向来谨慎精细的他，没有想到更深的层面，日后他才悔不当初。当然，那就要从曼君回来之后说起了。

第二天，各项检查结果出来之后，显示一切都很正常。黎回顺利出院，他悬着的心才总算落了下来。在家陪了黎回、黎声一整天，直到晚上的时候，何喜嘉意外地出现在了客厅。

林璐云竟热情款待了何喜嘉，这让人太难以置信了。

“我和黎回相处了几次，有些不舍，我之前答应过给他买奥特曼的玩具，所以就送了过来。因为我之前陪师父回家拿文件来过两次，所以今晚就直接过来了。”何喜嘉低头羞涩地说，从包里拿出一个奥特曼玩具，轻轻地放在茶几上。

林璐云殷勤地笑：“欢迎何小姐常来，我们黎回就需要你这样善良的阿姨。”

卓尧坐在一旁，看着母亲从未有过的和蔼可亲，甚至怀疑起自己的眼睛。难道素来攀附权贵的母亲吃了转心丹?

他没有同何喜嘉多言就回书房工作了。

自曼君走后，他每晚都会失眠，伏案工作到深夜，常常都是趴在桌上睡着，有时还会突然惊醒。梦里，他们一如从前，她睡在他身边，十指相扣。可等他醒来，只有自己一人坐在偌大的书房里，显得越发冷清。

是该结束这样的生活了，小漫画，快些回来，好吗?

敲门声响起，不用想也知道是谁。

林璐云走了进来，脸上充满兴奋和八卦的表情，激动地问：“你和何小姐相处到哪个阶段了，看你每日愁眉苦脸，我还担心你仍放不下。没想到你这么快就找到了心仪的女孩，听说还把她调到我们公司法务部了，之前是为了她和江律师有了冲突？”

他无可奈何地看着母亲，疲倦地说：“妈，你真的多想了。”

“我之前还想撮合你和江律师呢，不过没关系，这个更好。”林璐云盘算着。

他以为自己听错了：“你这是哪儿跟哪儿啊，我是已婚人士，请你纠正好自己的三观。不过我真的很好奇，难道这个刚刚参加工作的普通女孩比江律师更优秀吗？当然，我是指她们的身份背景。你眼中的优秀，不都是用金钱和地位来衡量的吗？”

林璐云白了卓尧一眼，可能是太开心，对于儿子的冷言冷语并没有放在心上：“你以为这个何小姐很简单吗？那你就错了，她的养父是澳洲非常有钱的华人，在当地做珠宝和皮草生意，为人低调，只有个英文名字。不管那么多了，反正很有财力。虽然是养父，可那也是父啊！”

“够了，她只是个简单到要等薪水买手机的普通上班族而已，你想太多了。”他真是受够了母亲这种攀附权贵的思想。

“我说的是真的，她都承认了，她说不想依靠养父生存，所以才自己回国独立找工作谋生。你看，我们公司现在正处在危机之中，她还肯来我们公司上班，就算是我们佟氏的一份子了。要是你开口，她肯定会向他的养父求援的……”

“资金问题我已经解决了，明天就会和千树集团的任总签合约，你不要再插手了。还有，阮曼君始终都是我的妻子，你不要自作主张给我介绍女人。”他说完便低头看档案资料，不再多言。

林璐云失望地起身，临走时嘴里还念着：“多好的女孩啊，又有爱心背景又好，黎回还喜欢，真不明白我怎么生了个和我全然不同的儿子。”

他无奈地摇摇头，没有把母亲的话放在心上，他早已经习惯了她这样。只是没想到，看起来简单纯良的何喜嘉，居然还有豪门背景。当下的世道，富二代横行，能够拥有显赫家世仍全靠自己努力打拼的年轻人太少了，这倒让他对何喜嘉刮目相看。既然她在他面前不曾挑明这个，那他也就装不知道好了。

书房里，灯火通明，他没有丝毫的困意，眼睛再一次看向手机。她在英国的什么地方？过得好不好？一刹那，他想到了一个人。

电话接通，安静的书房里响起清晰的“嘟嘟”声。

“哥，这都什么时候了，不睡觉吗？”林慕琛声音慵懒，似乎被惊扰了美梦。

“英国时间现在是白天，可你在睡觉，黑白颠倒对心脏不好，著名的华人心脏科医生，你这可真不是个好习惯。”卓尧调侃道。

林慕琛哀怨地说：“我经常来往国内和英国，我的生物钟都是国内的，改不了了。再说我一般都是晚上的手术，一台手术下来，十几个小时那是常有的事，早不分白天黑夜了，我求求你让我睡会儿吧。”

电话中传来林慕琛的鼾声。

“不要装睡，从小到大你就这样。你一台手术十几小时，我很心疼你，把你医院地址给我，我寄一箱必需品给你。”卓尧一本正经道。

林慕琛瞬间清醒，忙问：“寄什么宝贝给我？”

“纸尿裤，黎回也用的。”卓尧忍不住笑出声。

林慕琛抗议：“哥，你一点也不幽默，国际长途很贵的，你最近不是闹经济危机吗？”

“打电话的钱还是有的，这点不需要你担心。言归正传，出于几种原因，我不方便出面，你帮我查查曼君在英国的地址。”

“你堂堂佟氏的董事长，神通广大，怎么想到找我？你就不怕我找到曼君，和她走得太近？我可不想再挨你一拳。”

卓尧低声说：“我是认真的。”

“好, 好, 你一认真我就怕你了。行, 行, 我帮你查查。”林慕琛只好满口答应。

通话结束后，卓尧靠在沙发上，不停地抽烟。这时候，他是多想她能够站在自己面前，拿走自己手里的烟，轻声责备自己怎么不爱惜身体，然后再给自己一个温暖的拥抱。

我很怕你不爱我，只因你是我唯一的爱人。

所有的煎熬，看似都在转危为安。他希望除了公司的事，他和她之间也能够有所转机。至少，先联系上，哪怕说上一句话，也会是很快乐的事。眼下，一步步解决问题，他需要顾及的太多。

任临树在北京时，拟定的合同还很苛刻，条款细繁，而这次的合同比上次宽让了太多，法务从合同本身根本就看不出有什么地方会对佟氏集团不利。

签协议之前，卓尧和任临树相对坐在沙发上，几个重要股东也坐在一侧。卓尧握着签字笔，看了一眼任临树，问：“任总，说句真心话，为什么帮我？坦白说，看这份合约，明显你是在帮我。”

任临树思量了十几秒，冒出一句：“因为爱情。”

整个办公室都安静了，大家在几秒后一齐反应过来，都忍不住笑了。

“任总，我对男人没兴趣。”卓尧说着，也笑了出来。

任临树会心一笑道：“传闻你是人见人爱的男人，不过我可不是你的好基友。开个玩笑，缓和一下气氛，别弄得像是我要把你们佟氏集团给卖了似的，哪有那么多阴谋诡计，就当交个朋友。”

“好，合作愉快。”卓尧潇洒地签了字。

两个男人握手以示双方的诚意。

“任总，你们公司的法务水准相当高，光看这份合同就能看出来，你可要当心被别的公司高薪挖走呀。”卓尧打趣说。

任临树笑了笑：“我有全上海最好的律师，薪水也是别的公司给不起的价。不过，她是我从别人那里挖来的。”

“那我倒要好好学习任总挖人才的本事了。”卓尧说。

合同顺利签订，这让他一下子释然了。

他和任临树一起出办公室往外走，何喜嘉从旁经过，任临树回头望了望，问：“佟少，她是？”

“新来的法务。”

“好面熟，像是几年前见过。”任临树努力回忆。

卓尧说：“相似面孔的人太多太多了。”

他说完这句话，顿了顿，瞬间脑海里就绕出曼君的影子。若这世上面孔相似的人有太多，怎么偏偏没有遇上一个像你的人，以解我燃眉之思。

Y楼在任临树的资金注入下，顺利运转起来。工地开工，闹事的拆迁户们被一笔安置费堵住了不安分的嘴，外界媒体也纷纷关注起这栋“死而复生”的Y楼。

大家纷纷开始猜测，为什么这栋楼还未有个正式的名字，只是对外公开简称是“Y楼”？

在Y楼动工一个月之际，各大报纸头版都有一个相同的标语，相当引人注目。

——新楼冠以旧爱之名，Y楼原是叶楼。

叶洁白，这个原本尘封的名字再次被揭开，这些记者揭开了往事。

全篇报道大意是佟卓尧为了集团利益与宏叶集团的千金叶洁白订婚，在订婚期间与女律师育有一子，之后利益达到抛弃了未婚妻叶洁白。痛失未婚夫的叶洁白在酒后被强奸，精神上受到重创，远赴国外疗养。受不了内心谴责的佟卓尧斥巨资建设Y楼，不惜与身为律师的娇妻反目。娇妻一怒，将他告上法庭……

整篇读下来，简直把他描述成一个始乱终弃的人。

林璐云看了报纸，气愤至极，手重重地拍在桌子上说：“这是什么报道？！全是胡扯！Y楼是我取的，意为卓尧名字最后一个字拼音的首字母，怎么就和叶家扯上关系了？”

卓尧却是心平气和地读完，不说一句话。

“你怎么不说话，难道任由他们这样抹黑你吗？”林璐云大声质问。

他仍然无动于衷。

“我知道你恨我，可你是我儿子，你也有儿子，哪有做父母的不爱自己的孩子！你不在意，我在意，我这就打电话给这些媒体，我要他们道歉，我要起诉他们！”林璐云歇斯底里地喊道，伸手拿起桌上的电话就要打。

“你够了，把我的生活抹黑到令我一点希望都没有的人，是你！是你这个口口声声说爱自己儿子的人。什么解释都不重要了。既然她不在意，就算全世界的人误会我，我又何必解释。”他说完这句话，无力地起身。

他漫无目的地开车行驶在大街上。从前她坐在副驾驶座上，等红灯的时候，总是习惯性握着她的手。现在，等红灯时，他还是习惯性伸出右手，只是再也握不到她的手。

车在路口转弯的时候，一个身影走过，那么熟悉，是她！他立刻减慢车速，刹车，打开车门往回跑，站在十字路口，并没有她。身后等得不耐烦的车喇叭声四起。这喧闹的路口，哪里会有她。

他怀疑自己出现了幻觉。

他们已经分别两个月了。令他放心的是，林慕琛传来了消息，有人在伦敦街头看见了阮曼君，她蹲在花店门口挑选百合花。知情人说，曼君因为不想这半年的学习受到打扰，所以换了一所学校进修。

“你一定要等她，半年，半年之后她一定会回来的，不然你会后悔的，真的。”林慕琛说。

“我没有刻意去等她，我就是这样生活着。等待是有目的、有期限的，可这样的生活是遥遥无期的。你明白吗？”卓尧说着，心好疼。

他在坐牢，他的灵魂因她的离去被禁锢了起来，他失去了自由。没有她在身边，谈何自由。这自由，就是无边的孤独。

失去她之后，才发觉过去两个人在一起吃个早餐都是极致的幸福，很珍贵。他也很内疚以前没有抽太多的时间陪伴她。

他甚至想，如果不去投资Y楼，他们也不会有后来的矛盾，她也不会远走求学。

一天夜里，何喜嘉打来了电话。

“佟董，刚才师父打电话给我了，不过，她大概怕我会告诉你，用的是公用电话。她问黎回和黎声过得好不好，还问了你。”何喜嘉说。

他紧张地问：“她有没有说她自己过得好不好？她什么时候回来？她下次打电话会是什么时候？”

“她说她过得很好，学了很多东西，没说回国的日期，她说以后还会再打来的，就说了这么多。”

“没说别的吗？你仔细想想。”

“没了……她让我有空就常去陪陪黎回黎声。”何喜嘉吞吞吐吐地说。

挂断电话，又是失眠，他在一半惊喜一半失落中度过了一夜。

这样看来，她是真的不想见他，不想他找她，没有留下蛛丝马迹让他有迹可循，他尊重她的选择。

曼君，希望半年之后我们能重新开始。

那时Y楼差不多该竣工了，等她回来，再一起给这栋楼取一个好听的名字。

之后，何喜嘉只要是周末，就会来别墅看黎回、黎声。黎声已经四个月大，认人了，很喜欢何喜嘉。她坐在花园的秋千上，抱着黎声，边荡秋千边问身后的卓尧：“黎声一看我就会笑出声，该不会是把我当妈妈了吧。”

他听了，脸一沉。

何喜嘉马上反应过来自己说错了话，忙道歉：“对不起，对不起，董事长，我无心的，我怎么能和师父相提并论。”

林璐云走了过来，说：“哪里的话，我看小何姑娘人就不错，对孩子又好。换了别人，有个富甲一方的养父，怎么会独自来上海吃苦。你这样多累啊，还要租房子，靠拿死工资在上海生存很艰难的，我们家大，不如你就搬过来，住孩子们隔壁，如何？”

卓尧反对：“不行，我不同意。”

“不用不用，谢谢林总。我来回跑没关系的，住在这里很不方便，会打扰到你们。养父对我有养育之恩，我很敬重他，这两年他身体不大好了，我也不想被人说我是贪图养父的财产。事实上，靠自己也可以活得很精彩嘛。”何喜嘉扬起脸，带着稚气。

“你才二十岁出头，自己都还是个孩子，你养父一定为有你这样的养女感到骄傲。我看啊，你就搬过来住，我和孩子们都喜欢你。”林璐云赞不绝口。

卓尧怅然地说：“妈，你要是能把这种怜悯慈悲之心分百分之一给曼君，我们也就不会散了。”

林璐云脸色暗下来：“我和她话不投机半句多，她要是有小何的百分之一乖巧，不去和我们打官司，我会这样？之前我对她哪点差了。”

“你要这样固执我无话可说。”卓尧转身就走。

林璐云继续对何喜嘉说：“别考虑了，你就搬过来住吧。”

他听着，心生一念，如果何喜嘉搬来别墅住的话，一来可以在晚上陪黎回和黎声，二来一旦曼君打来电话，她可以立刻告诉他，他就能和她说上一句话了。否则，真要等到半年后曼君回国才能和她说说话了。

他回头，简短地说：“林总让你搬，你就搬吧。”

何喜嘉欣喜得不得了，抱着黎声努力抑住喜悦。

家里确实因为何喜嘉而热闹了起来，也常能听到黎回的笑声，虽然还是会哭闹吵着要妈妈，但真的没有以前那么频繁了。不过遗憾的是，一个月过去了，也没有再接到曼君的电话。

他很是失落。

想想还有三个月，她的回程之期就到了。他越发觉得时间过得太慢，再快一点，最好直接跳到三个月之后。他想象着重逢的场景，也许她会像以前一样，打电话给他说：亲爱的疼先生，来机场接我回家。

黄昏的时候，季东开车送他回去，正巧远远就看见何喜嘉一只手牵着黎回，一只手搂着黎声。

季东说：“远看还以为她是两个孩子的妈妈。”

卓尧沉默，脑子里想着要是曼君在就好了，她也会这样带着黎回、黎声等自己下班。

“我就在这儿下，不用送我进院子里了。”他说。

他走下车，黎回看到了他，一边大声地喊“爸爸，爸爸回来了”，一边朝他跑来。

他蹲下身子，张开怀抱，黎回结结实实地扑进他怀里，他搂着黎回，又从何喜嘉的手里接过黎声，就这样，一只手搂着黎回，一只手抱着黎声。黎声会伸出小手在他的脸上轻轻地抚摸，偶尔也会用力一抓。这些都是他莫大的幸福。

他同何喜嘉的话很少，何喜嘉走在他身旁。路两旁的香樟树上，不时地有飞鸟惊起。

他回头望望，总感觉有人在背后盯着他，可几次回头，并没有人。他想，是不是自己的幻觉?

小漫画，你再不回来，我就真该去看心理医生了。

直到那天的照片登上了八卦杂志，他才明白，那天是被躲在树后的记者偷拍了。照片上是他搂抱着两个孩子和何喜嘉一起走在路上，黄昏的光，柔柔的，两旁树木茵茵，光从照片上看，真是很美很温馨的场景。

有人评论他用情不专、滥情，前段时间刚因为旧爱叶洁白上了八卦头条，这次又有与新欢傍晚散步的绯闻，他完全忘了自己是个已婚人士。

但“在一起”的呼声也很高，有人说单看照片就觉得很温暖，希望他们能够在一起。当然，这种说法很快就被冠上了“三观不正”。

他想清者自清，无须在意。这些年来，这样的传闻经历得还少吗？从成为一个富豪私生子开始，他就逃不出这种被关注被抹黑的怪圈。

卓尧只盼着快点到九月，九月曼君就回来了，流言会不攻自破的。他在心里早就原谅了她一千次一万次。

那么深的爱，哪恨得起来啊。

任临树有时会过来关注Y楼的进展。有一天，他忽然问卓尧：“佟少，你太太去了英国，你想不想见她？”

“你说呢？这还用问。”他边看项目计划边说。

“哦，我想起来了，当初你不就是为了赶回上海追她回来，才会撕了我们的第一份合同。当时我真认为你疯了，不过我现在能理解你了，我也失去过一个人，我认为她是不爱我才走的，现在我会想，也许她离开，正是因为她爱我呢？”任临树说出一番不符合他风格的话。

“任总，你多愁善感了。”卓尧说。

“还不是被你这个痴情阔少给传染的。认识你挺不错的，当然，别以为我交了你这朋友，我的股份可一分不能少，价值那么多亿的Y楼，我有三成的股份。你想想，不是我，现在Y楼就是分文不值的烂尾楼。”任临树笑道。

“你已经说了十遍以上了。”

“那我有个问题，只问一遍，Y楼真的是为了宏叶的叶洁白而取的名吗？”

“不是，和她无关。”他斩钉截铁地说。

任临树看了一眼办公室门，说：“那个新来的法务是怎么回事？年纪轻轻、资历平平就进入佟氏法务部，还经常在你的私人别墅出入自由，带着你的两个孩子玩。你这是怎么回事，要重婚吗？”

“她是个单纯的小女孩，我太太的徒弟，你别毁人清誉。”他正正经经说。

“你别这么严肃，我只是随便问问。”任临树点点头。

两个同样高高在上的男人，在一起竟会像两个小男孩一样你一言我一句地顶嘴。

一天晚上，本该睡觉的黎回放声大哭。佟卓尧他冲进儿童房，把紧闭双眼号哭的黎回牢牢抱在怀里，温柔地哄着说：“不哭不哭，爸爸在这儿呢，哭什么呀，是不是做噩梦了？”

黎回仍是号啕大哭，也不睁开眼睛看他。

何喜嘉听到哭声也跑了进来，问：“黎回怎么了，好端端哭成这样？乖，不哭，到阿姨怀里来。”

谁知黎回一听到何喜嘉的声音，哭声更大了，哭得像没法呼吸似的，脸色都乌红了。

“会不会是哪里痛，告诉爸爸，肚子痛吗？我送你去医院。”他急得不得了。

黎回摇摇头，哭声减弱，看来还是很怕去医院的。

“肚子不痛为什么哭，都是上小班的男子汉了，再哭会把隔壁的妹妹吵醒的。你不是答应妈妈，在妈妈回来之前会照顾好妹妹的吗？”卓尧说。

黎回听了，又抽泣着哭起来。

“不许哭，爸爸的耐心是有限的。”他被哭声弄得心烦。

“妈妈不会回来了，不会回来了……”黎回说完接着哭。

“谁说的，爸爸告诉你，妈妈很快就会回来。”

何喜嘉弯腰在黎回耳边说：“你要听爸爸的话……”

“你走！你走开！”黎回用力推何喜嘉，大叫。

“黎回，你不可以对阿姨这样没有礼貌。”

何喜嘉护着黎回：“没事没事，跟阿姨讲是哪儿不舒服？”

“我讨厌你！我不要你做我妈妈，我要我的妈妈，我要妈妈……”黎回仰起头哭得直抽。

他只好对何喜嘉说：“你先出去吧，你在这里他只会哭得更厉害，今晚我来陪他睡。”

等只有佟卓尧一个人在身边的时候，黎回才稍稍平静，偎依在爸爸的怀里，抽噎着说：“爸爸，我做梦，梦见阿姨成了妈妈，我不要她做我的妈妈，我要我自己的妈妈。”

“胡说，那是梦，爸爸只爱你妈妈一个人，你只有一个妈妈。”他温和慈爱地说。

“可是奶奶说，阿姨以后会是我和妹妹的新妈妈。”黎回认真地说道。

他心一沉，又是母亲在胡说八道。便对黎回说：“爸爸向奥特曼保证，我们黎回和黎声只有一个妈妈，她叫什么，你大声说出来。”

“（远）阮，曼，君。”

“不是远，是阮，ruan。你要是念不正确，爸爸就真给你找个叫远曼君的阿姨做妈妈。”

“不要不要，好爸爸……”

“那你搂着爸爸的胳膊睡觉。”

“爸爸，你给我说说妈妈的故事吧。”

“好……”

他从自己和曼君认识开始说起，有时说着说着，自己也会忍不住笑起来。不知不觉，黎回在怀里睡着了，他反而睡不着了。想着过往温存的点点滴滴，昨日重现般清晰在目。

曼君始终没有打电话给何喜嘉，他决定让何喜嘉搬走，尽管这有些不近人情。

第二天，他找何喜嘉谈话，委婉地说明了自己的意思，请她搬走，也不希望她再去自己家里看望两个孩子，不要再走进自己的生活。

何喜嘉显得相当激动，说：“佟董，我和这两个孩子很有缘分，再说师父也多次叮嘱我要代替她照看黎回、黎声。我没有更多的想法，我只想在这两个多月里陪着黎回和黎声，等师父回来，你们和好如初，一家四口幸福地生活。到那时，我自会离开的。只是现在，请让我照顾黎回和黎声吧，何况他们俩也不能离开我。”

“你永远也无法代替他们的妈妈。孩子很懂事，他们连妈妈都可以不在身边，也可以没有你。只要以后你不出现，他们就不会念着要你。”他淡漠地说。

“可是师父让我……”

“我不想孩子对别的女人有依赖，她要是看到了，会很难过吧。”他说。

何喜嘉点头，眼睛红红的。

在林璐云还未回来之前，他安排崔师傅送走了何喜嘉。

家里总算恢复了往日的清静。

坐在曼君亲手种植的那棵树下，他特别想她。闭上眼睛，脑海里都是幻想的画面，重逢、相拥、相视微笑，雨夜里她在他怀里安然入睡。

小漫画，你怀念这些吗?

山水都可相逢。

再见面时，我会沸腾。其实我们没有分开，我的心，始终与你相亲相爱。

仍记得当初爱你、想见你的那种强烈和迫切的心情。

小漫画，你说分开后要各自幸福，可难道你不明白，我的幸福只能在你这儿。

无论如何，我们在相爱的途中，都应该给予对方最好的珍爱，哪怕这份爱，你已看不到圆满。即使将来分道扬镳，我们留给对方的，也不应该是伤害，而是宠爱，我们都要记得我们最初的心愿。

第六章

遇见过，总好过不知世上有他

早知道忘掉你如此不易，当年我就不该轻易爱上你，又轻易放开你。此生最怕，明明已经很久不再想念你，你却悄然跑来我梦里。

3 如果巴黎不快乐

立夏。

Y楼有条不紊地建造着，每天清晨，卓尧都会站在一堆沙石间和工人们交流。对这栋楼，他倾注了太多的心血。内心深处，他早已为Y楼取了一个名字。

真想牵着她的手，站在Y楼下，向她证明，她心爱的男人，初心未改。

他在手机里始终保存着两个城市的天气——上海、伦敦。在忽冷忽热的天气里，会担心她有没有及时增减衣服，她的夜盲症好些了吗？还会不会独自待在电梯里就不安、害怕？他梦见她微笑着走到自己面前，然后一阵风吹过，她便不见了，他泣不成声地从梦中醒来。

他还是很孤独，害怕醒来发现她不在身边的感觉。

在一起的那几年，最想要的时光，是一起看四季更替，晴雨霜雪。

这个春天、夏天，都是一个人在孤军奋战。

小漫画，在我醉倒饭局、疲于商战、想你想到心疼时，我多想抱住你。

你可曾想我？

你说你要努力成为更出色的律师，我成全你。不打扰，是我最难给却必须给的温柔。哪怕你是为了更好地离开我，带走黎回和黎声。没关系，只要你快乐。

可是没有我，你会快乐吗？

晚上，他常常陪着黎回、黎声睡熟后，再开车返回公司工作。换做以前，他宁可多抽些时间在家待着。听季东说，员工在背后讲他是最勤奋的老板。

他和任临树也渐渐成了既是知己，又是敌人的关系。

一天早上，刚走进公司大厦，就听到前台的两个女职员正在议论台风要来了的事。他走过去，用手背敲了敲桌子，吓得两个女孩赶紧捂住了嘴，他一言不发，径直离开。

回到办公室，他立刻打开电脑查询气象，看到强级台风在两天后的夜晚将登陆沿海地区，他眉头紧蹙，想到了小渔村。那是他们度过了温存岁月的小楼，一直都是委托曼君的舅妈看管，这么长时间没有修葺，他有些担心强风暴会掀翻小楼的屋顶。

“季东，我明天要回一趟渔村，当天估计回不来，你先帮我订好去的机票。”卓尧见季东进来送文件，吩咐道。

“嗯？怎么突然想要去渔村？”季东吃惊地问。

“有急事。”他不想过多地解释。

晚上回到家，他吃完饭就径直上楼，林璐云在楼下埋怨：“就吃这么点儿啊？陪妈多吃了会儿，你看你让何小姐搬走，我连个说话的人都没有了。”

“我明天要去外地一趟。”他站在二楼楼梯处，淡淡地说。

“有重要人物要见吗？我下午去公司怎么没听说？”林璐云追根究底地问。

他没有理会。这种母子关系让他很反感，母亲干涉得过多，而他们有太多的认知都是背道而驰的，在母亲对曼君的态度上，他是非常厌恨的。可她终归是生他养他的母亲，他不能奈她如何。

在去渔村之前，他跟荷姐交代了几句——台风来了，内陆虽不像沿海地区会有台风，但狂风暴雨一番是避免不了的，你要看好黎回和黎声，不要带他们出门，院子里也不要去。

倪管家也招呼园丁把院子里的树枝修剪了，防止被风吹折砸到人。

安排妥善之后，他简单地收拾了两件衣服，在衣柜里发现了一条曼君的丝巾。他捧在手里，抓紧，也许是她系过一两次放进来的，所以丝巾上还有她的气息。

季东的电话打破了这份宁静。

“佟少，没办法，受台风的影响，航班取消了。”

“那订火车票。”他执意要去。

季东劝阻：“台风来袭，你只身一人去渔村太危险了。”

“你不会担心我这身材也会被台风卷到海里去吧？没事，我就是去看看，公司的事保持联络，你赶紧去订票。”他故作轻松地说。

他还是第一次坐着绿皮火车去远方，着装与绿皮火车上的人格格不入，就像是从偶像剧中走出来的人一样，引得一群小姑娘趴在椅背上围观。

“佟少，你在哪儿，我听不到你说话，你那边怎么那么吵？”季东在电话中问。

“我在火车上，绿皮火车。”他望着窗外的田园风景，陶醉其中。就当是给自己放一个假吧，这些天，他没有一天放松过，神经绷得紧紧的。现在，他总算可以怀着松懈的心去看待生活。

“绿皮火车？！真是无法想象那个样子。”季东笑道。

佟卓尧倒是怡然自得：“风景很美，我很满意。”

她曾经独自坐上这趟火车，他只是想看看她沿途经过的风景。她一个人落荒而逃时，大概和他一样痛心。

他想，如果再在一起的话，即使天塌下来也不要分离。

小渔村仍是过去的面貌，这里的人生活得安定祥和。海面风平浪静的时候，男人出海捕鱼，女人在家带孩子、缝补渔网。遇上了坏天气，男人就在家休息，陪陪孩子。因为台风的缘故，此时海面上没有了渔船，岸边的渔船也都牢牢固定着，海滩上见不到一个人。

他走在沙滩上，松软的沙子很快就钻进了他的皮鞋里。他一步一步行走，在沙滩上留下一串长长的脚印。远远看着那栋小楼，他的眼睛发酸，往昔在这栋楼里的回忆扑面而来——

海风吹着，周围除了海浪拍打的声音，再无它响。他牵着她的手在沙滩上捡贝壳，给她做一串漂亮的贝壳手链。黄昏时，他们并肩坐在沙滩上看日落月出。

海内存知己，天涯若比邻。诗人在诗中如此安慰分离之人。

一本书上有句话说：总有一天，你会明白，遇见过，总好过不知世上有他。

当他打开院门，看见庭院里一片衰败之景，他的心苍凉到了极点。原是把小楼委托给曼君的舅妈看管打扫，也定期支付了一笔不小的费用。结果，看看这院子，就知道已经很久没有人来过了。

院中原先他和她一起种植的栀树、玉兰树，本该在这个盛夏季节开得芬芳，却都枯死了。这些都是她最喜欢的树木。地上厚厚一层树叶、沙子，还有风吹来的一些塑料袋，看起来像一个露天垃圾场。秋千架不知怎么的也断了，只剩下一边还挂着，在风中孤零零地飘荡着。

打开客厅的门，好在室内完好如初，家具都用白色罩布套了起来，轻轻一吹，灰尘扬起。空气中有海风的潮气，还有些霉味。

坐在客厅沙发中央，记得那时她搂着他在这儿跳过一支舞。餐厅、厨房、楼梯、卧室、阁楼，到处都是回忆。

他挽起衬衫袖子，将屋内的卫生打扫干净，擦地板、擦家具、换灯泡，用了两个小时将整个室内打扫得焕然一新。他想着该要修葺一下屋顶，否则台风来了，会掀掉瓦砾，难保会漏雨。于是便徒步走了很远，买好了木料和新瓦，从杂物房里搬来长梯，顺着梯子爬到屋顶上，将破损的瓦片换掉，再用钉子钉牢。一个下午，总算换好了所有的瓦。

他坐在高高的屋顶上，眺望远处的海，一望无际，无边无垠——

“卓尧，你对我的爱有这片海这么宽广，这么深厚吗？”

“比海宽广，比海深厚。”

“只有天比海宽广，比海深厚。”

“你不是说，我是你的天吗？”

他修好了秋千，坐在秋千上荡了荡。想起她荡秋千，他在后面推，荡得太高，她发出声声尖叫求饶。

“我害怕，你慢点儿……”她的声音仿佛就在耳边。

夜里，他睡在床上，她的枕头还摆放在一旁。他双手摆在身体两侧，静静地听台风呼啸而来。

那一晚，疾风骤雨，停电了，他在床头柜上点了一支绿色有抹茶气息的小蜡烛。外面狂风暴雨，他无法想象如果没有及时换瓦，狂风卷走了坏的瓦片，雨水倾泻，屋内会变成什么模样。

若当初未曾离开小渔村，仍生活在这里，小漫画，我们是不是就不会走到今天这种地步，是不是就不会分开？

回到上海，你做了全上海最有名的女律师，我也成了传闻中的地产大亨，我们的生活却越来越远。事到如今，我只想和你好好的。

他在台风咆哮中度过了一夜。

第二天，窗外竟是阳光灿烂，除了沙滩上的枯树枝桠，被海风吹来的海藻，还有鱼虾，平静的海面，丝毫没有台风肆虐的影子。

爱像一场台风，轰轰烈烈，又来去无踪。

他坐上返回上海的火车，在某站停靠时，他并不知道，对面相向而行的一列火车里，坐着他最心爱的人。

回到家，看到何喜嘉正坐在沙发上和林璐云说话，佟卓尧有些不悦：“我和你说过，不要再来我家里。”

林璐云袒护道：“你怎么这样和何小姐讲话，何小姐是我请来的客人，你自己不声不响跑出去两天，我就不能找个人来陪我聊聊天吗？再说了，黎回、黎声都喜欢何小姐。”

黎回拿着玩具枪，走到何喜嘉面前，说：“阿姨，你中了我的枪，怎么没有倒？”何喜嘉原本尴尬着，这时为了配合黎回，佯装死去：“好痛，我死了……”

此举逗得黎回哈哈大笑，他将枪又指向卓尧，嘴里发出“叭叭”的声音。

“爸爸，你也中枪了，快倒下。”

他很生气，走到黎回面前，夺下枪扔在地上，拦腰抱起黎回就往楼上走，并责备道：“爸爸跟你说过很多次，不可以用玩具枪指人，这样很不礼貌你知不知道！”

“玩一会儿都不可以吗？是何阿姨买给我的……”黎回委屈地说。

回到房间，他关上门，对黎回说：“咱们俩不是说好了，安心等妈妈回来。你都说了讨厌何阿姨，又怎么能够为了一把玩具枪就不要妈妈了！”

“爸爸，我没有呀，是奶奶说，只要我和何阿姨玩，奶奶就答应我，让我见妈妈。”

卓尧听到这里，更是愤怒。真无法想象两个孩子在这样的奶奶的教育下，会变成什么样子。

楼下的林璐云朝二楼喊：“你这是哪来的气往我孙子身上撒，你一回家就不高兴，这个家在你眼里还是家吗？你看不惯这个看不惯那个，你看得惯的那个人倒是回来啊，她无情无义，你还牵挂她做什么！”

何喜嘉拉拉林璐云的胳膊，劝道：“林总，不要说了，都怪我，不应该来的，惹得你们不高兴，我先走了。”

林璐云拉住何喜嘉说：“不要走，就在这儿吃晚饭，这里我说了算。”

何喜嘉忐忑不安地留了下来。吃饭时，卓尧叫人送到房间，没有下来一起吃。他太清楚母亲的用意，母亲也太低估他和曼君的感情了。

突然间，听到楼下传来一声尖叫，接着是黎回的哭声，母亲在慌乱中大喊倪管家。他一惊，怕是黎回淘气出了什么事，冲下楼，就看见掉在地上的汤锅和坐在地上捂住腿的何喜嘉，还有一旁吓得直哭的黎回。

“到底是怎么回事？！”他问。

荷姐忙把黎回搂在怀里安抚，生怕吓着了孩子。

厨房里的阿姨胆怯地说：“我不小心……”说话间，舌头都在打颤。

“我没事，不要怪阿姨，上点药就好了。”何喜嘉捂着腿说。

倪管家赶来了，招招手让犯了错的阿姨先下去，然后弯下腰查看何喜嘉的伤口。“何小姐，你这个腿烫得不轻，要去医院。烫伤可不是开玩笑，感染了就不好治了。”

何喜嘉固执地说：“不用不用，皮肉伤，哪有那么严重，我自己回家擦点药就可以了。”说着她慢慢站起身，可能因为太痛，眼泪在眼眶里打转。她强忍着继续道：“佟董，我不能自己出去乘公交车了，能让崔师傅送我回家吗？”

“不行，你在我们家作客，又是为了保护黎回受的伤，要不是你，这会儿被烫了的就是黎回了，怎么能不去医院看看呢？你看烫这么大一块，水泡都起来了，很疼吧。”林璐云说。

原来是黎回在客厅里跑，结果端着汤的阿姨刚好进来，不知怎么的，也许是地面湿滑，阿姨摔倒了，汤也就泼了出去，险些烫到黎回。幸好何喜嘉及时抱起了他，结果自己的腿没有缩回来，被一锅热汤淋了个透。

“林总，我没事，真没事。”何喜嘉回绝。

卓尧沉默了一会儿，做了一个令人吃惊的动作。他弯下腰，抱起了何喜嘉，淡然地说：“不要说话，去医院。”

他抱着何喜嘉走进车库，把她放在后排车座上。他开着车就往医院赶。

“佟董，谢谢你。我没有想到，你会亲自送我去医院。”何喜嘉怯怯地说。

“要不是你，被烫伤的就会是黎回。我作为孩子的父亲，应该送你去医院，之后也会补偿你养伤期间的工资。”他一副公私分明的样子。

何喜嘉问：“我真的羡慕师父，你这样坚定不移地爱她。佟董，在我师父之后，你有没有喜欢过别的女人，哪怕是一点点的喜欢？”

“没有，一个也没有，一点也没有。”他语气坚定。

何喜嘉的脸上浮起一抹奇怪的笑意，不再说话了。

到了医院，他抱着她往急诊室走，恰巧碰上了也在医院的任临树。远远的，任临树就伸手指着他，直到走到他面前。

“佟少，别人说我还不信，这么大晚上的，你抱着女职员往医院跑，怎么，中奖了？”任临树说着，眼里满是轻蔑，回头往身后看了看，又看了看卓尧。

“她烫伤了脚，没时间，我不和你多说了，改天来公司聊。”

任临树望着卓尧的背影，感叹：“这一举动，该伤得我背后那个人多深啊。但愿她今晚不会失眠。”

在急诊室，医生检查了何喜嘉的伤后，开了药，并嘱咐她要定期来医院换药，只需在家休养，无须住院。

一切结束后，已是夜里十一点多。他开车送何喜嘉回家，让她暂时不要来上班了，并会安排家政上门来照顾她。他扫了一眼她住的环境，是快要拆迁的旧弄堂，衣服都高挂在巷子里，蚊虫又多，潮湿闷热，下雨还会漏雨，她用一个盆接着雨水。

他开门出去时，回头问她：“为什么要放弃澳洲优越的环境，独自来上海吃这种苦？”

她望着他，温柔地笑：“我并不觉得苦。”

他点点头，低头从窄小的门中走出去。

季东从家政公司找了一名阿姨去照顾何喜嘉，卓尧想，自己也只能做这些了。

日后，这件事成了任临树见他后张口就来的笑谈。

Y楼的工程还未到尾期，售楼部门庭若市，所有的门市铺位以及住宅层抢售一空。任临树亲自来到佟氏，参与下一步的开业筹划。走进办公室，两个男人一见面，就心照不宣地笑了。

“任总，这次你投资的回报可不小吧，事实证明，眼光说明一切。”卓尧坐在沙发上，递了支烟给任临树。

“你不是戒烟了吗？”任临树接过烟，点燃。

卓尧笑笑，轻轻理了理袖摆，说：“放纵一下，一个月后再戒。”

“她要回来了？”

“你是来谈工作，还是来谈私事的？”

任临树弹了下烟灰说：“这世上不是哪个男人都能做到经得起考验、耐得住时间、只爱一个女人。”

“听任总你这么说，看来你是做到了？”

“我只知道，佟少你没有做到。我和一个人打了一个有意思的赌，赌一个人的心会不会变。”任临树深沉地说。

卓尧端起咖啡喝了一口，问：“赌注是什么？”

“我现在不想告诉你，因为还没有赌完，不过胜利在望。对了，你的法务何喜嘉没来上班吗？不会是被你包养了吧。”任临树调侃道。

“无聊。还是来展望一下我们Y楼的未来吧。你过来看，未来我要在这里建一座巨大的观赏喷泉。还有这里，要请一线明星来做代言。我有信心，我们将携手打造第一流的购物商场。开业当天，销售额要突破上海的历史记录，你信不信？”卓尧站在Y楼的设计图前说。

任临树走了过来，手指间还夹着烟：“我信。不信你，我还会拿那么多钱投进去？我又不傻。不对，我得理理思绪，好像我的初衷就是因为我不信你才赌……”

“什么？”

“没什么，我有些晕，昨晚陪一个朋友喝多了。”

“你那是什么朋友，怎么总是喝酒。”

“她失恋了。”任临树说。

卓尧摇摇头，只当是听听而已。

“听说你竞拍到了一块地皮，花了不少钱吧，还是在湖边，你要做什么？”任临树消息灵通。

“计划建住宅，自己住。”

“你家那别墅还小吗？”

“给我儿子和女儿，这答案你是否满意呢？”

“满意满意，我是怕你金屋藏娇。”任临树开玩笑似的说。

卓尧转移话题：“你认识不错的建筑设计师吗？给我推荐一个。”

“你们集团还会缺好的设计师啊，佟少你可不要和我开玩笑。”

“我想低调建自己的住宅，不必大张旗鼓。”

“我明白了，是怕林总知道。好，理解。不过还真有一个，我回头把他的资料和设计作品发你。”

和任临树的谈话，大多都是这样的。卓尧直到很久以后才明白，当初自己听了以为是一句无关紧要的话，其实都是任临树颇用心的。深不可测的任临树，太神秘了。

卓尧本不想让母亲知道自己买地建住宅的事，但还是没瞒住。

两周后，林璐云气冲冲跑来质问他：“没经过我的许可，甚至都没和我说一声，你就买了那块地，又是湖边，不大不小，能建什么？你还是和从前一样自作主张。”

“那这个位置你来坐，好不好？”他指着身后的办公桌说。

林璐云一副苦大仇深的样子：“自从她离开了你，我没有哪一天见你给过我个好脸色，你就那么恨我？你为什么不恨她，她要告我们，要Y楼被封，难道她比我对你的伤害少吗？我处处为你好，你却更加恨我，我是你的妈妈，我所做的一切难道你不懂吗？”

“我不想和你吵。”他说着，拿起桌上的手机，走出办公室。

他开车去江边吹风，到处都是成双成对的情侣，他静静地看着江面的灯光，想着还有半个月就是她的回程之期了。

他打电话给林慕琛，询问曼君最近有没有什么消息。

林慕琛似乎正在酒吧喝酒，电话里传来嘈杂的摇滚乐声：“我没有碰到她，她应该月底回国，具体哪一天我不知道。你可以去航空公司查啊，以你的本事，应该可以查到吧。”

一语惊醒梦中人。

他立刻打电话让有关航空公司内部高层查一下曼君是否有订回国的机票，可遗憾的是，未来两个月里都没有她的订票记录，可以转机的城市也查不到。他失望了，是她不打算回来，还是，已经回来了？也可能她去了别的城市，世界这么大，她想躲得远远的，该是很容易的事吧。

不过很快他就收到了法院的传票，这让他相信，曼君，我们很快就要见面了。

是她提出的离婚诉讼请求，还包括两个孩子的抚养权。

他握着这张传票，不敢相信这个事实。期盼了她整整半年，还未见到她，就先看到了离婚诉讼的传票。她为什么要坚持走到这一步，难道，她真的不再爱他了？

他把自己关在房间里，断绝了和外界的联系，除了抽烟就只是喝点水，人迅速消瘦，下巴上胡楂青青的。

任临树在外面不停地敲门："佟卓尧，你给我开门，你不能这么不负责任，还有很多事要你来处理。你把自己关在家里，不要告诉我你在哭，你真是个没用的男人。不就是为了个女人吗，至于吗？她离开我这么多年，我一点都不想她！"

林璐云也哀求着："妈错了，你别折磨自己了。"

"爸爸，你开门呀……小兔子乖乖，把门儿开开，快点开开，我要进来……"黎回边哭边唱。

他终于打开门，抱起黎回，悲伤地对林璐云说："妈，我想好了，离婚吧。"

"那孩子得在我们身边。"林璐云紧张两个孩子的抚养权。

"等上了法庭再说吧。"卓尧艰涩地说，他经过一夜的痛苦挣扎才做出这个决定。小漫画，你那么多次都想抛下我，看来，我们是时候要分开了。

如果婚姻把我们磨灭成了这个样子，那么当初选择结婚是不是一种错误？

这半年以来日日夜夜的期盼，都被一纸诉讼吹散了。他从那天之后，脸上就不再有笑容，除了在黎回、黎声面前强装笑意，他几乎都是一脸的淡漠，就像这世上所有的事都与他无关一样。

九月一日那天晚上，他抱着黎声，牵着黎回，在商场的玩具店里逛。他这样的男人，带着一儿一女走在商场里，总是夺目的。不停地有人投来目光，夸赞两个孩子长得漂亮。

为人父，听到大家夸自己的孩子，总还是很喜悦的。

黎声已经七个月了，穿着蓝底碎花的吊带裙，戴牛仔遮阳帽，十足的小公主模样。

人见人爱的男人，有一对人见人爱的儿女。

“佟董，你也在这儿呀？”何喜嘉看到他们，打招呼道。

他见她的脚好了，走过去问：“听说你来公司上班了，伤都好了？”

“早好了，没事，虽然有点疤，不过又不是在脸上，你看我穿鞋不是照样露出脚背。”何喜嘉晃了晃脚。

原在卓尧怀里的黎声见到了何喜嘉，兴奋地张开双手朝何喜嘉笑。

何喜嘉拍拍手：“小公主，是要阿姨抱吗？你居然还记得我。”

这时，店内的黎回冲卓尧喊道：“爸爸，我挑好了，还给妹妹买了芭比娃娃，你快来付钱。”

他只好将黎声递给了何喜嘉，自己走进店内。

何喜嘉抱着黎回站在店门口，指着店内说：“黎声，看，那是爸爸，那是哥哥，妈妈在哪儿呀，我是妈妈……你喊，妈——妈——”

就在此时，一个熟悉的身影出现在何喜嘉身后，说：“何小姐，好久不见了。”

何喜嘉回头，惊得往后退了一步，吞吞吐吐低下头说：“师父，你回来了。”

阮曼君的身旁，站着林慕琛。

“你什么时候做了我女儿的妈妈，那我又是谁？”曼君从何喜嘉怀里抱过黎声。

黎回抱着玩具走出店，卓尧跟在后面，只听黎回尖叫一声，大喊：“妈妈！妈妈妈妈妈妈！”一连串喊了好多个“妈妈”，然后扔下了手里的玩具，抱着曼君的腿就不肯撒手了。

卓尧像是梦醒了般，一抬眼，就看见了半年不见的她。她穿着白色一字领

T恤，黑色半身长裙，极简单的衣着，看上去瘦了很多。他多想走上前拥住她，诉说这半年的思念，对她说，我想和你好好的，你不要离婚，不要离开我。小漫画，我不能没有你。

他看见她身旁站着林慕琛，像是受到了莫大的欺骗，走到林慕琛面前，目光如炬，清冷地问："你不是说你没有见过她吗？为什么你们俩会一起出现在这里？"

林慕琛指了指自己，又指了指曼君，说："你听我解释，我和她是见过面，但不是像你想的那样，你不要误会，冷静点，让我慢慢讲给你听。"

"不好意思，我冷静不下来。"他说着，挥手就是一拳打在林慕琛的左脸颊上。

林慕琛捂着脸，蹲下身子，指着卓尧："你不要逼我还手啊，我今年练了泰拳的。"

"佟卓尧，不如你先解释解释你和她是什么关系？你给了她什么身份让她可以教我的孩子喊她妈妈！"曼君看着卓尧的脸，心痛万分，眼里有太多的失望。

"我和她没有关系，你别把我当成和你一样的人。"他冷冷地说。

何喜嘉不停地道歉："师父对不起，你不要怪佟董，我们只是偶然碰上了，我和他没有关系，他爱的只有你。我也是逗孩子玩，才教黎声喊妈妈的。我没有非分之想，你要是介意，我这就回去辞职，离开上海，再也不出现。"

何喜嘉转身欲走，卓尧拉住她的胳膊，说："辞职？我还没批准。"

曼君看着他的手紧紧拉住另一个女人，仿佛要窒息一样，胸口好疼。她抱着两个孩子，说："好，不妨碍你再婚，孩子我带走了。"

黎回和黎声呆呆地看着他们的爸爸。

"大律师，既然你已经做好了和我争抚养权的准备，那我也告诉你，你想都别想，我不会把孩子交给你的。"他对曼君一字一句地说。

"大地产商，祝你财运亨通。"曼君说着，看了一眼何喜嘉，"还有，和她天长地久。孩子我先带回家住两天，等开庭吧，听法官的。"

曼君带着黎回、黎声往手扶电梯处走，林慕琛忙跟在后面倒着走，面朝卓尧，对卓尧抱歉地说："下回再和你解释，你可不要小心眼乱吃醋。再代我向姨妈问好啊，心脏哪里不舒服就随时叫我，我这个月都在国内。"

“滚——”卓尧厌恶地说。

他没有理会何喜嘉，直接乘电梯到达地下停车场。他将车开到路边，看到曼君抱着黎声，牵着黎回的手，上了林慕琛的车。

他在后面远远地跟着，看他们进了母婴店，买了些奶粉、纸尿裤等婴幼儿用品，然后又上了车。最后车在一栋大厦前停下，若他没记错的话，这座大厦是千树集团名下的，也就是说，属于任临树。

卓尧跟随他们下车，看着他们在17楼的一套公寓门口停下，曼君开门，抱孩子进去，黎声睡着了。林慕琛并没有进去，站在门口，待黎回乖乖地说“叔叔再见”后才关上了门。

林慕琛走后，卓尧按响了门铃。

“怎么又回来了，是忘拿东西了吗？”曼君边说着边打开了门。

他推门而入，关上门，把她压制在门口，离她的脸很近，双手钳制住她的手，低声说：“不要再见他，我吃醋了。”

“是你打电话给他，让他在英国关照我的。”她扬起瘦成瓜子脸的面庞，看着他。

“那是在英国，不是在上海，上海有我，轮不到他。”他说着，俯身想吻她。

她试图反抗，用头顶开他的额头，说：“佟卓尧，你一定是疯了，你这是在私闯民宅！”

“这房子是你买的吗？”他停下来问。

“我租的。”

“好。”他拿出手机，打电话给任临树。

“任总，你的欣悦大厦，我要买，明天派人来公司谈合同。”他挂断电话，对她说：“我明天就从任临树手上买下这栋大厦，所以这栋大厦属于我，连同站在大厦里面的你，也是属于我的。”他说着，想要拥抱她。

曼君用力推开：“你神经病，钱多得没处花啊，你忘了半年前你的窘境了？这栋旧楼买了做什么，总不能拆了重建吧！”

“你在为我担心？”

“我没有，我不会为了一个不相干的人担心。请你出去，就算你买下这儿，现在我租住在这里，我不想看见你。”她将他往门外推。

黎回跑了过来，睁大眼睛望着他们。

“爸爸妈妈，你们是不是在打架？”黎回撇着嘴，一副要哭的模样。

曼君用手抚了一下乱发，平复情绪，对黎回说：“宝贝，爸爸妈妈在谈事情，没有打架，你快陪妹妹去睡觉。”

“来，爸爸抱你到床上。”卓尧抱起黎回就往房间里走。

黎回的手环抱着他的头，说：“爸爸，妈妈回来了，我们要对妈妈好好的。”他点头，把黎回放到温软的床上。打开昏黄的小夜灯，他看了看房间，床单、窗帘、墙纸都是她的风格，满满的都是她的气息。他给黎回盖好被子，乖巧的黎回搂着妹妹，和他说晚安。他坐在床边看了一会儿，眼睛渐渐湿润。

卓尧轻轻关上门，回到客厅，见曼君坐在沙发上，赤着脚，他从鞋架上拿了一双拖鞋，蹲在她身边，给她穿上，一句话也不说，坐在她身边。就这么坐着，静静的，不说话，也是他期盼中的美好。

“你走吧。”她声音干哑，从沙发上起身。

他拉住她的手：“我不走。”

“你的手不要碰我！”她试图甩开。

“你是我的太太。”他反而拉得更紧了。

曼君用力拍打他的肩膀，嘴里说着：“我们的婚姻还有十天就可以结束了，请你自重！”

“要自重的是你。”他把她的手控制在自己的胸膛，柔声说，“一点也不自重，每晚都跑到我的梦里来捣乱。”

她冷笑着摇摇头说：“佟卓尧，要是以前，我应该会被你的话打动，可现在我不会了。你是什么人，在我走后的半年，我都看得一清二楚，我们不可能再继续下去了。”

“这当中一定有误会，是因为何喜嘉？刚才我和她是在商场里偶遇，你不也没闲着，和林慕琛逛商场。”他醋劲大发。

曼君抬起眼睛，注视着他的脸：“你总是把我想得很坏，既然我在你心中是个坏女人，那你为什么还要来纠缠？放手吧，把两个孩子交给我。我不想你将来再娶的女人伤害我的孩子。”

“不可能，你想都别想。阮曼君，从巴黎回来后，你就像变了一个人，从第一次因那个民工的意外死亡和我打官司，要我停下Y楼计划，到你不顾我的感受，在我最艰难的时候离开我。而现在，我的生活好不容易恢复了正常，你又要来和我离婚，抢孩子的抚养权。为什么不能和我好好生活？我过去那个善解人意、温柔娴静的小漫画去哪里了？你把她还给我。”他低念着。

“我不想再听你说，说再多也没有意义。十五号法庭上见。”她悲哀地说。

卓尧缓缓地松开手，绝望地看着她：“好，我尊重你的选择。Y楼12月开盘，我还是想告诉你，这个工程是没有问题的，当初我们因Y楼出现分歧闹僵，现在……”

“你想证明你赢了，我输了，你是最大的赢家，对吧？好，恭喜你，佟大地产商。”她双手抱在怀里，话语中充满了尖酸。

“不，自始至终赢的都是你……我输了，我输掉了你，我承认，我这辈子也没这样惨过。”卓尧嗫嚅着。

“我的人生未必比你过得快乐，这半年来，我在思念两个孩子的煎熬中活着，我过得没有你那么春风得意。”她刻薄地反驳。

卓尧指着黎回、黎声睡的房间：“你明明可以不走，就像现在，我们还要一错再错下去吗？伤害的是两个无辜的孩子！你不在我身边，我有多挂念你，你看见了吗！”

“看见了，你有新欢，就不要再纠缠旧爱。”她说。

话题又绕回了原点，这样说下去，谈到天亮也不会有结果。

“我没有新欢，你也不是旧爱。”

“卓尧，我想好了，我不爱你了，坦然面对离婚的事实吧。我想重新开始一段和你无关的人生。”

……

他说不出话来，喉咙口像被什么给堵住了。

在这炎炎夏日的夜晚，他心中一片凄凉。再也不会像从前那样，即使争吵，只要注视着对方的眼睛，就会忍不住笑起来。他从她的神情里，看到了她的陌生和绝然。她是深思熟虑过的，和半年前不一样，她这次提出离婚，是认真的，没有挽回的余地。

他全身冰冷，像是从赤道一下跌入了北极。

一个人想不想和你继续下去，只要看眼神就能得到答案吧。

不记得是怎样离开她的住处的，又是深夜几点回到了家里，伴着淋在身上的冷水，他捂住脸，痛苦地哭了。结束了，以后再也没有希望了。他躺在床上一支接一支地抽烟，整个人像没了主心骨。

翌日。

卓尧下楼，见母亲端坐在沙发上，看起来准备了不少话要说，他索性转身打算上楼，避开不必要的烦恼。

“你给我站住，下来！你告诉我，你把我的孙子、孙女弄到哪里去了？”

“送他们去朋友那儿玩几天。”他无力地回答。

林璐云冷哼一声，叹息道：“我听何小姐说了。她回来了，我们的好日子到头了。她起诉离婚，要求得到两个孩子的抚养权，她凭什么？我倒想见见她，问她这种无情无义和自己丈夫打官司抛下刚满月的女儿的女人，凭什么做母亲，凭什么要孩子的抚养权？想当年，我和你爸爸，我什么都没有，还是个见不得光的第三者，可我还是没有抛下你和你姐姐，你们三个孩子，我一天也没有离开你们。”

“妈，过去的事不要提了。以后不要再和何喜嘉来往了，会生出事端，我不想被人误会。”

“你还怕被她误会啊？她和你第一天离婚，我就第二天宣布你和何小姐的婚讯，我要气死她。我儿子这么优秀，想嫁进来的人那是一呼百应……我看她把你折磨成这样，心疼啊……”林璐云抹着眼泪。

卓尧走到母亲身边坐下，拥着母亲的肩膀：“别这样，别把她看成仇敌，她到底是你两个孙儿的妈妈。以后别再为我担心了，好的坏的，我知道都是你给我的母爱。你好好休息，孙子、孙女只有你一个奶奶，他们不管在妈妈那儿，还是在我们这儿，都是爱你这位奶奶的。妈，我不想看见大家不快乐。”

“我知道，我以后都听你的，好像又回到了过去，你两个姐姐嫁人了，你父亲也走了，我们母子二人相依为命的时候。”林璐云的声音有点哽咽，“儿子，你怪不怪我？恨不恨我？如果早知道你会这么痛苦，连我两个孙子孙女也被她带走，那我就是给她跪下磕头，也不能让她走啊，都是妈的错。”

“你是我妈。”他只说了这四个字。

哪怕千错万错，她都是母亲。

每一天都过得像机器人一样忙碌，痛彻心扉又怎样，公司里还有一大堆事情等着他。他们集团养活了数千人，他不能垮。Y楼即将进入装修阶段，各个专柜和卖场的代理商都在做最后的商洽。

任临树过来时还带了一个人，二十出头的年轻男孩，戴着黑框眼镜，下巴上蓄着一缕小胡子，文质彬彬。任临树介绍道：“这位是我们千树今年新签约的设计师，伍隆，别看年轻，设计出了好几栋国际著名建筑，比方……”

“好，我相信你的眼光，我的房子就交给他了。”卓尧打断他，接着说：“伍隆，这是我个人的想法，都标注在图纸上了。另外，还有我太太的个人喜好，卧室要大，飘窗多设计几个，还有我屋后的后花园里打算种植百合，你帮我设计好。房子前院要有儿童游乐园，不要泳池，孩子小比较危险。再建个鸡舍，还有马舍，我打算养一匹马。湖边统一安排种香樟树。”

伍隆用笔快速记录，直到卓尧说完，才合上了记录本，说：“佟少，你放心，我画好了初稿就拿给你过目，我不是第一次做私人别墅，但像佟少这么懂得生活的人，并不多见。”

“何以见得？”卓尧干涩地笑问。

“你养一匹马，种这么大一片百合花，湖边种一排排香樟树，还有儿童游乐园，这都体现了你的品味和生活，所以，佟太太真是非常幸福。”伍隆只顾着说，忽略了佟卓尧脸色的变化。

任临树笑道：“伍隆才从越南回来，对上海还不是很了解。”言外之意是说，伍隆是无心冒犯，并不知卓尧和曼君的事。

“没事，我很期待乔迁的那一天。”卓尧说。

伍隆走后，任临树就迫不及待地问：“我听说你太太回来了，还要带走孩子，和你打离婚官司，你也同意离婚？你真打算和何喜嘉双宿双飞？值得吗？你太太是个好女人，不要轻易放弃。”

“你这些是听谁说的？”他有些惊愕。

“哪有我打听不到的事。我是很好奇，你们都要离婚了，你还花费那么多钱建别墅做什么，送她吗？”

“对不起，我的合伙人，私事无可奉告。”

“你告诉我，对你是有好处的，说不定可以改善你们的关系。你看，你斥巨资买我的一栋旧大厦，Y楼刚建成，你现在又建私人别墅，你考虑过集团的未来没有？”

“这点钱我还是有的。”

“好，我欣赏你的魄力，不够问我借。”任临树仗义地说，然后又问，“我很奇怪，一向谨慎的你，怎么见伍隆的第一面，还没看见他的设计作品，就同意他做你新豪宅的设计师？”

“因为我信任你。”卓尧看了一眼任临树说。

任临树有些受宠若惊：“你这么信任我，要是将来发现我欺骗了你，你会不会把我灭口？”

“可能会更惨。”卓尧带着威胁的笑容。

卓尧从公司出来时，正好是下午五点下班时刻，碰到了何喜嘉。何喜嘉看到他后慌忙低下头，加快脚步走开。他走上前，说：“不用刻意躲避我，本身我们就没有什么，从前你是我太太的徒弟，如今你是我的员工。”

何喜嘉只是点头，把头低得更低了。

“十五号开庭，你做我的代理律师吧。”

“和师父打离婚官司吗？”何喜嘉看周围没有人，问。

“是的，终于，我们要离婚了。”他凉薄地说。

何喜嘉哽咽了，点头再也说不出话。

他察觉到对方在哭后，转身离开了。对于除曼君以外女人的哭，他是全然不想面对的。那时任何一个细微的举动，都显得亲昵了。想想，这么多年来，他没有在任何人面前哭过，除了曼君。

年少时被人取笑为私生子，他总会昂起头，挺过去，他没有向人诉说痛苦的习惯。伤口，是最不能给外人看的地方，有的人会伸手碰一碰，有的人会忍不住对你说几句废话，这只会增加伤口发炎的概率。

受了伤，就别逢人诉说了，没用的，旁人终归是旁人，没有几个人真把你的伤当自己的痛处。如果真有那么个值得倾诉不幸的人，你面对着他，未及开口，已无声哽咽。能够让你不用哭着说出伤痛的人，都是不需要说的人。

这一生，陪着我们一同欢喜的该是身边的全部人，陪着哭的仅一个人就好。

小漫画，你本该是陪着我欢喜，也陪着我哭的那唯一的一个人。

只有你懂我的脆弱和无助。

站在办公室的窗户旁俯瞰，楼下人和车皆如蝼蚁般渺小，不远处的Y楼高耸着。他的梦想却越来越细微了，细微到能和她站在这里一起看楼下的风景。他回身看办公室的门，仿似看见她俏皮地笑着推门进来，歪着头说：走，一起吃饭去，想吃什么。

依稀就在昨天。

人生中一些对白、画面和场景，某一刻仿佛似曾相识，像是在之前的岁月里早已经历过一遭。年龄越大，这种感觉越强烈、越频繁，或许是因为我们的确周而复始地活着，又或许因为我们只是在梦境里不期而遇过。

他的迷惘和挫败感，都来自于她。

林慕琛的手机关机，失去了联系，这让他隐约感觉林慕琛和曼君有些什么事在隐瞒自己。他不明白，为什么她会那么信任林慕琛，而不是自己。在女儿出生时，她选择告知林慕琛，在她心中，他还不如一个外人。

她或许看待他如仇敌。

十五号开庭。

这一次是不公开开庭，一切都很低调，没有媒体知道，他也没让母亲来，怕母亲一时冲动，说出的话使曼君的情绪更加糟糕。他从车上下来时，咳嗽了一声，坐在后座的何喜嘉贴心地说：“感冒了，等会儿我去给你买些感冒药，开庭前服用。”

“不用了，等会儿，尽量想办法让法庭不批准离婚，我们的感情没有破裂。实在不行, 判离婚的话, 关于孩子的抚养权, 只许输, 不许赢。”他嗓音沙哑地说。

“输? 什么意思, 你难道不想要黎回和黎声的抚养权吗? ”何喜嘉吃惊地问。

卓尧点头，低声说：“她不能没有孩子，她是那种不能活在孤独里的人。再说，只要孩子在她身边，时间长了，她一定不想看到孩子没有爸爸，到时她就会心软了。我无法放弃她。”

她已经没有我了，不能再没有孩子。这是他对她最后的关爱。

当然，他仍抱有希望。

他不懂，她像着了魔一样执意要离婚，他究竟错在哪里，让她无法原谅他。

“是不是上次打官司时，你也对江照愿说过同样的话？你是故意输给她的，你那么爱她，她不珍惜，还和别人一起搞垮你，就为了当第一女律师。曾经有个那么爱你的女孩，你却不珍惜。”何喜嘉问，抬起眼，脸上有一闪即过的丝丝阴郁和仇恨。

“你也看了那些八卦报道？是的，我拿走了江律师准备好的证言证据，我希望曼君赢，我不想看她输给江律师。你是她的爱徒，不可以这样说她。”他望着方向盘说。

“可她已经误会我了，不会把我当徒弟了。我只是对黎回和黎声很喜爱，所以才抱抱孩子，师父她却以为我乘虚而入，对你有所图。”何喜嘉涨红了脸，委屈道。

卓尧轻声地说：“别介意，她此刻到底怎么了，连我都不明白，像脱胎换骨般变了个人。这半年，我和她不在一起，她经历的是我缺席的，可能她有难言之隐。”

“难言之隐，和那位林医生吗？”

“不会，她不会爱上别的人，就算走到今天这一步，我也相信她还是爱我的。等会儿开庭，你好好发挥，记得我说的，尽全力争取驳回她的离婚诉讼，实在不行，就想办法把两个孩子的抚养权给她。”他重申一遍。

何喜嘉点头。

他下车，看见几米以外的她站在路边，穿着一件浅色牛仔衬衣，袖子松松挽起，在夏日的早晨，显得慵懒随意。阳光照在她身上，有些热，她用手里的文件扇着风。

卓尧从车后备厢里拿出一把伞，撑开，走到她面前，这是分别后第一次细细地看她。半个月前是在夜里，加上在商场里看见她和林慕琛在一起，他情绪混乱，没有认真平静地看她。现在，他反而宽了心，将伞遮在她的头顶，问："黎回和黎声呢？"

"我找了个阿姨照顾他们俩，我暂时不打算工作，这样就能专心照顾他们了。"

"你怎么就有信心抚养好两个孩子？你不工作，哪来的薪水？没有薪水，怎么养两个孩子？我不能让你降低我孩子的生活水准。"他凑近她的脸，低声说。

曼君说："你每月都要支付抚养费，再说了，婚后财产还有一半，我走的时候，账户上一分钱都没带走。"

"你是要和我争财产？"他笑。

"生活面前，必须现实。"她嘴硬。

他伸出右手，揽住她的腰，往自己怀里一搂，说："只要不离婚，你就是佟太太，所有的财产都属于你。"

"我不。你放开——"

"我不放——"他说着俯下身，额头贴在她的额头上，凝望着她的眼睛，手牢牢固定住她。几秒后，他吻了她，像是要用尽全部的力气，把这余生所有的吻都补偿在这一次，狂风暴雨般，不许她挣扎，不许她逃脱。她恨恨地咬住了他的唇，红着眼望着他。

直到他松手，她才松口。

"最后一次，像从前那样，好不好？以后，我就不能像现在这样，肆无忌惮地吻你了。你现在还是我的太太，你现在还是。"他再一次抱着她，眼里满是哀伤，像要哭了。

他还是会时不时跟孩子一样。

这一回，换曼君大声哭了。事到如今，再无回头之路，好一会儿，她才渐渐平息。他只是安静地抱着她，把下巴放在她的额头上，用手背给她拭泪。她这般悲戚，大概是心如死灰了。

她缓缓地说："忍了好久好久的眼泪，这一次，全在你面前流了。我仔细想想我这小前半生，得到了我想得到的一切，可是，我从来都留不住。若你认为我是在报复你、恨你，我承认，你令我心碎。我把自己折腾成这样，你不会再心疼了吧。佟卓尧，我们已无法回头了。”

“对不起，过去是我不好，你想要的生活是什么，你说出来，我可以放下一切。小漫画，我们回小渔村好不好？回到从前，重新开始。”他恳求着。

曼君只是摇头：“不，我不能原谅……小渔村的楼，我卖了。”

“我不同意你卖，卖给谁了，我去买回来！”他急急地说。

“算了，小渔村只能存在于童话中。回不去了，房子空着也是废弃，倒不如卖了。别怪我，那些背后见不得光的事，如果不是亲眼所见，我也不会相信。可是佟卓尧，变质了就是变质了，我们的感情就像变质的食物，不能要了。”曼君抬起头，泪珠还挂在鼻尖上。

他用手指拭去她脸上的泪。

“我没有做见不得光的事让我们的感情变质。现在，我们手牵手离开这儿，好不好？”

“不要再说话，抱着我，抱紧一些。”她倚靠着，留恋这久违的温存。

直到她看见何喜嘉站在他身后，她才从他的怀里挣开，恢复了冷静：“你的律师来了，进去吧，等会儿在法庭上可不要怪我无情。为了孩子的抚养权，我不是会手软的。”

“我没有做对不起你的事，没关系。”他说。

法庭上。

卓尧坚决表示了自己不同意离婚的决心，认为他们夫妻之间仍有感情，是一些误会和摩擦导致的芥蒂，也谈到了黎回、黎声尚年幼，不能轻易判决离异。

何喜嘉作为卓尧的辩护律师，起初看似是积极在争取法官的理解，希望他不要判离异。只是慢慢的，何喜嘉擅自决定，说的话也变了味。

“我之所以要离婚，不仅是我们情感不和，还有，我的丈夫——他有了第三者。”曼君突然说出这个消息，如同一枚炸弹扔了进来。她转头望着他，迎上他震惊的目光。

接下来，她看着何喜嘉说：“而这个第三者，不是别人，就是此刻站在法庭上的何小姐。所以，何小姐，你的辩护词是不是显得单薄了？”

何喜嘉顿了顿，昂起头，看着曼君，承认道：“是，我是他的情人，我们在一起了，从你走了之后，我们就住在一起了。”

“何小姐，你可真不要脸呢。”曼君冷笑。

“胡说！没有的事！”

卓尧怒从中来：“喂，何喜嘉，你怎么回事，吃错药了吧，我和你只是单纯的上司和职员的关系，你不要凭空捏造。”

曼君忍住泪，说：“好了，第三者自己坦白了，所以，我也没必要再举证。这种事拿出来说是可耻的，但为了两个孩子的抚养权，我也无奈，总不能让孩子跟着后妈和这样的父亲生活。我恳请法官将年幼的孩子抚养权判给我，我比任何人都更适合照顾孩子，我是他们的母亲。”

“等等……让我缓一缓。”他有些招架不住，这突如其来的变故，两个女人同时翻脸，一唱一和，配合默契。他脑中飞快地闪过一念，难道，一切都是曼君有心安排的？他反应过来，立即说：“我明白了，你们俩串通好的。曼君，别闹了，我们不要这样，即使你费尽心思想和我离婚，也不要给我来这样的手段。我是个有血有肉的人，你能体谅我的心情吗？”

“我倒是真希望这些丑陋的事是如你所说我一手安排的。”曼君回敬道。

两人在庭上针锋相对起来。

他突然离席，选择愤然离去，并冷冷地抛下一句话：“你休想离婚。在我没把事情弄清楚之前，你永远都是佟太太！”

这场离婚诉讼以不了了之为大结局。

从法院走出来，她站在门口等何喜嘉。

“师父——”何喜嘉仍是从前的口气。

曼君伸出手做出就此打住的姿势，说：“别叫我师父，我没有你这个徒弟，我也没有本事教你。我以为江照愿才是对我的婚姻虎视眈眈的人，我万万没想到，最终看似纯良无害心心念念希望我们夫妻复合的你却做了我们的第三者。”

“被人抢走心爱的男人，滋味是不是很难受？”何喜嘉幽幽地说。

曼君忿然地看了何喜嘉一眼：“你不要忘了，他还是两个孩子的父亲。我们多年情分他都可以背弃，何况你？他不过是利用你报复而已，你也别太高估你自己了。”

“那就看谁能笑到最后，阮曼君，走着瞧，我要让你失去你从别人手里夺来的一切。”何喜嘉阴冷地说，露出了真面目。

“你……”曼君气得捂住了胸口，怒视何喜嘉。

原来只听过教会了徒弟，师父没饭吃。没想到，这个徒弟竟有这么大的野心。

此时，卓尧开着车，行驶在车流穿行的马路中，他还未从刚才的对簿公堂中清醒过来。难以置信，不久前还与他相拥不舍的曼君，会在法庭上痛斥自己有第三者，根本就是莫须有的事情，何喜嘉竟也会当庭承认。他不顾法警的阻拦冲出法庭，就是为了停止这场离婚诉讼。他不容她对自己这样的侮辱。

车在路口掉转方向，他驱车往郊外开去。

湖边此时已是一片绿意盎然，他把车停靠在树下，这里的一片地他都买下了，也就是要在这儿建一栋别墅。风吹在脸上，他转身看着远方，想着这半年来过的每一天都那么艰难。

她成了一个让他全然陌生的女人。

忽冷忽热，他开始害怕。

不畏惧生死，不畏惧衰老和疾病，独畏惧她做好了离开的准备。

他抽了很久的烟，直到黄昏，原来在这里看日落，是这么美。

将烟盒里的最后一支烟抽完，他才起身往车里走。回市区的路上，车辆寥寥无几，不知不觉中，车转了几个弯就行驶到了她租住的大厦楼下，再经过几道手续，这栋大厦就正式归为他集团名下了。

在车里坐了良久，他才走进大厦。这栋略旧的大厦，主要是办公和住宅用，全部以承租的方式对外经营。他买下这儿，只能是一笔不盈也不亏的无用交易。若不是和她赌气，他怎会做这种买卖？

按门铃，开门的是一位四十多岁的妇人，敷着面膜，用奇怪的眼神看着他，问：“你找哪位？”

屋内传来黎回支支吾吾的声音，还有黎声凄厉的啼哭声，他心一紧，用力推开妇人，直接走进客厅寻找孩子。

“喂！你是谁，怎么就往里面闯，再不出去我报警？”妇人跟在后面想要阻拦他。

他看见房间里，黎回的嘴里被塞上了袜子，手脚被绑住。黎声则坐在地板上放声大哭，积木洒落一地。

那一瞬间，他快要疯了。

他冲过去，解开绑住黎回手脚的鞋带，拿掉塞到嘴里的袜子，同时抱起两个孩子，心疼得要命。他愤怒地对身后的妇人说：“我想你一定是活得不耐烦了，他们是我的孩子——”

妇人吓得将手中的毛巾掉落在地，一个激灵就想往外跑。恰好这时，门外传来曼君进门的声音，她边脱鞋边说：“小宝贝，妈妈回来了，今天乖不乖啊？张阿姨，我买好菜了……”

“咦，张阿姨，你怎么了，要去哪儿吗？”曼君问。

“曼君，快关上门，不要让她出去！”卓尧说着，抱着孩子走了出来。

曼君立马下意识地关门，反锁，背贴在门上，警惕地看着自己请来的家政张阿姨。

张阿姨吓得瘫软在地，还狡辩说：“我知道错了，孩子把玩具弄得一地，我收拾不过来，所以才那样做的。顶多这几天的工钱我不要了，算我白干了……”

“怎么了，发生什么事了？”曼君一头雾水地问愤怒中的卓尧。

他搂紧孩子，厉声说：“你看你找的什么家政，觉得孩子哭闹很吵，到处丢玩具，就用东西把孩子的嘴堵住，手脚绑起来。还有黎声的纸尿裤一天都没换了，估计也是等你回来赶紧做做样子。”

曼君难以置信地看看地上的张阿姨，又看看黎回：“是真的吗？黎回，小孩子不可以撒谎。”

黎回点点头，带着哭腔说：“不能告诉妈妈，不然就不给饭吃。”

“为什么这样对我的孩子，我给你的薪水是双倍，就是想你对孩子真心一些，没想到……你会做出虐待孩子的事，这是犯法的你知不知道？”曼君在察看孩子后确认黎回和黎声没有受到太大的伤害，才问。

张阿姨求饶：“我不懂法，求你们放过我这一次……”

“就算你不在我这里工作，你去别的家庭，也还是会虐待孩子，我要报警……”曼君拿出手机，欲拨打报警电话。

“不要……我不能失去工作，我家里上有老下有小，还有八十多岁的老母亲瘫痪在床，每月都要治疗，我不能被抓起来，家里的老人和孩子都不能离开我……求求你们发发善心……太太，你体谅体谅我吧，就饶了我这次……”妇人边哭边哀求着，双手牢牢抓住曼君的腿。

卓尧喝止：“你住口，你虐待我的孩子，我不会轻易放过你！”

“太太……先生，你们夫妻俩都是好人，好人一生平安，别和我这个坏人计较……我以后不敢了。”断断续续的哭声扰得曼君心烦意躁。

“我和他已经不是夫妻了。算了，你走吧，我不追究了。不过奉劝你，我们家没有安装监控，但现在很多家庭都装有微型探头，你以后再敢虐待孩子可就没这么幸运了。我一是看我孩子没有什么事，二是看你上有老下有小。”曼君说完，转身把黎回抱在怀里，心疼极了。

她竟莫名其妙觉得不是很生气，也许是因为那句：你们夫妻俩都是好人。在旁人眼中，他们还是一对恩爱的夫妻。他们可以在别人的眼中继续做着夫妻，也只能是这样了。

“谢谢先生，谢谢太太……”在一阵感激涕零之后，张阿姨迅速逃之夭夭了，就像是生怕曼君反悔一样。

好不容易安抚好两个孩子，把他们都哄睡着之后，他们才坐下来面对面谈论孩子的问题。

卓尧不再做出让步，坚决地说：“你也看到了，孩子根本不能交给这样的人看管，这是我正巧碰见了，我们没看见的时候还不知道有多可怕。黎回和黎声才这么小，不能经历这些，不然以后对这个社会的认知会满是阴影。”

“我会重新找一位可靠的阿姨来照顾他们的，不用你操心，不是每一个人都这样坏的。”她辩解。

“那你刚才为什么这么轻易放她走？应该报警把她抓起来，最好你亲自起诉她，和她对簿公堂，再判她个虐待儿童罪关进监狱，这才符合你阮大律师，上海第一女律师的称号。”

“我做事用不着你教，你可以走了。”她背对着他，以示抗议。

他斜睨了一眼桌上的文件包，从中散落出了个人简历。他心中有数，她这么晚才回来一定是去面试了。

卓尧伸手放在她的肩上，扳正她，让她与自己面面相对。他盯着她，不容置否地说：“明天早上，我会接孩子回那边的家，我无法放心把孩子交给一个自己要出去工作，还把两个孩子交给家政的妈妈。”

“谁说我要出去工作！”她反驳。

卓尧沉默着，只是眼睛看了看桌上的文件。

曼君大声说：“找工作又怎样，那是我的事。你不同样有工作，你不同样是请人带孩子，我们有什么区别！”

“你在庭上不是说自己不用工作，亲自照顾孩子，你说你卖了小渔村的楼，你有存款可以负担孩子，你都是骗法官的吧——大律师也会撒谎？这是不是知法犯法。我很好奇，你花几千块请的家政保姆和我年薪三十万聘请的育婴师是一个级别吗？”他得意地笑。

曼君恍如未听到，一言不发，静静地坐着。她内心何尝不挣扎，又想把孩子留在身边，又必须出去工作，她如何能放心把孩子交给这般不负责的外人看管。她此时没了底气，只能一声不吭。

“你不说话，我就当你默认了。明天上午我会来接黎回和黎声。至于别的事，以后再和你慢慢算清楚。”他直起身，缓缓往门外走去。

她望着他的背影，两行清泪无声地滑落。

卓尧，我们怎么会变成这样子？

曾经的两情相悦，此刻的两两凄凉。

她一直认为，两情相悦是有两种境界的。

两情相悦的第二境界：当你说出你爱我，我回应说我也爱着你。这并非是最动心的爱情。我想，第一境界应是：你从未说，我从未提，可你知我心，我知你意，心证意证。就好像默默喜欢一个人，话痨的你，反而与他的话极少。在一起相处时，目光总忍不住转向他，恰巧他也望着你。那种无法言语的心境，是第一境界。

过去的夜里，两个人各做各的事，她常会突然喊一声他的名字，他轻轻应声，她不再说话，继续做自己的事。是的，只要知道你在那儿，就好了。分开后，有段时间，她还是会忙着忙着就突然喊一声“卓尧”，可四周空落落的，无人应答，她只能捂着脸哭。

这两情相悦，难寻难觅。

世上再无他这般让她安宁的人。

第七章

他是世间最美好的男子，深情而孤独

此生能够始终和你一起生活，用一辈子的温柔奉陪到底，属三生有幸。而我这三生三世，只要同你走过一生一世，其余两生，就算孤独终老，亦是甘愿。

最深的不是海洋，而是我对你的想念。

相思始觉海非深。

哪怕再多的纷扰和争端，也不能够让爱磨灭。怎么能够因为那么几件事、几句话、几次伤害，就使我不爱你。他相信她是一时糊涂而迷失了，不会真的绝情。就像是在演戏，戏里他是她的仇敌，戏外，他们还是亲密爱人。

只是这场戏，何时才会落幕。

清晨的光照在他黑色的商务车上，他下车，肩上背着一个红色汽车形状的小书包，引来周围人的目光。那般高大的体形和肩上的小书包形成鲜明对比。

他是世间最美好的男子，深情而孤独。

路过的女子边望着他边掩嘴偷笑，估计是在想这个英俊的男子会是谁的丈夫，又是哪位小朋友的爸爸。他就是这样一个男人，在任何地方，即使一言不发，也会引人注意。而他身上透着的那股清冷和孤傲的气场，又使人只可远观。

曼君开门的时候，他正伸手要按门铃，只见他温和地微笑："你知道我在门口？"

"我只是想把垃圾袋放在门口，碰巧而已。进来吧。"曼君推开门，往后退一步，她见他穿着宝蓝色衬衫，面颊消瘦，脸上浮着一抹愁容。他转了转腕上的手表，露出笑意。

黎回见到他，热情地扑了上来："坏人被超人爸爸赶跑啦！"

黎声坐在沙发上，望着他张嘴"咯咯"地笑。两个孩子的随身用品都已收拾好放在茶几上，还有一些新衣服。他看得出，她是做好了送孩子走的准备，她眼睛红肿，昨晚一定是哭了一夜才狠下决心的吧。他心疼得慌，瞬间就忘了她给自己带来的伤痛。

“孩子的东西都在这儿，我买了几件新衣服给他们，你带回去。我没别的好给他们买了，我知道你那儿什么都不缺。还有，天气忽冷忽热，当心秋季腹泻和感冒，尤其是黎声，她出生就体弱。”她思绪有些混乱，絮絮叨叨，不停地说话来掩饰内心的惶恐不安。

再一次要把两个孩子从自己身边送走，可是没有办法，孩子得不到好的照顾，她又不能亲自在家带孩子。他看她备受煎熬的样子，心软了，开口说：“这样吧，你就别工作了，在家安心照顾黎回、黎声，我每个月支付你们抚养费，这总行了吧。”

“不用了，我不想用你的钱。”她咬紧牙关，“我想自力更生，我有这个能力。我有存款……”

“存款？你要说你卖了小渔村的楼得到的钱吗？我查过了，你并没有卖掉那栋楼，我就知道，你不会卖的，你舍不得。”他眼神凝视着她，像是能看穿她内心的全部。

“卖与不卖都是迟早的事，好了，你不要自作多情了。我和你没什么好说的了。”她正说着，手机响了，看了一眼手机屏幕，走进厨房，关上门。

他对黎回耸耸肩，说：“你看你妈妈，对爸爸这么凶，你是不是该帮帮爸爸？”

黎回认真地想了想，摇摇头：“不，我要帮妈妈。”

“为什么不帮爸爸？你偏心。”

“因为，爸爸帮自己的妈妈，就是帮奶奶，所以我也要帮我的妈妈。妈妈很可怜，妈妈总是在哭，还要对我和妹妹笑……”黎回嗲嗲地说着，抱紧了爸爸的腿。

他听了，心里很不是滋味。

曼君在厨房讲电话。

“我九点半到，好的，待会儿见。”她挂断电话，拉开门走出来。

“怎么，一会儿有事？”他问。原打算带她和孩子一起出去吃饭的。

“你都知道的，面试的事，这次是事务所主任的职位，我有把握。就算离开正清，我也必须要找个比正清高的职位。”她胸有成竹。

卓尧冷眼看着她：“难怪你会这么主动让我接孩子回去，原来是不想我们挡着你步步高升，先恭喜你啊！我想，你赢我的那场官司，也为你的应聘增加了不少光彩吧。”他语气一沉，靠近她的脸。

曼君并不退让：“当然，这是我有史以来最成功的一场官司，我没有因为被告是谁而左右自己的判断。”

他点头：“是，是这样的，你说的一点也没错，也只有你，才能够做到和自己的丈夫对簿公堂。”

两个人你一言我一语针锋相对。

黎回把小手别在身后，走到黎声旁边，捂住黎声的耳朵说：“妹妹，爸爸妈妈又要吵架了，我捂住你的耳朵，这样你就听不到了，就不会像哥哥一样害怕了。”

黎回稚嫩的话语，让他们俩的争论暂时停下来，两个人都看着孩子，渐渐平息火气。

“我赶时间，以后再说吧。我们该说清楚的事太多了。不过应该我先恭喜你，你终是赢了，你的Y楼让佟氏再次跻身这座城市最显赫集团的行列，你现在开心了吧。”她用手揉揉太阳穴。

他在心里说，我怎么开心得了，没有你，拥有再多，又怎能开心。可他表面上还是不服输地说：“那我就先预祝你顺利当上主任，恭喜了。”说完，他抱起两个孩子，回头看着沙发上的衣物说，“今天一次拿不了，下次我再过来拿。”

她想说什么，又打住了。

本想帮他提下去的，可内心显然在期盼着下一次与他相见。

黎回拍了拍爸爸背上的小书包说：“爸爸，你是要送我去幼儿园吗？我舍不得妈妈。”

“妈妈要工作呀，你都是小男子汉了，这样怎么能做妹妹的好榜样。”他教育起孩子来倒是头头是道。

也许孩子在那个家里她会更放心些。

“妈妈再见！下次我来背《三字经》给你听。”黎回摇摇小手说。

出乎他的意料，黎回和黎声都不哭不闹地趴在他肩上。

他想，她一定和黎回说了什么，不然这个最黏妈妈的小家伙怎么可能会这么乖乖地跟自己回去。他回头朝她看了一眼，就见她对两个孩子微笑着摆摆手。见他看着自己，笑容立刻止住。

回到车上，分别把黎回、黎声在安全座椅上安顿好，他这才放心地回到驾驶位，扭头望着正细心给妹妹擦嘴的黎回，问："黎回，你告诉爸爸，妈妈和你说什么了，你这么乖。"

"妈妈说，要听爸爸的话，爸爸看你很乖，也许就不会给你找个凶巴巴的后妈了。爸爸，我不想你给我找后妈，白雪公主的后妈是坏人。我不要后妈，我要乖。"

他伸手摸摸黎回的头，坚定地说："妈妈只有一个，爸爸永远都不会给你们找后妈，因为爸爸只爱妈妈一个呀。嘘——不许告诉妈妈，免得她骄傲。这是我们之间的秘密。"

"嘘，秘密。"黎回把食指放在唇边。

哪知道一下车，黎回就在电话里对着曼君大声喊："妈妈，爸爸说他只爱妈妈一个，他还不让我告诉你。"黎回边说边"咯咯"笑，"妈妈，爸爸说你会骄傲的。"这时，卓尧将手机拿走，放在耳边说："黎回说的话……"

他接下来本想说的完整的一句话是：黎回说的话，你应该能明白我的心意吧。

可曼君打断他："你哄孩子的话，我是不会当真的，放心吧。你和何喜嘉……"

"够了，我和她的事你应该最清楚。"他怒从中来，这次对话不欢而散。

林璐云见到日思夜想的孙子和孙女，小跑着出来，那样子，真是个慈祥的好奶奶。荷姐守候在一旁，司机会送黎回去幼儿园。卓尧总算是放心了，这才开车去公司。他有件事，必须立刻当面问清楚。

他仍存有美好的幻想，以为剥开层层误解，他们就会一如当初。

曼君此时正在文略律师楼面试，面试官是这所律师楼的几名合伙人。她坦白说出自己以往的所有经历，也包括在正清律师事务所代理过的几起重大案件官司。而她并没有说起有关佟氏集团的那起官司。

其中一名瘦高的合伙人盯着曼君的简历，半晌，抬头看她："来，和我们说一说那件轰动全城的官司，你为坍塌事故中身亡民工的遗孀做法律援助，我们很想听你亲口讲讲，你如何能够以律师的身份去起诉自己的丈夫。"

她沉默，思考后说：“准确来说，是佟氏集团。我只是在做我身为律师该做的事。对于佟先生本人，我没有任何针对性。我希望这对他也是有益的，尽管后来有关部门调查得到官方结论，Y楼建造没有质量问题，完全符合国家建筑标准。而Y楼旁的事故楼坍塌属于包工头的个人行为，包工头也因此受到了法律的惩罚。”

“这算不算是你冤枉了你丈夫，或者说，你当初的立场是错误的，你承认你的错误吗？”对方进一步问。

她并不认可：“不，我没有错。当然，他也没有错。”

“那你们夫妻现在的状态？”

“对不起，我不想回答私人问题，请问你问完了吗？”她反问。

“我没有问题了。”

在接下来的交流中，曼君诚恳地谈到对律师事务所近期和远期的计划。

这次的应聘结果毫无悬念，她成功成为文略律师事务所的主任，并在第二天就要接手工作。原来的主任举家移民，等不及要离职。她也就快速准备走马上任，成为文略的新一任主任。

坐在回家的出租车上，她并没有过多的欣喜，反而有些难过。这是她预期的结果，可是，她能够被聘为文略律师事务所的主任，最为有力之处，竟是她和他的那一场官司。这真像个笑话，倒印证了他说的那句话。

——和我打官司，你很有成就感吧。你赢了我，你将来就是这座城市最有名的女律师，这就是你想要的。

这是她追求的结果吗?

出租车路过那个家政公司，之前曼君就是从那儿雇来那位张阿姨的。她下车，总感觉有些不舒服，想要进去和家政公司沟通一下。接待她的仍是那天的女孩，齐刘海，长马尾，单眼皮，笑起来蛮亲切的，这才会让她起初对这个家政公司有好感。

“您好，张阿姨在您那儿做得怎么样，还有什么需要帮助的吗？”女孩笑吟吟地走过来。

曼君面无表情：“她已经离开我那里了，她没有回来？”

女孩吃了一惊：“没有啊，她不是在您那儿做得好好的吗？”

“她虐待孩子，我是看在她家中有老有小的，才不追究。我今天来，是想和你们说一下这件事，让你们以后也好注意家政人员的人品和个人素质。”曼君温和地说。

这番话让面前这个女孩愣了愣，接着立刻摇头否认：“不可能的事，您要是说别的阿姨，我可能还会相信，张阿姨是绝对不存在虐待孩子的问题。她在我们这儿做了十几年，无论哪个东家，对她都是非常高的评价。我们也是把我们这儿口碑最好最受欢迎的阿姨介绍给您的。她怎么会虐待孩子呢？这是绝对不可能的事。”

“她用鞋带捆住我儿子的手脚，拿袜子堵住嘴，我女儿更是一整天没有换尿不湿，都长疹子了，难道是我眼花，或者是我栽赃嫁祸？这种人还是口碑最好的家政，那你们的态度和理念我实在是不敢苟同。”曼君有些气恼，感觉对方显然是不承认的口气，好像是怕承担责任。她又说，“我不是来要求你们负责的，如果我要追究责任，那天事情发生我就会和警方，还有和你们联系。”

女孩倒了一杯水放在曼君身边的玻璃小圆桌上，客客气气地说：“您坐下慢慢说，这件事必有蹊跷，要是我们这儿的家政真的虐待了您的孩子，我们定会严惩不贷，这样，我打个电话给她。”

“算了，我不想她失去工作，我本身就很矛盾，不找你们反映情况，我又怕她再次在别人家继续虐待孩子，这也是害了她。”曼君有些迷惘。身为律师，她却有太多事难以作出决定。

女孩拿起办公桌上的座机给张阿姨打电话，电话在第二遍时才接通。只听女孩简单地说了几句，大意是想让张阿姨来公司一趟。之后，女孩挂断电话，对曼君说：“张阿姨人正在北京带着她高龄的老母求医，她一听我的来意，就说等会儿会给你打电话，她在电话里不停地道歉。我想就算真的存在这件事，那她也是有不得已的苦衷吧。”

“苦衷？虐待孩子也会有不得已的苦衷？那我真是第一次听说。好，我们没有什么可谈的了。”曼君起身往外走。

“等一下，我想起来一件事，前几天有一位雍容华贵的夫人来我店里，说是您的妈妈，来找我们要张阿姨的手机号码，说是有事要说，我们就给她了。”女孩说。

曼君的脑子里快速闪过一个人的面孔。

“好，谢谢你，我知道了。”

她招手拦了一辆出租车，说了佟卓尧公司的地址。这时，手机响了，是张阿姨打来的，于是她接通了。

“喂，张阿姨，你在北京？”

“太太，真是对不起你，很对不起你。我很喜欢那两个孩子，又怎么会忍心虐待他们。我也不想的，是我贪心，我收了钱，演一场戏给你看，目的就是……就是把孩子带走。他们设计的，让你心甘情愿把孩子送走。我妈妈看病需要钱，我就……”张阿姨哭着说。

“我了解了，这不怪你，你也有难处，值得高兴的是，我的孩子没有真正受到虐待，而你也让我看清了我身边的人是怎样的模样。”曼君说着，眼里带着被欺骗的恨意。

她挂断电话，心中已非常愤怒。

出租车在佟卓尧公司大厦门口停下。曼君下了车，站在大厦楼下往楼上看。好久没再走进这座大厦，她走的每一步都很沉重。他在这里，意气风发，令人仰望。他坐在偌大的豪华办公室里，不远处，就是他引以为豪的Y楼。仿佛坐拥江山一般，能想象到他是多么不可一世。

只是没想到，她深爱的男人，背地里，竟然可以如此卑鄙。

楼上办公室里，何喜嘉正坐在卓尧的面前，低着头，没有了在法庭上的自信自如，像是犯了错的孩子，在等待惩处。她小声地说：“我知道你一定很生气，我不想解释，你要是想骂我就狠狠骂我一顿好了。”

他用低而沉的声音说：“从今天起，你不用来上班了，我不想再看到你。”

何喜嘉没有想到他会说这样的话，瞪大了眼看他，眼中迅速溢出泪水，恳求道：“佟董，你给我一次机会，我以后一定与你保持距离，不再给你惹麻烦，我保证不会再惹你生气……我知道错了。”

“你和你师父到底在耍什么花招，一个当庭说我有第三者，一个当庭承认是我的第三者。何小姐，你我之间是否清清白白，你应该最清楚。当初会留在你别墅住一段时间，一是因为黎回对你产生依赖，二是因为我在等曼君的电话。我对你，没有半点私情。所以，我想你是被她教唆的吧，你们当庭一唱一和，目的就是为了得到孩子的抚养权。我说得对吗？”他望着何喜嘉，这个女孩的脸上，永远都是单纯的无辜样子，本不该有这么多的心计。

何喜嘉嗫嚅着说：“我不想师父在失去你之后，她身边还失去孩子，我想帮她一把。”

“帮她？你这是在害我，更是在害她，你到底懂不懂你说那些话的后果，包括你自己，也是在自毁清白。我们佟氏不需要你这样的人才，你走吧，或许你可以继续跟在你师父身边。我得到消息，她成了文略律师事务所的主任。你，自便。”他指了指门外，便不再理会何喜嘉，低头翻看季东送过来的资料。

何喜嘉还是站着不动，不停地抹眼泪，而他无动于衷，视而不见。

办公室外，曼君从容地走进来，她的出现，立刻吸引了周围往来员工的目光。

“秘书长，董事长的太太来了，赶紧给董事长打电话。”一位女职员握着话机小声说。

几秒钟后，季东走了过来，他如今是佟氏的秘书长。

“太太，董事长在谈事情，我进去给您汇报一声，稍等片刻。”季东面上挂着笑容，吩咐下去：“给太太倒茶。”

季东敲门进入办公室，正巧看见了哭哭啼啼的何喜嘉，卓尧正一脸愁容，见季东来了，说：“季东，把她带出去，我真是见不得她哭。她从今天开始离职。”

季东点头应声：“好，只不过，太太过来了，现在就在门外等着。你看，她……这怎么办？”

“什么怎么办，该怎么办就怎么办。”他冷眼看了看何喜嘉，思索着说，“哭成这样出去，外面的员工看了还以为我把她怎么了。”

何喜嘉抽噎着说：“师父看了，会不会误会……”

季东望了一眼办公室右边的门，开门就可以直接到会议室，于是季东指了指门，说：“这样，小何，你先进会议室避一避，免得太太多疑。”说着，他就领着何喜嘉进了会议室，再轻轻关上门出来。

曼君生硬地问："是不是禀告完毕，我可以进去了？"

季东笑笑，点头："董事长听说你来了，特别高兴。"

她倒是很失望，他还摆起了架子，见他得申请，换了是以前，他早就走出办公室来迎接了。她揉揉额角，是呢，清醒点吧，在想什么，两个人都走到这一步了，还想那些回不去的缠缠绵绵，有何意义。

她推门而入，并没有看见他。桌上的物品摆放整齐，最显眼的就是一个精致的水晶烟灰缸，里面散落着十多个烟头。

就在这时，他的手在她的肩膀上轻轻一搭，她吓了一跳，转身看见他高大的身子站在门口，冲她露出迷人的笑容。

这笑容，差点让她忘了此行的来意。

她的手放在胸口，睁大杏眼等着他。

他双手拍拍她的手臂，心疼地说："是不是吓到你了，对不起，我的小漫画一直都是胆小鬼，我怎么给忘了。打雷的时候，我在外面，有再多事都要赶回来陪她。她都不敢打电话，说打雷时打电话会电死人的。她永远都有那么多道理，理直气壮地做胆小鬼。"

"不要再在我面前提从前了，佟卓尧，你真是个卑鄙的人。有时候我就在想，你是如何做到的，一会儿是慈父，一会儿又能在背地里做出这么无耻的勾当！不择手段，算是你的一种品质了。"她说着，将包放在他的办公桌上，瞥见他桌上放着的照片，既熟悉又陌生。

熟悉的是，这张照片上的人正是她和黎回、黎声；陌生的是，她和孩子们不曾拍过这样的照片。看得出来，是前几天他去她那里悄悄用手机拍的。照片上是她的侧影，她蹲在地上，给满脸香蕉泥的黎回洗脸。一旁的黎声张着嘴笑，露出婴儿肥的侧脸。

"你是来和我吵架的？怎么了，这么生气，你应该高兴不是吗？恭喜你，如愿当上文略律师事务所的主任。你来，是和我分享好消息的，对吧？"他俯下身子，双手撑在办公桌上说。

"为了把孩子带回你身边，你竟然无耻到和别人演戏，以虐待我们孩子这样的方式来让我屈服，你可真够可以的。我是说，张阿姨不是那种心狠的人，原来是你用你的钱收买了她，再假装发现她虐待孩子，好让我拱手把孩子送还给你。”她盯着他的脸，强烈的愤怒像海水一般涌上来，瞬间淹没了他。

他问：“你成天哪来这么多的阴谋论，你的意思是我花钱指使人故意虐待我的孩子，好让你知难而退，拿回抚养权？那我当初何必让两个孩子跟你走，真是荒谬至极！阮曼君，我们之间真该坐下来好好梳理一下，每次我想和你和和气气说话，你都能够打破和谐。”

“不承认？那你回去问问你妈妈，家政公司的工作人员想必还认识她的那张脸，还有她那雍容华贵的打扮！”曼君不屑地回击。

“我会问清楚的。那么你呢？请你也来给我指点迷津，我们的大律师为了得到孩子的抚养权，伙同自己的徒弟，栽赃称我有第三者，你们当庭一个揭穿，一个认服，你们把我的名誉当什么了？”他握住她的手，无奈地说，“不要再伤害我们的感情了，好不好？”

“你真不要脸，佟卓尧，你和她公然住在一个屋檐下，一起带孩子逛商场、散步，如今却都变成我一手操作的？我真好奇，你怎么就好意思这么理直气壮地反问我。”她抽离自己的手，双手抱在怀里，冷冷地说。

卓尧凄楚地一笑：“上帝作证，我和她什么事都没有，要不是为了等你的电话，我留她在我的公司做什么！我已经把她开除了。”

就在这时，隔壁会议室传来轻轻的咳嗽声。

曼君看了卓尧一眼，朝会议室那边走去。

他试图拉住她，却被她用力猛地推开。他意识到，更大的麻烦要出现了。

她的脚步在门口停下，随后，她站在那儿，一动不动。过了几秒才转身，望着他时，脸上的两行泪已滑落，她绝望地说：“我们真的结束了。”她并没有拉开门，她已经能想到隔着一堵墙的那个人是谁，她不想揭穿。

“等等，你听我说，这是个误会……”他紧紧拉住她，生怕一松开她就会飞走似的。

“以后，别再见了，就这样。”她挣脱开他，夺门而出，再也不管旁人的眼光。他一边说把何喜嘉开除，一边却又把人藏在隔壁的会议室里。他欺骗了她，再一次欺骗了她。她这半年来如此付出，他却过得潇洒多情，曾经的温情，都一一幻灭如灰烬。

他趴在办公桌上，像个手足无措的孩子，直到听到何喜嘉战战兢兢的声音，他才抬起脸，看着何喜嘉，冷冷地说：“滚！”

何喜嘉双手捂住脸，落荒而逃。

他翻开桌上的文件，上面是文略律师事务所近几年的相关资料，他摩挲着下巴，思忖起来。他做好了打算，他不容许她离开自己，再也不容许。他想到她离去时凄然的面孔，不禁悲从中来。该怎么做才可以挽留住她？该怎么做，谁又能够告诉他？庸庸碌碌过完一天，回到家中，只见林慕琛坐在沙发上，正和母亲谈笑风生。

林璐云忙喊道：“快过来，和你表弟好好聊聊，我还在问他和江律师相处得怎么样呢，他这小子，居然说江律师有意中人了，还是第一次见他对自己这么没信心。”

林慕琛耸耸肩：“不，不，是江律师的意中人太强大了，我不是他的对手，是吧，表哥。”

“你不认为你应该和我说说另一件事吗？跟我来书房。”卓尧双手背在身后，往楼上走。林慕琛起身跟在他身后，说：“我大概也猜到了，唉，躲了你这么多天，要不是姨妈夺命连环call把我叫来，我可真不想看见你的苦瓜脸。”

卓尧回头，对着林慕琛皱了皱眉：“你什么时候变得这样啰唆。”

“这就是我的特点，我们医院里的那些病人，心脏都不太好，只能说些无关紧要的话并且还要不停地说，来缓解手术气氛。”林慕琛跟着卓尧走进书房，关上了门。

“你说吧，在英国，你和曼君有没有见过面？为什么你们会一起出现在商场？说——”卓尧坐下，一脸严肃地看着林慕琛，杀气腾腾的，像是在审讯犯人一般。

林慕琛晃晃脑袋，无所谓地笑笑：“不要这么认真，你这边空窗期不也没闲着嘛。就许你和小姑娘逛商场，还不许我……”

“我再给你最后一次解释的机会，或者，你打算以后再也不面对我。”他厉声说。

“好吧，我在英国没碰到她，也是在上海偶遇的，信不信随你。你应该不至于低级到怀疑我和她的关系吧，我相信你的分析能力还是一如既往的高水准。算了，我去酒吧喝酒了，在这儿和你说这些没用的毫无意义。”林慕琛潇洒地说。

他这辈子犯的所有低级错误都是因为她。看见半年不见的她身边站着别的男人，他的想象不禁天马行空。可他选择相信林慕琛给的这个解释，因为他不也给了曼君同样的解释吗？况且，这确实是事实。

卓尧和林慕琛一同下楼，他拍拍林慕琛的肩：“什么时候走？”

“下周，有手术。姨妈告诉我，她最近心律不齐，你尽量不要惹她生气，我怕她身体吃不消。不过两个孩子回来了，她说她的身体也一下子就好多了。”林慕琛隐隐有些担忧，有些话并没有全部说出来。

“随她，不瞎折腾就不会死。”他冷冷地说。

林慕琛不安地问：“你怎么能说出这种话？你可别恨姨妈，她到底是你的母亲。”

卓尧不再说话。

林慕琛走后，卓尧见母亲正抱着黎声，荷姐在给黎声喂蛋黄，他在旁边坐下，低声说：“妈，你的身体无碍吧？”

“你会这么好关心我？自从她回来了，你的心也不在这个家里了，她勾走了你的魂……究竟还要她对你做多少伤害的事，你才能罢手啊卓尧……”林璐云哀怨地说，对于儿子执念于一个自己全盘否定的女人，她内心有着难以言说的酸楚。

他顿了顿，认真地说：“要是这些伤害我一并收下，她能够回到我身边，都是值得的。可是妈，你在做些什么？你怎么能够为了把孩子带回来，就收买照顾两个孩子的阿姨，制造让我亲眼看见所谓虐待的一幕？这种行为，很卑鄙！你欺骗我，在伤害黎回和黎声，他们幼小的心灵也许会认为那就是可怕的坏人在虐待他们，可能会是他们童年的阴影。你为了达到目的，从来都不会考虑方式。”

“我是为了你好，本来孩子五岁之前法官大都会考虑把孩子判给妈妈。我只有这么做，才能把我的孙子、孙女留在身边，我不能没有他们……”林璐云说到这儿，老泪纵横，仰头叹息一声，“我这身体大不如前了，能够为你做的事不多了。我想，恶人我当，给你铺好路，以后我要是死了，也不会放不下心……”

“活得比谁都雍容华贵，就不要把死挂在嘴边了。”他不屑地说，丝毫不为所动。

他对母亲的芥蒂也因曼君而加深，好端端的一家人，生生成了这副样子，到底是哪个环节出了错？从巴黎旅行回来，Y楼出了事故，直到今日，已经过去八九个月了，时间并没有修复好他和她的温情脉脉。长久地在夜里独处，他的失眠越发严重，要靠烟和咖啡来度过。

她在的时候，家里的烟和咖啡都很少会拿出来。在她眼中，这些都是不良嗜好，她是断然不许他有这些不利于身体的坏习惯的。

有段时间，他安排集团里的部分员工学习国学，高薪请来国学讲师为员工们上课，他也会悄然坐在最后一排听听课。有一堂课讲得非常有意思，和国学倒没有很大的关系，他听了之后，还特意回家跟她说。

大概就是说男人在前半生的时候是充当照顾女人的角色，一旦到了晚年，男人就会变得非常有依赖性，很懒惰，什么事都不想去做。这时候女人，不，是老太太了，就会充当老伴的依靠。所以，你看走在街上，经常是老太太牵着老头儿走。在菜市场，也是老头儿提着篮子站在一旁，老太太精神奕奕地讨价还价。也就是说，我们的前大半生，是男人在照顾女人，而到了晚年，是女人在牵着男人的手走下去。

那时他讲给她听，从她的背后搂着她，在她耳边低语：“以后，咱们老了，你要牵着我的手，不要把我弄丢了。你要保护我、宠我，就像年轻的时候，我对你这样。”接着他又故作惋惜地说，“不过男人的寿命通常都比女人要短很多，就是不知我们能不能一起活到七老八十了。”

她在他怀中回转身，用手捏着他的鼻尖说：“所以你以后不许抽烟、不许喝酒、不许喝咖啡，就算实在是很想，也得在我的眼皮子底下，得到我的许可之后。因为你要做我很长寿的先生，要一起活到耄耋之年，一起终老。你看，到那个时候，我身边的老太太都没有老伴，就我有老伴，你说我是不是特幸福。”

“你好邪恶——”他俯身吻她。

“本来就是啊！”她大声笑闹着在他怀中转圈。

这一幕幕，恍如发生在昨日。

如今，他喝再多的咖啡，抽再多烟，做再多伤害自己的事，她也不会说一声了，就好像曾经如胶似漆的两个人一下子就形同陌路了。

小漫画，我们怎么会变成这个样子？

他怎会知晓，又怎会看到，同样失眠难安的，不仅仅是他一人。

曼君坐在漆黑的房间里，从前，她对黑夜、幽闭的空间有着莫大的恐惧，离开他之后，她开始努力习惯独自面对这些事物。

她曾在纸上写过最害怕的三件事：失去他，黑暗，封闭空间。

她连第一害怕的事都经历了，其余两个，也就麻木了。人痛到一定的程度，就会浑然不觉。她何尝不是在反思自己，这八九个月时间里，究竟是哪里酿成了大错，使他们走到了这种地步。

——此生能够始终和你一起生活，用一辈子的温柔奉陪到底，属三生有幸。而我这三生三世，只要同你走过一生一世，其余两生，就算孤独终老，亦是甘愿。

这句她写给他的情话，曾是她对他所有的仰望。

她离开的半年，本以为还会有回头的余地，在她甘愿隐忍等待的这段时日里，他的身边悄然出没的年轻女子，竟是她的徒弟。以前她对何喜嘉百般呵护时，江照愿就嘲讽说：当心教会了徒弟，师父没饭吃。

她哪会想到，江照愿竟一语成谶。

若不是亲眼所见，她怎能相信。如五雷轰顶一般，到底是他在报复她，还是他真的移情别恋了？

想到眼下最实际的问题，她如果工作的话，根本就没有时间照顾两个孩子。尽管黎回已经上了幼儿园，可黎声还太小，托管给他人，她怎么能够放心。也许，暂时把孩子放在他那边，对孩子而言会更好。等等吧，等稍微大些的时候，再把孩子接回自己的身边。

新官上任三把火，曼君当文略律师事务所主任的第一天，带着十足的干劲。她身着白色蝙蝠袖衬衣、紫色及膝裙，脚踩三寸的高跟鞋，长发齐肩，干练中不失温婉。她顺利接手上一任主任遗留的工作计划，忙碌得一整天都没有休息一会儿。

要准备谈到一个新的重大Case，好几家律师事务所都在竞争，还要面试律师助理和主任秘书，她要亲自进行最后一轮面试。安排好一周的时间规划，才能有条不紊。这是她的职业习惯。

直到下班时间，她才晃了晃肩关节，环顾这气派优雅的办公室。想着自己绕了这么远的路，难道真的就得到了这个位置吗?

窗外高大的树木渐渐萧条，一晃，都是十月份了，初秋的季节。她揉了揉眼睛，看着远处路灯下三三两两并肩行走的情侣，苦涩地低下头，看着没有动静的手机，久久地沉默。

走出大楼，要过马路绕很远的路去停车场取车，是律师事务所专门给她配的车，虽然算是和他在一起之后开的最便宜的一款车，可那又怎样，至少比挤地铁强得多，这已是较高的待遇了。律师事务所的办公地点租在大厦的九楼，大厦楼下以及附近的停车位都相当紧张，她也只能将车停很远。

背着包走在路上，有两个年幼行乞的孩子，衣衫褴褛，大一点的男孩像是哥哥，紧紧搂着妹妹，对她诉说父母都在车祸中去世了，家里的房子被叔叔伯伯霸占，连父母的死亡赔偿金都一并占了去。留下他们兄妹俩孤苦无依，只能四处流浪。

她把包翻了个底朝天，搜出身上全部的几百块现金，还有一张她的名片，给了男孩。看见小女孩嘴唇干裂，她又给了小女孩一支润唇膏。

她用手捋捋小女孩额前凌乱的长发说："这些钱阿姨给你们当路费，你们坐火车回家吧，这是我的电话号码，回家之后给我打电话。如果你们的叔叔伯伯继续不管你们并霸占你们父母的遗产，就告诉阿姨，阿姨会帮你们打官司，帮你们讨回属于你们的东西。"

男孩怯弱地接过钱，第一次讨到这么多钱，小手都在颤抖："谢谢阿姨——"

"你真以为你是行善嫉恶的女侠吗？阮主任。"他清冷的声音在她身后响起，他的手自然地揽住了她的肩。

她扭头，差点撞上他的脸，皱眉道："你怎么会在这儿？"

"喂，两个小鬼，又来了，还不快走，再欺骗笨阿姨，叔叔就送你们俩去收容所！”他故意面露凶相，吓得两个孩子拔腿就跑。个头略矮的妹妹跑的时候还摔了一跤，他居然笑出了声。

“你怎么这么狠心，连小孩子都捉弄，你还笑得出来！你把他们吓到了！”她高声斥责他，不放心地看着两个孩子远去的背影。

卓尧摇摇头，止住笑容：“你不想想，他们肯定是在撒谎骗你。这些小孩都是租住在一些破旧弄堂里的外来人员，父母就靠孩子们乞讨为生过着衣食无忧的日子，也只有你才会上当。”

“在你眼中，一切都是阴谋和欺骗，对吧？不管是真是假，两个孩子都很可怜。我看到他们，就想到了我的黎回和黎声，不过我为什么要和你浪费时间说这些？”她眼神阴郁，望向远方。

“你还是这样，就算知道是自己错了，也不肯屈服。”

“这不是用对错能衡量的问题，而是善恶。你这种商人，大概不会明白，所以你才会认为他们是骗钱的。”

“非要我说出来吗？昨天我在这里，也给过他们钱，比你给的还多，你看，他们还不是今天照样又来了。我想，这两个孩子在背后肯定会议论，瞧，两天骗的两个傻子居然是一家人。”他说着，忍俊不禁。

两百米开外，两个小孩弓着身子气喘吁吁。

“哥哥，他们追来了吗？”

“没有，不怕不怕，有哥哥保护你。有了这点钱，我们下个月就不会挨饿了。我们明天还来这里。”

“还来这里，会不会被抓起来？”

“不会，你没看见我们昨天骗的笨叔叔和今天的笨阿姨是一家人啊，说不定明天在这儿还能碰到他们的家人，这样我们到过年就都不会挨饿了。”

“嗯，哥哥说得对。”

卓尧从曼君手中拿走一张她的名片，攥在手中，看了看：“新名片都印出来了，不错，很有档次。”

“你还给我。”她瞪着他。

"就当以后方便合作联系。哦，我看到了你办公室座机的电话号码。"

曼君懒得理会他，大步往前走："别再跟着我了，我和你无话可说，你等着收我的第二次离婚诉讼书吧。我就不信第二次还判不了。"

"好了，其实都怪季东，当时我正在开除何喜嘉，她哭哭啼啼的，季东进来说你来了，他怕你误会，就让何喜嘉避一避，在隔壁会议室等着。谁想到这会让你的误会更深。她已经从我的公司离开了，以后我不会再见她，你还怀疑什么？还起诉离婚第二次，以后又要复婚，多麻烦。"他以难得幽默的口气轻松地说。

他多想他们能这样说着说着就冰释前嫌，一起牵着手回家，还是黎回和黎声的好爸爸妈妈。

"你忘了吗？当初在离婚协议书上签字，让我去英国前必须签字的人，是你。之后和何喜嘉纠缠不清甚至住在一起的人，也是你。为什么等我要起诉离婚了，你才开除她撇清关系，是亡羊补牢吗？"

"胡闹！莫须有的事！明明是你在离婚协议上先签的字，怎么反成了我？那份协议我现在还放在家里，要我拿给你看吗？"他急于辩解。

她摆手："不用了，一份协议，双方都签了字，又如何证明谁先签字谁后签字？扯不清楚了。佟卓尧，咱们俩好聚好散。照顾好孩子，等他们大点儿的时候，你想再娶，我会接孩子回到我身边。你和别的女人要生多少孩子，随便你。"曼君边走边说。

他拉住她，挡在她面前："你说的统统都是废话！"

"你可以不听，你可以走啊。谁说的你爱听你就去听，没人拉着你来这条路！"她用力推他，低声说。

"我们讲讲道理好不好？"

"和律师讲道理？你讲得过吗？"她不屑。

"昨天来这儿看你，被那两个小孩欺负，合伙骗了我一千块钱。今天来，又被你吼一顿，那我明天还来不来？"他卖萌装可怜地说。

她瞥了一眼他那可怜样，强忍住又气又好笑的心情，严肃地说："对一个拥有第一商厦Y楼的佟氏董事长而言，区区一千块算什么，何必还在我面前说？何况，我又没有叫你来这条路。"

“我来这儿，是为了看你一眼，你得对我的损失负责。”他有点厚颜无耻地提出要求。

“无聊，你也看到了，我身上的钱全都给他们了，不然，我还真的会立马拿给你。”她也不懂自己怎么会和他你一句我一句地说这些不着边际的话，大概她心里还是有渴望的吧。这种相处，站在一起的机会，哪怕是这样斗斗嘴，也都是宝贵的。

“没钱还的话，那就带我回家，收留我一夜，当做补偿。”他眨眨眼睛，一副天真无邪的样子。

“不要脸。”她狠狠瞪了他一眼说，“不许再跟着我。”

他静静地站在原地，她独自大步往前走，走天桥上楼梯的时候，余光瞄到他还站在那里，一动也不动。风吹到脸上，蓦地，她就哭了。隔着这么远，他大概看不见她在哭吧。

而他也有些疲惫了，看着她消瘦的身影渐行渐远，手里握着她的名片。

回到家中，黎声早早睡着了，黎回闭着双眼。他俯身吻两个小家伙的额头时，黎回忽然伸出胳膊环绕住他的脖子，笑着小声说：“哈哈，爸爸，你被我抓住啦，不许动。”

“好，爸爸不动，原来你在装睡。”他保持着姿势，任黎回缠着自己。

“你不是说给我把妈妈找回来吗？妈妈呢？”黎回像是在讨要一个说法。

他只能撒谎：“妈妈说过几天会接你和妹妹出去玩。”

“不，我要妈妈搬回来和我们一起住。”

“可是妈妈刚升职，有了新工作，没有时间，过段时间好不好？”他用商量的语气说道。

“爸爸，你都不是超人，你要是超人，就该把妈妈带回来。我不理你了！”黎回松开手，拉起小被子蒙住了脸。

他只好安慰道：“爸爸也想妈妈回家，可是爸爸妈妈的矛盾需要时间来化解。每次爸爸面对你和妹妹，都会很内疚，你嚷着要妈妈时，爸爸的心都很疼。是我的错，黎回，爸爸一定会争取得到妈妈的谅解，你不要生我的气。”

“那，这是你说的哦！好吧，我也会在妈妈面前帮你说话的。”黎回躲在被子里说，声音却带着哭腔。

卓尧回到书房，依旧是咖啡和香烟陪伴着他。桌上放了一沓近几年文略律师事务所的资料，还有几位合伙人的个人经历。借着灯光，他仔细翻阅，为下一步的计划做着打算。

突然想起什么，打开钱夹找了几遍，才发现曼君的新名片不知放去了哪里。他愣了一会儿，直到烟烫了手，才回神。

早上五点，卓尧就起来了，开着刚提回来的新车出了门。

林璐云站在窗户旁望着楼下驶出大门的车，吃惊地说："奇怪，怎么这么早就走了？既没晨跑，也不吃早餐。"

此时的曼君还在睡梦中，被闹钟惊醒的她按掉了闹钟，继续睡。夜晚失眠，清晨嗜睡，大半年来她都是这样度过，所以黑眼圈才会越来越严重。直到闹钟响了第五遍，她才从头痛欲裂中醒来。现在是七点半，上班时间是九点，一想到这一天从早到晚的工作安排，她揉了揉眼睛，拖着疲惫的身子起床。

本还想早起能够抢到楼下的停车位，省得要绕那么远的路，这个时间，看来是没戏了。她从洗脸台下的柜子里拿出一对牙刷，从中拿出粉色的那一支，将蓝色的随手扔进抽屉里。已经习惯了在超市买情侣牙刷，将多余的那一支收起来，抽屉里已经有三支蓝色牙刷了。

洗漱完毕，曼君仓促地吃了早餐，然后开车去上班。她想尽量和车流早高峰错开时间，车开到文略律师事务所大厦楼下时，本不抱希望，却看到停得满满当当的车位中，有一辆黑色轿车缓缓倒出，正欲离去。她赶紧等候在一旁，待黑色轿车一驶离，她立刻停了进去。

抢到了停车位，这一早上的心情顿时好了一大截。

她并不是第一个到事务所的，还有一位合伙人早早就来了，见曼君到了，从桌上提了袋早餐到她的办公室。这个人就是当时应聘时向她提问有关佟氏集团官司的面试官严天。

严天的细眯小眼和一米八多的身高有些不协调，他脸上堆满了笑容说："阮主任，明晚有空吗？你看，我一大早就过来等着你，就怕别人提前约了你，所以，在我说出是什么事之前，你不会拒绝我吧。"

她带着公事公办的严肃神情说："那得看具体是什么事，我才好说我有没有时间。"

“好，够直接，我欣赏你这种性格。你看之前离职的老主任一定把工作都给你交代清楚了，你肯定也看到，接下来咱们有个大Case要争取，就是颐美公司生物美白产品和消费者的官司。这个案子输赢是明面上的事，任谁接下这个官司，颐美都会输，可那也要看输的过程漂不漂亮。再者，无论输赢，都是一笔不菲的代理费，这直接关系到咱们事务所年底前的收益。你作为新上任的主任，本来别的律师就很不服气，你一过来就当上主任，咱们是不是得做出点成绩？”严天娓娓道来。

“你说了这么多，是不是想我去应酬？之前我就说好了，我不喜欢参加饭局应酬的。我们有言在先。”她刻板地说。

严天继续动之以情晓之以理：“我的阮大主任，阮大律师，你就破例一回，对方说必须要见我们的主任才肯决定把Case交给我们，你想想看，不是万不得已，我能轻易出动你这位大将？我是迫不得已呀，现在竞争大，咱们高薪聘阮律师可就是来咱们律师事务所救苦救难的，别看外面传的文略怎么牛，那都是吹出去的……”

“好好好，甭说了，我去就是。”

“那行，说好了啊。对了，昨儿底下的人面试了初试，筛选后留下了一个各方面还不错的，我也见过，很满意。反正是做你的秘书，等会儿十点多会过来，你最后决定吧。要是不合适，咱再接着招，招到你满意为止。”严天满脸笑，直搓手说。

直到严天走出办公室，她才无奈地摇摇头，这就是职场的负面，大概现在各行各业都会面临这种工作状态，白天办公室上班，晚上饭桌上继续工作，就这么没日没夜。不过对于她这种夜晚失眠的人而言，不失为充实生活的一种方式。

如果当初从巴黎旅行回来，没有发生Y楼的一系列状况，如今她大概还在佟家高枕无忧地做着幸福甜蜜的佟太太，照顾一双儿女吧。

人生往往因为一件事的转折，就会从高峰跌入深渊。

她有反思过自己身上的问题，当初片面地认为Y楼质量有问题而强加意愿于他，让他使Y楼停工，是她的不对。之后当她得知他是故意输了官司给自己，她更是有过愧疚。也许那时她若主动找他坦承错误，他们也不至于会发生后来的事。之后就是他在离婚协议书上签字，她痛下决心远走国外，直到亲眼看见他和何喜嘉公然带着孩子出双入对，甚至住到了一起，还有他深夜抱着何喜嘉进医院。这些都不是道听途说，都是她亲眼所见。直到此时，她方才醒悟，这半年为他付出的全部，其实只是他花前月下的帮衬吧。

“如果当初我们能不那么倔强，现在也不那么遗憾。”

那首老歌的歌词的意思，大概正是描写她的这段心境。

临湖的风景甚美，卓尧独自伫立在湖边，秋风拂过，四周美得像一幅油画。他回头看伍隆带着施工队紧张有序地开工，这里将是他决意给她的最大惊喜。意义不在于这是一栋别墅，而是，这里的一切都是为她的喜好而设计的。这更说明了他的决心，她和他的母亲既然合不来，那他们就搬出来住，不和母亲住一起。这算是他为了保护她而做的退步。

他还打算在别墅后面种整整一亩地的白百合。

这里将是童话世界，佟先生和小漫画的“佟画”世界。

他一定要在临湖别墅竣工前获得她的原谅。依照目前的工程进度，三个月内就能完工，可以开始装修了。加上刚装修过的新房要空几个月才可入住，也就是说，等到来年的春天他们就可以搬进去了。

尽管用的都是顶级的欧洲进口材料和家具，可毕竟家里的两个孩子还太小，必须等一段时间才能住。等吧，虽然他早等不及了。站在这施工工地上，他已经能想象到一家四口温馨的画面。

他并不觉得他们之间有过不去的坎，她所谓的第三者，全是误会。苍天知道，他对何喜嘉没有半点感觉。就算之前她和他对簿公堂，他都不在意了，可为什么她还是有执念放不下。

也许只有等时间来缓和这些纷杂的矛盾了。

他可以等。

想象着黎回在这片草坪上奔跑放风筝，黎声荡着秋千，而她面露安宁的笑容，静静地看着他们。

手机铃声打破了他的幻想，是母亲打来的。他不假思索地挂断，紧接着收到一条短信：幼儿园园长打电话来家里，黎回上午自己偷溜出去了，你赶紧找找。

他顿时天旋地转，黎回才三岁多，能独自去哪里？他这时想到的第一个人，就是曼君。

文略律师事务所，主任办公室里。

曼君见到了前来应聘她的秘书一职并得到面试官高度评价的人——何喜嘉。她惊得差点没从位子上站起来，这才想起之前就收到的简历。原本她不喜欢用简历去建立一个对求职者的第一印象，她认为直接面对面了解才更公平，所以简历她并没有看。现在她翻开简历，首页就是何喜嘉的名字和一寸职业装照片。

她抬起头，盯着何喜嘉的脸，警惕地说："何喜嘉，你像个阴魂不散的鬼一样跟着我，你到底想做什么？"

"师父，你怎么这样看我？我承认，我是事先得知你在这儿，又正好看到这里招聘主任秘书一职，于是才鼓足勇气敢直面你。我是来和你解释清楚，其实都是我的一厢情愿，住进佟家，也是林总的安排。我和佟董什么都没有，他心里只有你，正眼都不会瞧我一眼。我在你身边，常看到他对你的好，渐渐耳濡目染，才会动了歪念。我承认之前是我喜欢上了他，才会令师父蒙羞。对不起，师父，我来是想得到你的原谅。如果你不想看我在你身边，那这个职位你就给别人。"何喜嘉说得动容真切，眼里挂着泪花，像是大彻大悟过后的幡然悔过。

曼君狐疑地望着何喜嘉的脸，问："你让我怎么再相信你？你在庭上承认你是第三者，现在你来这里又这么说，我不知道你哪面是真的，哪面是假的。"

何喜嘉哭着说："师父，一日为师终身为父，我只有养父，没有生父生母，师父以往在正清对我的提携和照顾，是给我的恩德。而我一时糊涂，只希望师父念在往日情分上，原谅我这一次。更何况，我和佟董什么事都没有，我完全威胁不到你们。他那样的男人，是个女人在他身边久了都会动贪念。我现在离开佟氏集团，来到师父身边，以后在师父的眼皮子底下，又怎么可能还会胡思乱想？我以后会好好找个男朋友，老实本分做我的工作。"

"对不起，我个人觉得你不适合做我的秘书，虽然连合伙人都对你连连称赞，你的能力也确实让人信服。"

"师父，就因为我之前不小心喜欢了佟董，所以你就把我挡在文略之外吗？”何喜嘉问道。

曼君镇定地说：“你意思是我公报私仇？”

“若你还不信我，我可以从这儿跳下去，以证我的心意。”何喜嘉指着窗户，赌气说。

“你这是要做什么，怎么这么倔？我再考虑考虑，你先回去吧。”曼君合上简历。

严天敲门进来，脸上堆着笑：“怎么样，阮主任？”

“我们认识的，她是我师父。”何喜嘉忍住眼泪说。

“看我这记性，你们都是正清出来的，我怎么就没想到呢。哎呀，还是师父和徒弟的关系，这样好，这样好！在这儿继续合作。正清最出色的律师和她的徒弟都来到了我们文略，看来文略的旗号很快就会打响，超越正清。”严天说着就自顾自鼓起了掌。

曼君想说什么，却欲言又止。这时手机响了，一看，是卓尧打来的。

“不好意思，接个电话。”她想可能是关于黎回、黎声的事，便背转身去接电话。

“什么！他自己跑出幼儿园？门口监控视频显示的吗？”曼君的脸色一下就变了，“好，我马上出来！”

严天关心地问：“孩子怎么了，需要我们帮忙吗？”

何喜嘉也分外紧张地说：“是黎回走失了吗？我和你一起去找。”

“不用了，需要的时候我会给你们打电话。”曼君边说边急匆匆地往外走：“小何，你到隔壁办公室熟悉一下环境，今天开始上班。”

何喜嘉梨花带雨的脸上闪过一丝得意的笑。

严天带着何喜嘉熟悉了工作环境之后便走了。何喜嘉关上办公室的门，拿出手机拨通了电话。

“我已成功进入文略，做她的秘书了。”

“不错，你走的这一步棋可是险招啊，之前我以为你肯定会失败，没想到，她竟然再次留你在身边。看来这一年，你是摸透了她的心理，已经对她了如指掌了。”电话那头是一个苍老的声音。

“知彼知己，百战不殆。我在她面前主动澄清了和佟卓尧之间的关系，这也算是取得她信任最关键的一步。”

“你澄清了？那她就可能要和他复合，接下来怎么走？”

“您放心，我自有安排。就算这次他们复合，只要我在她身边一天，他们的日子就不会好过。对了，她的孩子走失了，我要不要帮忙去找？”

“不用，你按兵不动。”对方命令道。

何喜嘉有些不安：“可是，那个小孩，万一出事了……”

“你该不会是喜欢上那两个孩子了吧，糊涂！不要忘了你接近他们的目的是什么！必要的时候，就算牵扯到孩子也不能手软。”

“好，我明白了。”何喜嘉答应着。

电话挂断，何喜嘉木然地望着窗外，没有人清楚此刻的她在想些什么。

马路上，那两个年幼的小乞丐坐在绿化带的草地上，远远看到一个三四岁的小男孩慢吞吞地朝他们走过来。

“哥哥，你看，那个小孩手上的玩具汽车，好漂亮。”妹妹推了推哥哥，舔了舔干裂的嘴唇。

哥哥打量了一会儿，对妹妹说：“你是不是喜欢？那哥哥帮你找他要。”

等小男孩走到他们身边，哥哥挡在了他前面：“喂，小朋友，你怎么一个人在路上呀，跟哥哥说你要去哪儿，哥哥护送你。”

“真的吗，你真的送我去？”黎回天真无邪地看着面前只比自己大几岁的哥哥。

“真的呀，我和我妹妹对这一带可熟悉了，你是不是和爸爸妈妈走丢了？那我跟你说，你把你的小汽车……喏，还有你背上的小书包都给我们，我就给你带路。”哥哥拍了拍胸口。

“那好吧，我把汽车和书包都送给你们好了……”黎回说着，将书包和玩具汽车都递给了小男孩。

一旁五岁大的小女孩雀跃地叫：“太棒了，有小书包咯！”

“那你可以带我去找我妈妈吗？”黎回问。

“傻瓜，我又不认识你妈妈，你自己等着警察叔叔来送你回家吧。”男孩调皮地朝黎回吐了吐舌头，做了个鬼脸。

黎回噘起了嘴，说：“你们骗人……我爸爸是超人，我要告诉他，让他把你们抓起来。把书包和汽车还给我……”

“不给不给就不给……”男孩摇头晃脑。

小女孩动了恻隐之心，说：“哥哥，他比我们俩还小，又找不到爸爸妈妈，好可怜，我们帮帮他吧。要不然，就把小书包和汽车还给他。”

“好吧，都听你的。”男孩牵着黎回的手：“那你现在告诉我们，你家的住址，或者你爸爸妈妈的手机号码，我们可以求路过的人给他们打电话，让他们来接你啊。”

黎回想了想，小心翼翼地从衣服口袋里拿出一张名片，递给男孩：“这是我妈妈的名片，她就在这条路上上班，可是我找不到了……”

男孩接过名片，再从自己裤兜里拿出一张名片，一对比，就笑了：“哈哈！我真是预言帝！你看，这两张名片一模一样，原来他们是你的爸爸妈妈啊。妹妹，你看你哥说得准不准，我说继续蹲守在这里，说不定就能遇到傻瓜一家人呢。”

“哥哥，是那个好心的阿姨和叔叔的宝宝呀，那我们可要帮帮小弟弟。”女孩说着，拉着黎回的小手说：“来，不怕，姐姐和哥哥知道你妈妈在哪儿，我们带你去找妈妈。”

就这样，三个小孩手拉手走在车辆熙攘的马路上。

心急如焚的曼君开着车缓慢地沿路寻找，以她对黎回的了解，他不是会贪玩乱跑的孩子，一定是想出来找她，才会偷偷从幼儿园跑出来。她想到的第一种可能就是黎回去过几次自己住的大厦，很可能是一个人去那边了。

赶回家的路上，车刚拐了个弯，就看见那两个小孩牵着黎回的手在人行道上等红灯。那一刻，她的眼泪夺眶而出，高高悬起的心总算落了地。

她给卓尧打电话：“孩子我找到了，你猜和谁在一起？是和昨晚那两个小孩在一块儿呢！嗯，就在昨晚那条路上，你快些过来。”

她挂断电话，才反应过来，自己刚刚和他说话的口气，有些温和。

难道是何喜嘉的那番解释动摇了她的心，她开始原谅他了？不，不能这么轻易就心软。

她从车窗里伸出手，招招手，示意那个年纪稍大的男孩带着妹妹和黎回退后，在绿化带旁站着等她。黎回看见了妈妈，激动得直蹦，大叫着：“妈妈，妈妈……我找到妈妈了！”

将车停稳后，她几乎是跑到黎回的身边，紧紧地把儿子搂在怀里，泪水在眼眶里徘徊。

“妈妈，小蝌蚪找妈妈，你听说过吗？我今天像小蝌蚪一样，自己找妈妈。”黎回的小手在她的脸颊上抚摸，乖巧地说。

她说不出话，只是抱着他，刚才好担心啊，需要一点儿时间才能缓过来。

“妈妈，你生气了吗，怎么不理我？”黎回鼓起脸吹气，小脸蛋变成了金鱼脸。

曼君“扑哧”一声被逗笑，又心疼又责备地说：“你不听幼儿园老师的话对不对？偷偷跑出来找妈妈，到处都是车，多危险啊，爸爸妈妈都很担心你。下次再这样，妈妈会生气，会用力打你屁股的。”

黎回捂着屁股说：“不打不打，羞……”

站在一旁的两兄妹看着心里很不是滋味。哥哥把书包和玩具汽车递给曼君说：“阿姨，这个是小弟弟的东西，我还给你。”

黎回收下了书包，把玩具汽车送给了小姐姐：“姐姐，书包我留着，这个小汽车送给你。”

曼君感激地对两个孩子说：“谢谢你们帮我给他带路。以后有事需要阿姨帮忙，就给我打电话。”

“没事没事，阿姨，你是好人，好人会有好报的。”男孩笑笑，拉着妹妹的手，小跑着离开了。

这时她才想起来，问黎回：“你是怎么知道妈妈在这儿的呀？告诉妈妈，你是怎么来到这里的？”

黎回将那张名片拿出来：“妈妈，这是爸爸昨天晚上拿回家的，我藏起来了，我不会写妈妈的名字，但我认得这三个字就是妈妈的意思。”黎回指了指名片上烫金的“阮曼君”三个字，说，“我从幼儿园出来以后，问了一位老奶奶，她跟我说了坐哪一路公交车可以到，我自己坐公交车，因为不够高，所以没有投币，司机叔叔也没有怪我。我下了公交车就碰到了刚才的哥哥姐姐，他们也有妈妈的这个。”

这番历险记般的经历，让曼君的心久久不能平静。

“答应妈妈，以后再也不许这样冒险了。你就不怕遇见坏人吗？如果坏人把你卖掉，卖给别人做儿子，那你就永远也见不到爸爸妈妈还有妹妹了，你害怕吗？”

黎回点点头，弱弱地说：“我害怕。”

“那和妈妈拉钩。”

黎回伸出小拇指：“拉钩上吊，一百年，不许变。”

“还要盖章。”曼君说着，大拇指和黎回的大拇指紧密贴在一起。

“都不等爸爸来就拉钩吗？”卓尧说着，弯腰抱起黎回，随后很顺手地挽起曼君的胳膊说：“走吧，我带你们去吃寿司。”

“你松开，我还有自己的事……”曼君咬着嘴唇，用极小的声音说。

“你要是想黎回开心，就老老实实跟我走。今天他为了找你，一个人跑这么远，才三岁多的孩子，你就不觉得内疚，要补偿一下吗？”他说。

“是补偿他，还是补偿你啊？真是的，你这个人越来越无赖了……”她嘴上说着，却任由他挽着自己的胳膊，上了他的车。

曼君，我不会再让你孤单。

第八章

惆怅人间万世违，两人同去一人归

昔日所云我，而今却是伊。
不知今日我，又属后来谁。

如果巴黎不快乐 —— 3

餐厅里的灯光落在身上，让人像是沐浴在流光中一样。桌上花瓶中一支白色的月季斜斜地靠在瓶口，和缓的轻音乐，整洁而宁静的布局，使人舒心。卓尧和黎回并排坐在沙发上，曼君则独自坐在他们对面。

她爱吃寿司，不过此时她只是静静地看着黎回大快朵颐，用温柔的目光凝视着黎回，真快啊，转眼都三年多了，孩子也这么大了。若是要静静坐下，细谈以往的种种故事，大概是几天几夜也说不完道不尽的。

他注视着她的脸庞，没有妆容，她的双眸在黎回的身上渐渐柔软。

“怎么不吃？不喜欢这边的口味吗？那下次我们换别家。我不过是觉得这里客人少，比较安静，不会被打扰。”他轻声地说。

“没有胃口。过去爱吃的东西，不代表现在、将来我还会爱吃。人也是一样。”她说着，面不改色地伸手拿纸巾给黎回擦擦嘴：“黎回，你吃慢点儿，你看你嘴里都塞满了，还往里塞。”

“嘿嘿……好久好久没有和爸爸妈妈一起出来吃东西了，我要吃好多好多，这样你们下次就还会一起吃饭。对吧，爸爸，咱们以后天天和妈妈一起吃饭，我每餐都不挑食。”黎回仰着头，对爸爸说。

他微笑，用手掌抚了抚黎回的脑袋：“那你得问妈妈愿不愿意呀。你这么听话，妈妈肯定高兴。”

“妈妈……明天我还要和你一起吃饭，行吗？”黎回透亮的眼里露出渴求的目光。

他也用同样的眼神看着她。

她忍不住笑了，以手背掩住脸，只因他们父子俩的表情太过相似，就像是一个模子里刻出来的。这种感觉，就像是陷入了一个巨大的棉花糖里，再多的懊恼都显得微不足道。这两张脸是如此可爱。

共你干杯再举箸，突然间相看莞尔。

她于心不忍道："明天妈妈不敢保证，因为爸爸妈妈之间的事需要时间来化解，你要给妈妈足够的时间。也许你现在小根本听不懂，等你长大后就会明白。但妈妈保证，只要一有空，就会陪你和妹妹。好不好？"

黎回乖巧地点头："那好吧，只有这样了，我会听妈妈的话。可妈妈要快一点，我不想等太久。"

他满意地笑。她察觉到他的那点小心思，他在以孩子的名义慢慢靠近自己。

"对了，何喜嘉今天来文略应聘主任秘书一职，你猜，我有没有留下她？"曼君问他。

"我不希望你把她留在你身边，可从你的语气里我听出来了，你已经把她留在文略了。"他说。

"你是有多了解我，这么肯定？是，我确实留下她在文略，还是我的秘书。我就是想搞清楚，她一而再再而三地回到我身边，到底有什么目的？也包括你们俩的关系，我很好奇。当然，这是因为我们的婚姻还在存续期间，你可不要误以为我对你还抱有幻想。"

他听了，面露担忧："你还不信我，难道真不是你和她联手演的一幕？你认为以我的水准，她能入得了我的眼吗？"

"也许是你自降水准呢。"

"就算你对我没有幻想，可我是当你真的放弃了我，离开了我。很长一段日子里，我特想对你说，别闹了，回来。然后幻想你真的就乖乖和我一起回家，过我们原本的生活。"

"你的想象力有增无减。"她轻声嘲讽。

"自从你离开我，我就变得很爱幻想，否则，除此之外，我还能做些什么？全世界只有你，也只有你能让我在气得要死之后，第二天还厚着脸皮来找你。"他温情款款地低语，听起来像是在表白。

她并不领情："在我们之间的问题没有弄清楚之前，我不会原谅你，也不会放弃离婚诉讼。"

“啊……不要，妈妈，不要和爸爸离婚……”黎回撇嘴，快要哭了。

“小孩子听爸爸妈妈说话做什么，不管爸爸妈妈在不在一起，都改变不了我们共同爱你的心。”她说着，把黎回搂在怀里。她瞟见卓尧的脸颊瘦了很多，五官显得更英俊立体，可更多的是疲惫和忧郁。

“不忍直视”这个最近流行起来带有幽默色彩的词汇用在此时，显得有些悲伤。她不敢再望向他的脸，更不敢和他四目相对，她生怕自己好不容易坚硬下来的心会一下子软下来。

他开车送她到停车场，她的车停在这里，她执意要自己开车回家。从他的车上下来时，黎回已经歪着小脑袋在安全座椅上睡着了，穿着牛仔裤、牛仔衬衫，领口系着印花三角巾的黎回真是个小潮男呀。这一眼，差点让她的眼泪掉落。她坚决不再看黎回，扭头打开车门，钻进自己的车里。卓尧的车没有发动，静静地等着她先行驶出停车场。

在车水马龙、灯火明灭的路中央，她从后视镜里看到他的车就跟在后面。

她拨通他的手机，透过蓝牙耳机听到他的声音。

“我就在你身后，送你回家。”他的声音依旧温柔。

“我看见了。黎回都睡着了，你赶紧回去吧，我不用你送。”她冷淡地说。

“那……你路上慢点开，注意安全，明天早上多睡一会儿。”他温和地叮嘱，如从前一般。

“知道了。”她快速挂断电话，生怕自己会不舍，会留恋。

走出电梯，曼君低头从包里翻找门钥匙。一抬头，正撞见一脸怒气的林璐云，她吓了一跳。几秒后，她打开门，对身后的林璐云说：“有话进来说吧。”

她已清楚接下来会是怎样一场狂风暴雨，那一刻她真想打电话给他，对他大吼：把你妈带走！

可冷静想想，曼君还是选择以礼相待，毕竟林璐云是黎回、黎声的奶奶，两个孩子都在她身边生活。她请林璐云在沙发上坐下，说：“我不想和你吵架，谢谢你照顾两个孩子。我的孩子，是你的孙子，这是我们之间唯一的关系。”

“那我的儿子是不是你的丈夫呢？”林璐云冷笑着问，那表情倒仿佛也是在努力遏制自己的火气。

“从法律上看，我和他是合法夫妻。”曼君镇定地回答。

林璐云从包里拿出一份协议，在曼君面前晃晃：“这是你们的离婚协议书，你别忘了，你们都在这上面签字了！难道你想反悔？你别痴心妄想再回到我儿子身边，除非我死了！不然，我绝不会让你再踏进佟家大门！你是灾星，我的儿子、孙子、孙女只要和你在一起就会倒霉，就会不幸，就会大难临头！”

“你太偏激了，放心，我会走诉讼程序，进行第二次离婚诉讼。现在不同意离婚的是你的儿子，不是我。你应该回去好好说说你儿子，而不是在这里教育我。”曼君说。

“我差点忘了，你这种年少克死父母，嫁人后克夫又克子的不祥女人缺乏家教，我就替你死去的父母教育教育你什么是三从四德。”林璐云的话句句带刺。

连她的父母都被牵扯进来，她忍无可忍，冲着林璐云喊：“你没有资格说我已故的父母。这是我的家，请你出去！”她重重地打开门，毫不客气地说。

“怎么，赶我走？别忘了这栋大厦是我们佟氏的财产。他为了你，买下这栋毫无意义的旧大厦，我看再和你做夫妻下去，他会彻底被你毁得破产！名誉扫地！今天我的孙子就是为了找你才差点出事的，要是他有半点损伤，我饶不了你！离婚协议上双方不都签字了吗？怎么还不算离婚？为什么你还要来纠缠我的儿子，阴魂不散……”林璐云泼妇般大喊着，肆无忌惮地吵闹，贵妇姿态荡然无存。

“好，我来告诉你，想要解除婚姻关系，只有两种途径，一是去婚姻登记机关进行离婚登记，二是法院裁判。在离婚协议上签字，不能表示已经解除了婚姻关系。你明白了吗？这次咨询算你免费，不送！”她有力还击，并不退让。

“请你自爱，不要忘记离婚是你自己一手造成的。既然敢离就要敢当！我也不想来你住的这种地方。”林璐云说完，仰起高贵的头，迈着贵妇的步伐，走了出去。

曼君关上门，全身无力，坐在沙发上，内心刚燃起的一息残念被浇灭，如同当头一棒将她打回原形。Y楼的官司彻底激怒了林璐云，她和他竟也逃不出天底下大多数家庭婚后面临的婆媳矛盾。

在林璐云的眼中，只要曼君和卓尧和好如初了，她就会失去女主人的地位，就会失去儿子和孙子、孙女。她有没有想过，正是因为她的插手，这个家庭的每一个人都过得不快乐，也包括她自己，何尝又因曼君的离开而舒坦过一天。只是林璐云将这一切的不幸都归结于曼君当初因Y楼而和卓尧对簿公堂的“背叛”行为。

曼君用手捶打着头，只觉头痛欲裂，原有的好心情被林璐云破坏得一点也不剩。心中生出莫大的悲凉，再美的童话也有面对现实的一天，他和她难以复合。她一遍遍默默对自己说：不要心存侥幸，不要再泥足深陷，不要再沉溺其中无法自拔。长痛不如短痛，要冷漠、冷酷、冷血、无情，再也不要被他打动，无论他做什么，都不要再心动，都不要再奢望。

只是对不起黎回、黎声。

巴黎的歌声，是爱的回声。

一双儿女的名字，是这个意思。

他曾在纸上写下的那句话：小漫画，如果巴黎不快乐，不如回到我身边，只要我还活着，那我此生都不会再离开你，不会再把你一个人丢下。

只要他活着，此生都不会再离开。

卓尧，原非情话不动人。

曾想过用千百般的好来待他，如今都成空。可能自她参与Y楼坍塌事故的官司之后，他们就注定渐行渐远。在她当时看来，那是对他的救赎，可他视为背叛。甚至这半年的隐忍付出，他又何来知晓。他是那样骄傲的男子，她更不会让他知道。

她从包里翻出随身带了两年的工作簿，翻开第一页，上面就有一段她写的话——

倘若你真的爱一个人，那就不要试图去掌控他，不要查他的手机，不要在他工作或和朋友吃饭时打轰炸电话，不要数落他的家人，不要在旁人的面前抱怨他。他喝醉了回家，不要骂他，给他端一杯蜂蜜牛奶。有时我们认为对方不够坦诚，其实他曾经坦诚过，只是你没有包容。在感情里，如果能做到温柔不失独立，或许很多恋人就不会走到分开的那一步。

这段话她还送给了多多，那时候她约莫还坚信自己是一个懂得经营婚姻，懂得体贴丈夫的好女人。

现在读起来，真像自己两年前提前给自己扇了一记响亮的耳光。

翻开第二页，有凌乱的一页漫画草稿，这大概是他原来拿在手里用铅笔随意画的，是她的笑颜，下面还写着：小漫画，你笑的样子越来越像我了，以至于我想你的时候，就对着镜子抿抿嘴唇。嗯，就当吻过你了。

再往下翻，一页页地翻，这本看似是工作簿的笔记本里，每一页都记录了她生活中的点点滴滴和凌乱的感悟。

她看到下面这一段——

对于食物而言，最遗憾的是，某天突然饿了，你兴冲冲地想起还有一样吃的。可打开一看，却发现已经过了保质期。曾经捧着一盒过期的酸奶痛哭，酸奶还是酸的，却变了味。

你以为他会一直等你，直到有一天，他神情淡漠，爱已过期。我真希望有一种情感可以没有期限，可以到老来仍能够相对微笑，终生温柔。

下面画着一盒酸奶，还画着一张她哭泣的脸，旁边是他漂亮的钢笔字，写着评语：一盒过期的酸奶，我们小漫画都能写出这么经典的感悟，大律师越来越像大文豪了。以后我每天都买酸奶给你喝，不哭，我亲爱的小漫画。

多甜腻的一幕幕啊。

还有一页，估计是工作上受了气，她现在都忘记是谁惹自己生了那么大的气，写了一堆吐槽职场人心叵测、人情淡薄的丧气话，又在纸上画了很多乱七八糟的图案。

之后，他竟在后面的一页，回复了两段令她受益匪浅的话。

——与人相处，只要对方无害你的心，你就该知足，不应有更多奢求。有时我们会悲伤，认为那些原本亲密的人应该待我们好些。心凉过后，就想想他们大概没有半点害我的心，只是人与人之间本就是淡漠的，所以我们依旧该保留和感激这份纯良无害的情感。

——即使在别人眼里你是差劲的，你自己也一定要认为自己是优秀的。在这个世界上，你无法阻止任何人对你作出差的评价，而你，要给予自己多一点点的温情。最可怕的不是他们都不爱你，而是你不爱你自己。早上洗脸的时候，看着镜子，这样的自己竟跟着我受了这么多罪，对不起，多少年来一直被我折磨的自己。

她想起来了，当时她看到这两段话，还捏着他的鼻尖嘲讽他是从哪里摘抄来的治愈且励志的名人名言，他倒说是他自己处世的心得。他还配了一幅漫画，画中的女子在黑暗中抱膝坐着哭泣。头顶上是星空，背后有一轮明月，侧身还有一个灿烂的太阳对着她。

画底下还有一小行文字——

“就算身在黑夜，也要知道，星空、太阳、月亮，始终都未曾离开。

我们看不见光明，但光明一直都存在。

致我心中最美好的女子。”

曾几何时，那光明，就是他啊。

卓尧，世上如侬有几人。

这个夜晚，她睡得出奇安宁。也许是过去的那些心灵鸡汤文字让她释然些许，也可能是她真的可以做到放下。

只是凌晨时分，她做了一个悲伤的梦。梦中她抽泣不止，醒来记起那个梦的内容，想来更觉悲伤，索性哭出了声。梦里，他们真的分开了，站在民政局门口，各朝南北，手中的离婚证被她贴在胸口，心疼得在抽。

我们总嚷着要分开，图口舌之快，忽略了心的疼痛。

她的床上仍是两个枕头，夜里还是会不自觉地伸出手臂，在旁边的枕头上闭眼摸索一会儿。这么久都没在一张床上，可偏偏总是在半梦半醒之间犯了迷糊，他还在她身边，从未起身，从未走远。

梦是个奇怪的东西。

在梦里，我们相亲相爱，还能感觉到真实的幸福。

早上第一次在闹铃响之前起床，她进厨房给自己做了一份早餐，一不小心，多做了一份。她装在盘中，连同自己的那一份一起端到了桌子上。她握着筷子，吃着吃着就心酸起来。日子这样下去，可是没法过了。

她需要一个共同过日子的小伙伴来占据她的时间。

不那么孤单的话，就不用那么思念。

多多居然在电话嘟声响起一秒之后就迅速接通了电话，声音洪亮如初：“我说孩子他妈，你终于恢复使用这个号码了。在英国逍遥半年，你居然一个电话都不打给我，你就不想我？什么混账姐妹！我这次可真生你气啦，没有三十只大闸蟹你别想博我一笑。”

“行行，都是我的错，只要你过来，别说三十只大闸蟹，三百只都没问题。只要你吃不厌，咱天天吃大闸蟹。”她是万事好商量的语气。

“我就在上海啊，你在哪儿呢？我现在在乡下的果园，忙得也差不多了，过两天就可以去找你。”多多说得倒像是有板有眼，把曼君给惊呆了，果园？难不成多多这么多天来一直都没离开上海，而是在郊外的果园？她问：“你不是要环游世界吗？你跑谁家果园去了呢？”说完又补了一句取笑多多，“这下人家园子里的果子可就要遭殃了，可不得孙悟空进了蟠桃林，一个果子也不剩。”

多多神神秘秘地说：“见面再细说，我这大半年过得真是太惊天动地了，是我完全没想过的生活。还有一个更爆炸性的消息，我必须当面告诉你，好接住你惊得要掉下来的下巴。”

“不带你这样吊人胃口的啊，快说快说。”曼君急不可待。

“谁叫你去英国回来至今，这么久才联系我，亏我还牵挂着你。刚一看你打电话过来，春宵一刻都晾一边了，立马接了你的电话。”多多够意思地说。

“春宵一刻……这大早上的……秋天到了，何来春宵……”曼君慢吞吞地说，难以理解。

“你和佟少还僵持着呀？不是吧，你可不要告诉我你们半年没有卿卿我我……”多多的脑子里，永远都是“色”字排第一。

“李多多小姐，色字头上一把刀，你纵欲过度，要保重身体。”她没好气地说。不过两个女人之间，好到什么程度似乎就看聊天的话题猥琐到什么程度。

“那他呢！他不可能这么久都不碰女人吧，佟少可不是那么清心寡欲的男人。”多多一副自以为比谁都清楚的口吻。

她笑：“你怎么还是这么色，这么猥琐，果园的空气难道不应该净化一下你肮脏龌龊的心灵吗？”

“你看短短几年啊，你们都有一儿一女了，就凭着这造人的速度，他还清心寡欲？我看你在英国的这段时间，他是倚马立桥头，满楼红袖招。”多多的嘴巴像放鞭炮一样说个不停，“我跟你讲，这么好的男人，你一手调教出来的，你甘心就这么放弃，拱手让给别人坐享其成？他以前那么不可一世，是和你在一起之后慢慢变得温润如玉，深情体贴的。那个小丫头片子，哪点比得上你？”

“何喜嘉？你怎么听说这些的？”曼君好奇。

“有一次我去佟家，打算看看我的干儿子、干女儿啊，我可牵挂黎回和黎声这两个熊孩子了。谁知我居然看见何喜嘉也在佟家，看样子像住在那儿，我一气之下差点激动得冲进去臭骂她一顿。不过……没有邀请，我根本进不去，这些也是我爬上院外的树枝才偷看到的。”

“中国好闺密！这些我后来也都知道了，算了，我和他有没有第三者存在都不重要，这不是我们分开的原因。至少，不是重要的因素。”说着，曼君看了一下手机时间，忙说，“见面再说，我得赶时间上班，抢停车位，挂了。”

曼君匆匆喝下一大杯白开水，拿起一件咖啡色薄针织衫就往外赶。初秋的清晨，大气微凉，车里的电台在放些什么她根本没有听进去，只想能够像昨天一样抢到最近的停车位就好了。那个偏远的地下停车场实在是太可怕了。可能是这些年看到太多地下停车场发生的案件，导致她有点被害妄想症。像那种灯光昏暗的地下停车场、封闭的电梯，都是会让她心里害怕的地方。

只要能够避免去那个停车场就尽量避免，但愿今天还会有好运气，和之前一样刚巧就有车开走，腾出个停车位。

她远远瞄着大厦楼下的停车位，俨然停得满满当当。唉，这些人难道都不用睡觉的吗？永远都能够抢到停车位。正当她满心沮丧准备开出停车场时，突然看见一辆黑色的车，好像还是之前的那辆车，正缓缓地往后倒，并打着方向灯。她赶紧做好准备，等那辆车一走，她立刻以娴熟的车技将车停了进去。

她将头伸出车窗，望着那辆黑色轿车无声无息地消失在车流中。

“怎么这么好的运气，每次都会碰到这辆车。真巧，估计这个开车人和我的工作时间正好相反，我上班，他下班。但愿无事常相见。”她心情渐佳，何必愁眉苦脸，想想一早能拥有个好的停车位，就该快乐一点呀。生活原本就是由这些点滴的小事情组成，那些一往情深撕心裂肺的爱情啊，都统统抛远一些吧。

何喜嘉一早准时出现在她的办公室，作为她的秘书，何喜嘉很是尽职尽责，将一天和一周的工作计划递交给她，八个小时的工作时间连午餐时间包括在内都一一安排妥当，要会见的人也都按照预约时间排好。

单就这种工作态度和效率，她很满意。

曼君看了一眼何喜嘉黑眼圈严重的脸，心有点软，关心地问："这些都是你昨晚熬夜写出来的吧，不用这样拼，以后就在你的上班时间做事情，该休息的时间还是要休息好。"

"师父，你这是在关心我吗？也就是说，你不生我的气啦？！"何喜嘉脸上露出喜出望外的表情。

"这不是正清，在这儿，你得叫我主任，至少上班时间你要这样叫。"她严肃的脸上有些笑意。也许是心情还不错，也许是看这个曾伤害自己的徒弟似乎有了悔意，她脸上露出了些许关切的神色。

善良的人都是如此，无论再气再恼，只要对方给予一点点的温暖，立马就会心软，恨不得千好万好回赠过去。

正因如此，她才会陷入反复对他失望又怀有希望的怪圈中。一下想到昨夜林璐云的来访，她揉了揉额角，喝了一口何喜嘉泡上来的热茶，感觉沁人心脾。她不禁说："这茶叶真好，不是公费的吧，你自己买的？"

"今年的新茶，我从杭州买回来的，你要是觉得好喝，我每天都给你泡一杯，提提神。这秋天干燥，以后再加一朵白菊在里面，好不好？免得上火。"何喜嘉圆圆的脸庞，眼神纯净得像冲洗过的玛瑙石。

"好，谢谢你。"曼君抿一口茶，低头开始工作。

等何喜嘉走出办公室，曼君抬头，自言自语："会不会是我多疑了，她看起来是多单纯的小女孩啊，就算之前和卓尧发生了那些事，那也是她少不经事。可能是我最近压力大了，总把人往坏处想。"

她说着，盯着桌上那杯茶，绿色的叶尖整整齐齐地冒在面上，很是好看。她想到了一句诗：平生于物之无取，消受山中水一杯。

她的工作也就是管理律师和律师事务所的日常工作，以及参加重要的民事活动，这也包括接大Case和重要案件时不可避免的社交活动。比方说，严天再一次走进她的办公室，说："阮主任，别忘了咱们今晚的事，下班后直接去会所。我们都开车过去，你跟在我后面就好了。颐美公司的总裁今晚会到，我事先和你打招呼，衣服穿严实点，你这样就可以，这个颐美老总贪恋美色可是出了名的。”

“那你还把我往火坑里带！”曼君惊呼。

严天赔笑：“应酬应酬，走走过场，为了咱律师事务所的收益，你这个新主任稍稍牺牲一点色相，就当是英勇殉职吧。”

“你这比喻不恰当。不过我想我是懂得分寸的，晚上见。”这是无法避免的事，唯有小心谨慎，圆滑处之。

另一处的卓尧浑然不知，坐在办公室里，破天荒心情好，走在公司里，还对几个职员微笑。以至于有胆大的好事者跑去问秘书长季东：“秘书长，董事长是不是和太太复合了，我看咱们董事长今天居然笑了，太难得一见了，比昙花一现还珍贵。”

“上班时间在背后议论公司高层的私事，当心扣你的奖金——不过今天确实难得，就饶你这次了。”季东笑道，望着董事长办公室方向，陷入了沉思。这时，季东的手机上跳出一条短信，翻看过后，他立刻走出办公室。

卓尧还沉浸在头一天晚上一家三口吃饭的美好情绪里，想着这大概就是他们开始要破镜重圆的开端吧。

季东敲门进来，不忍心破坏他的好情绪，欲言又止。

“说，什么事？”他声音干脆清朗地问。

“也是我朋友跟我说的，他是颐美公司高层身边的人，说晚上颐美总裁会见两个律师事务所的主任和律师。一个是正清，一个是文略。正清那边是江照愿，文略这边是……”季东识趣地不说话了。

“不可能，以我对她的了解，她不可能答应去的。你问清楚了吗？”他将信将疑。

“问清楚了，他亲耳听到颐美总裁说的，原话都发我了。那个易竞，出了名的骗子加色鬼，找几个大学生搞生物美白研究，被消费者告了，都到这个分上了，还垂涎律师的美色。”季东愤愤不平。

“原话怎么说的？”他眉头拧起，问。

季东把手机递给他。

卓尧看到易竞说的那番话的文字记录——

今晚我可忙活不过来了，那个江律师，出了名的美人，又辣又带劲。而那个阮主任，还是佟少的太太，听闻是个清冷高贵的美人儿，没想到她会赴我的约。这再冷的女人啊，长期没有男人的滋润，也会按捺不住寂寞，这就叫少妇的空窗期。

卓尧气得一拳重重地落在办公桌上，说："我倒要看他有没有这个胆子碰我的女人。"

他想曼君是为了当主任要疯了吧，明知山有虎，偏向虎山行。他要是现在打电话阻止她去，以他对她的了解，只会加剧她的逆反心理，偏要去。那好，随她。

他已有了对策。

夜晚的这座城，是不夜城，底层男人的娱乐消遣莫过于街边的发廊之类，中层男人会泡泡酒吧物色对象，而这个城市上流阶层的男人则流连于各大豪华会所，一掷千金。香车美女洋酒，处处可见奢侈骄纵的画面。

曼君从不愿踏入这种地方，因为人在这些场所往往会暴露出最可耻不堪的面目。但她没有办法，无法改变，只能巧妙适从。

她深呼吸，看着卫生间镜子里的自己：扎着马尾辫，最朴素简单的妆容，但愿这个易竞没有传说中那么好色下流。只此一次，下不为例。她握紧拳头对着镜子说："要是色鬼敢有歪念，我就一个酒瓶爆他的头，作为对他性骚扰的还击。嗯，就算起诉我，我也要有充足的准备，反诉他性骚扰。曼君啊，加油！你可以的！"她双手抱着自己的肩膀，给自己打气。

她开着车，紧跟在严天的车后，在一家繁华的娱乐会所门口停下。她握紧皮包的肩带，腹中打着草稿，想着等会儿见到颐美总裁要如何着重介绍文略律师事务所的几大实力优势。

进了包间，和严天一起坐下，菜和酒应该是严天提前就已订好的。墙上的钟显示着时间。

"快七点了，易总应该马上就到了。"严天走到窗边，掀起窗帘，往楼下探头，又说，"来了来了，待会儿见机行事，我会不停地拍他马屁，你就只管对他笑就好了，这家伙一见女人笑就晕头转向。"

“我是来介绍文略的，又不是来推荐我自己的。你再这样说，我立马走人。”曼君阴着脸，拿着包起身。

严天忙劝：“行行，阮主任，你就坐着跟易总介绍我们事务所，我负责陪酒赔笑，总成了吧。”

她这才坐下。

没过多久，包间门开了，一个地中海发型，满脸油光、酒糟鼻、金鱼眼、厚嘴唇的中年男子腆着大肚子走了进来。他眯着眼朝曼君笑，伸出肥厚的手，絮絮叨叨拉着曼君的手说个不停：“主任你好，久闻不如一见，真是如清水出芙蓉，不施粉黛，难掩国色……”

曼君努力往后抽手，用求助的眼神望向严天。

严天赶紧伸出手和易竞握手：“易总还是这么孔武有力，来来来，坐。上菜！咱们今天喝五粮液。”

易竞这才松开曼君的手，随便握了握严天的手之后就坐在软椅上，目光没从曼君的身上挪开过。

“易总，我们律师事务所想必你也了解，之前我的秘书也把你们产品的详细资料给了我，我个人觉得这份资料不是很真实。你们也不要对我们有所隐瞒，我们需要这套产品的真实配方，你只有完全相信我，我才好帮你打这场官司，输赢暂且放一边。”曼君说着，觉得直视易竞这个又肥又色的男人实在是恶心，秉承着对自己的工作认真负责的态度，她将目光集中在易竞身后一个角柜的花瓶上，然后很自然地拿起桌上的餐巾擦拭手。

那个漫长的握手过程，她觉得油腻得慌。

可易竞似乎并不急于谈工作：“阮主任，不着急，慢慢谈，边吃边聊。”接着，他咧开嘴笑，“听说你就是佟氏集团董事长的前妻，我用‘前妻’这个词恰当吧，反正你们都离婚了。你看，你要是不想浪费时间，我们就换个地方细聊。见到你，饭我可以不吃，酒也可以不喝，倒是……”

“对不起，我是来工作的，如果你问我私人问题，抱歉，无可奉告。我想你们颐美都遇到这么大的麻烦了，作为总裁，也应该收敛一些。”曼君不悦地说。

易竞一愣，望了一眼严天：“哎，老严，这是怎么回事！我可告诉你，隔壁人家正清的江大律师也在包间等着我呢。你们要是这态度，我可去隔壁了！”

曼君一听江照愿在隔壁，便笑着说：“那你请便，我们文略不需要和正清抢Case，我也认为江律师更适合你的品位。”

易竞恼怒，道：“你敢这样和我讲话，你们文略的合伙人见了我还得低头让我三分呢，你算什么东西！一个被抛弃的女人，还装什么清高，老子给你一万块钱你脱得比谁都快，哈哈！”易竞说着，嚣张地大笑。

“易总严重了，不说这个，吃菜吃菜！”严天打着圆场，对曼君说：“你不是把手机忘车上了吗？我们喝酒，你去拿吧。”边说边对她使眼色，暗示她先走一步。

她还没走两步，就被易竞拉住了胳膊。她意识到不妙，想着该怎么脱身。

“甭给我来这套，你进了这张门，没把老子伺候好就别想走！我上半场和你玩，江律师那边玩下半场，怎样……”易竞肥硕的身体挡在曼君面前。

“你的Case我们不做了，请你让开！”曼君冷冷地说。

“易总，那今天就到这儿吧。我送她回去，你还是去正清看看吧。”严天还算有良知，小声对曼君说：“对不起，我哪知道他居然色到了这种程度。”

易竞笑：“老严，你若识相的话，就给我滚出去，我要单独和阮主任谈谈。”

“这……这不太好吧。”严天也怕会出事，结结巴巴道。

“我警告你不要太过分！”曼君正气凛然地说。

“真是当了婊子还想竖牌坊呢。哈哈，你自己走进来的，你以为那么容易就能走出去吗！”易竞肆无忌惮地伸手就要拉曼君肩上的开衫。

“你放手！”曼君厉声喝止。

“砰”的一声，包间门被踢开，卓尧走进来，面目淡然地关上门。易竞见到眼前伫立的男子，顿时蔫了，立马松开手，双腿发软。

曼君望着他，如同见了救星。

“佟少……这完全是个误会，我喝多了，该死，该死。”易竞低头道歉。

“她是我太太。”他只说了这五个字，目光威慑地看着易竞，握紧拳头，恨不得将这个对曼君有企图的男人给扔下楼。

好在，她没有受到伤害。

“我哪有这胆子，佟少你大人有大量。佟太太，请您原谅我是粗鄙之人，对不起。”易竞连连伸手扇自己的耳光。

卓尧看了一眼桌上煮得正沸腾的海鲜汤，声音低沉地说：“你的手不太干净，是你自己来洗，还是我的人帮你洗？”

易竞顺着卓尧眼神的方向看向桌上的一锅热汤，声音都在颤抖：“就饶了我这次吧，我是真不知情，不然我哪有这个胆啊。要不……这宗Case我给文略，作为补偿，代理费我加一成，这可行……”

卓尧摇头，冷冷地说：“你加十成这个Case我们也不要，我只要你洗手，然后，滚！”

曼君看着卓尧的脸，她清楚他此刻一定快要气炸了。他这个人就是这样，就算生非常大的气，也不会大吼大叫，他双眸射出冰冷的光，恨不得置对方于死地。她的手握住他的拳头，轻轻地摇了摇。

这是以往他生气时，她最无声的安慰。

易竞双腿颤抖，说话都在哆嗦：“就饶了……我这次。佟太太，您别跟我这种小人计较……您开口帮我说句话……”

曼君不想再看见这个恶心的人站在自己面前，厌恶地说：“你走吧，你的Case给正清，我们文略不要。”

“我这就滚……马上滚。”易竞点头哈腰地往后倒着走出门口。

门外传来江照愿的声音：“易总，快进来，酒菜都上桌了，就差你了。”

严天见状，也赶紧拎包先走人，生怕佟卓尧会迁怒于他。

包间里一时间只剩下他和她，气氛有些尴尬。她摸了摸自己的脖子，小声说：“你怎么来了？其实事情并非你想象的那样，我都想好了，瞄准了桌上的酒瓶，他若是敢造次我就一酒瓶爆了他的头。是他骚扰我，即使警察过来，我也有旁证。你不用大动干戈。也是，反正大家都不会当我是佟太太了，失去了你这把强大的保护伞，我得靠我自己……”

他突然把她牢牢拥入怀中，俯身吻住她的唇。她的双手使劲在他的胸膛中抵抗，想把他往外推，却无能为力。

熟悉的气息扑在脸上，如同温暖的风。她想躲闪，脸颊却感受到冰凉，他是在流泪吗?

他的吻最后停留在她的额头上，喃喃低语：“别再脱离我的保护范围了，回来我身边吧，你还是我独一无二的妻子，别再让我担惊受怕了。”

她的心动摇了，可一想到林璐云说的那些话，她心里清楚，自己再无法踏入佟家的大门。

既已如此，又何必沉溺。

“我认为我现在很好，工作是我喜欢的，也没有你带来的不必要的烦恼。唯独是两个孩子，我很想带在身边。黎回现在上幼儿园了，等黎声也上学了，我就接他们回我身边，好不好？”她的口吻里带着伤感。

他并不认可，盯着她的脸，双臂摇晃着她的身体：“你清醒一点好不好，我们都不要再继续错下去了。Y楼是在当初设计时，我妈提议以‘尧’字音的首写字母为缩略称呼，正式的大厦名称会在开业时揭晓，我心中早有打算。外界传闻的叶楼纯属胡扯，还有当初坍塌事故的官司，你和我对簿公堂，我发自内心从未怪过你一次。我根本都没做赢你的打算，赢了自己的妻子的男人本身就已经输了。甚至你抛下一切远走英国，我也一直在等你的电话，等你回来，重新开始。小漫画，我不想再和你将错就错了。”

“小漫画，我不想再和你将错就错了”这句话差点没让曼君的眼泪掉下来。可她偏偏还要心硬如顽石地拒绝：“那是你单方面的事，我也有我的承受范围。你让我难以承受。”

“是我让你活得艰难，还是我对你造成了无法原谅的伤害，你一定要离开我？不管黎回、黎声是跟你还是跟我一起生活，要么缺失父爱，要么缺失母爱，你忍心吗？要是我们之间没有感情我也认了，可我们明明深爱着对方，你到底在逃避什么！”

她故作平静，慢条斯理地说：“够了，这个世界上每天有多少成为单亲家庭的孩子，我经手了那么多宗离婚官司，他们的孩子也都成长得很好。你和我也不是父母双全，不也活得好好的吗！”

“你真冷血，当律师的，都是这样无情无义吗？”他努力忍住火气。

“你今晚就不该出现在这里。”她漠然地望他一眼，转身欲离去。

“我真怀疑你是不是精神有问题，还是原来那个我深爱的灵魂已经被偷走了，只装进来一个冥顽不零的恶灵！”他试图拉住她的手，虽然嘴上说着气话，但心里还想挽留。

“是，你说得对，我是个恶灵，那你就别再纠缠我了。”她拂开他的手，义无反顾头也不回地走了。

只留他站在门口，不敢相信自己的眼睛。以前相守的种种温情，都变得飘零远走。

这还是他的小漫画吗?

她走到车旁，扶着车门，悲伤地蹲下身子，掩面哭泣。他又何尝知晓她的痛处。她怕他随后出来会看见自己在哭，便擦干眼泪上车，缓慢地倒车。因为她的心思全然不集中，忽略了后视镜中的画面，“砰”的一声后，传来一个男声的惊呼。

车窗被人敲响，她开了车窗，就看见林慕琛的脸。他对她笑着说：“怎么，我这么大一个超级帅男站在这儿你都没看见，还差点撞到我。咦？你脸上亮晶晶的……你哭过？”

“没，我滴眼药水而已。他在上面，你记得自己答应我的事，不可以把我那半年的事告诉他。”曼君说。

“你怕他那强大的自尊心受损？对这种又自负又霸道的男人，就应该给点惩罚。他和那个小法务之间……”

她打断林慕琛的话：“那是一场误会，你别这样说他，这是我和他之间的事。你只要记得你答应我的事就好。”

“为他付出那么多，连让他知道的权利都不给他，你值得吗？这半年，你……”

“别说了，是我心甘情愿做的事，他的那道坎本就是因我而起，我的付出是我应该做的补偿，我不想让他知道。谢谢你。我该走了，对了，江律师你见过对吧，之前你姨妈不是还撮合你们吗？她在楼上，可能会有麻烦，你去包间找她，有必要的话，带她离开。”曼君说着，发动车。

林慕琛的胳膊仍撑在车窗上，笑：“她不是你的对手吗？怎么还关心起她了？”

“瞧你这话说的，关系不好不代表我想她受伤。”曼君说着，关上车窗，开车离去。

林慕琛望着远去的车，称赞道："能够让佟少痴迷的女人，果然是与众不同。只可惜了他们两个，怎么总是不在一条线上？"说着，他抬头看了看会所顶楼的辉煌灯光，自言自语，"还得去拯救那个说我不及佟少百分之一的江照愿。"

包间里，江照愿正强装出笑容喝下易竞递过来的酒，几杯酒下肚，便不胜酒力，摇摇欲醉，站立不稳。刚才还被吓得七魂丢了一半的易竞借着酒劲又起色胆，想着江照愿应该没有什么大人物做靠山，于是他肥厚的手掌顺着江照愿的细腰渐渐往身体上部游走。江照愿放下酒杯，笑着说："易总，你醉了，要不你再喝点汤？"

一提到汤，易竞有些忌讳，刚才在隔壁包间险些没被佟少用海鲜汤洗手，于是脸上的笑容僵住，手稍用力，搂住江照愿的腰，喘着粗气："她不能碰，难道连你也不能碰？"

"易总易总，我今天真不方便，咱们先签合同，签了合同再继续喝酒，不然一会儿你醉了，可就签不了合同了。"江照愿说着，借机从易竞的身边闪开，拿起桌上的合同递给易竞。

谁知易竞半醉半醒中根本没了签合同的意思，被佟少一吓，憋了一肚子的气，此时在江照愿这里又碰了壁，哪肯善罢甘休，于是直接上去抱住江照愿，野蛮地说："让我先了解了解你，再签合同也不迟！"

江照愿本来个子高挑，奈何被一个肥猪一样的老男人拦腰抱住，踢也踢不到，无法摆脱，心里暗想：就你这副德行还想揩我的油，要不是为了合同，为了不输给阮曼君，我早就不伺候了！可现在该怎么脱身又不得罪他呢？

正想着，门外传来一个声音。

"江小姐，是你吗？"林慕琛探头进来，脸上挂着酷酷的笑。

江照愿如同见了大救星，指着易竞的后背，用唇语说："快想办法把他支开，我快崩溃了！"边说边一脸恶心状。

"什么办法都可以吗？"林慕琛小声地说。

江照愿猛点头，双手作揖拜托他。

林慕琛做了一个"OK"的手势。

易竞丝毫没有察觉到门口的动静。

林慕琛走过来，说了一句话，让江照愿恨不得将他撕成碎片。

“江小姐，你的艾滋病第二期治疗怎么没过来？那可不行，你这样是不能随便接触男性的。”林慕琛高声说道。

易竞听到“艾滋病”三个字，像被电击般立刻松开手，回头对林慕琛说：“你是谁？在这儿胡说八道什么！”

林慕琛晃了晃手中的证件，认真地说：“我是医生，看清楚了吗？她是我的病人，你要是不介意被传染，那你继续。”

易竞笨重的身体居然轻盈地弹开了，站在离江照愿几米远的位置说：“江律师，你这个人太不诚实了，你有病就要积极治病对不对？这么大好的时光，有病就不要出来卖力工作了。对了，医生，我刚才碰过她的手，还有腰，不会被传染吧。”

“理论上不会，不过具体问题具体分析，我从医学的角度建议这位先生应和我的患者保持距离。”林慕琛专业客观地分析。

江照愿咬牙切齿地说：“喂，林医生，你乱说什么，我哪有那种病啊，你这么大声，全世界的人都知道了！”话音一落，她摇摆着身姿走向易竞，撒娇地说：“易总，咱们继续喝酒，吃菜。”

易竞跳到墙角，双拳紧握挡在面前：“你不要靠近我，走远点。谁要和你一起吃饭，你有病啊！”

“易总，你别信他，他胡说的，你签合同吧，这样大家就可以各自回家了。”江照愿拿着合同，把笔往易竞手里送。

“是啊，她还欠我们医院第一期的治疗费，你就和她签了吧，否则她都没钱治病了。”林慕琛忍住笑，戏谑地说。

江照愿恶狠狠地瞪着林慕琛，朝他捏了捏拳头，一副恨不得把他捏碎的样子。

“我签我签，别，我用我自己的笔，保持距离，两米——”易竞边签边摇头道，“我今天是倒了什么霉，两次都差点被吓死。唉，赶紧回去洗澡，去去霉气！”

“易总，我没病，真的，你可别说出去，记住啊！”江照愿拿起合同，对易竞抛了一个灿烂的飞吻。

易竞不由得打了个寒战，嘴里念着："太可怕了，多美的一个女人，竟得了这种病。"说着落荒而逃。

江照愿举着合同就往林慕琛身上打去："你居然这样毁我的名声，我以后还要不要嫁人了！你太卑鄙无耻，打着救我的名义，实际上是在报复我吧！"

"我问过你啊，是不是什么办法都可以，你自己同意的。我为什么要报复你？我是解救你，你非但不感谢我，还恩将仇报。以后我可不会多管你的闲事了。"林慕琛说着，不再理江照愿，直接往外走。

"喂，你这个人可真是没有绅士风度，我喝酒了，不能开车，你送我回家吧！"江照愿急得直跺脚。

"你自己打车！"林慕琛摇摇手，连头也没回。

江照愿赶紧跑上去，挽着他的手："那可不行，帮人帮到底，送佛送到西。好吧，上次见面，我那样羞辱你，我向你道歉。通过今晚，我发现，其实你也不逊。和佟少比，你也有你的特色。"

"特色？"

"你比他怜香惜玉，他那个人，明知易竞是个色鬼，居然还把易竞赶我这边来了，这不是把我往虎口送吗。他眼里除了阮曼君，谁都容不下。你就不一样，浑身上下都透着一股正义的气息。"

"我觉得你此刻看我的样子和刚才那个胖子看你的表情是一样的。"林慕琛摇摇头。

江照愿哈哈大笑："得了吧你，我都没找你算账，让我占点便宜就当是弥补把我说成是艾滋病患者吧。不过今晚还是很开心，好歹我还是拿到了颐美的Case，值得庆祝，至少这一次我算是赢了阮曼君。她去了文略当主任也不稀奇，还不是输给了我。"

"哦，忘了告诉你，是她在楼下碰到我，让我上楼来找你，说你可能会有麻烦的。你还老把她当敌人看，以后别这样了。我很敬佩她，她很伟大。"林慕琛认真地说。

"真的假的？她巴不得我被易竞羞辱，又怎么会帮我！她哪点伟大，哪点值得敬佩了？于公，正清栽培她。她倒好，去了一趟英国，脚底抹油走人，跳槽去文略做主任了；于私，她和自己的丈夫打官司，抛家弃子。她以为她真赢了我啊，我告诉你，都是佟少在暗中帮她，我才会输给她。我江照愿从未输过，居然会输给她。”说起不光彩的输官司经历，江照愿很不服气，皱了皱鼻子。

林慕琛懒洋洋地说：“信不信随你，反正她比你优秀，这是事实。”

“你从哪点看出来的！”

“从她的男人啊。”

“是啊，她哪点比我强，她唯一超越我的就是她的男人是佟卓尧。可是，现在她失去他了。你还说，你姨妈真是的，当初还想把我和佟少撮合到一起，结果见他对我无意，就把我当皮球一样介绍给你。难怪阮曼君和你姨妈这对婆媳始终不和，换我也是！”江照愿说着往事。

“好啦，他们两个人是肯定分不开的，你少操点心行吧！”

“嗯，那要是——我从现在开始喜欢上你，你还会认可从她的男人就能看出来她比我优秀这个观点吗？”

林慕琛想了想：“嗯，那值得商榷一下。”

“你呀，真自恋！”

两个人就这样慢慢畅聊起来。

然而曼君和卓尧就没有这样的闲心了。

对曼君而言，这注定又是失眠凄苦的一夜。若黎回、黎声在身边，该有多好。失去孩子的陪伴，不能亲自抚养见证他们的成长，和失去卓尧的痛苦是一样的，都如剥皮抽筋，生生掏空了她的血肉之躯一般。再这样下去，她都要去请求医生开一些安眠的药片了。

真惧怕黑夜的到来。黑夜使孤独的人更加孤独，使相思的人更害相思。

《红楼梦》里，结局最幸福的女人是谁？是刘姥姥。这说明其实女子平凡简单就足够一生幸福了，无须过多的美貌和财富。人人都觉得高高在上难得，却不知平生糊涂安宁度日才更难得。

她真羡慕刘姥姥，不要黛玉的多愁善感，不要宝钗的处世圆滑，哪怕愚钝一些，哪怕贫困一些，又何妨？

这些，她也不过是想想罢了。

卓尧回到家，脑子里全是晚上在包间里的画面，看到她险些受辱，他恨不得废了姓易的。他那么紧张她，她却云淡风轻，一副无关紧要的姿态。他是火，可她到底要泼多少冷水才能同意复燃呢?

这让他心里那个收购计划被直接提上了日程。

第九章

如今独自虽无恙，问余生有何风光

你失去了原本以为离了就活不了的那个人，却发现失去没那么可怕。你不会病，不会死，只是再也不会看清遥远的月亮和星辰。

3 如果巴黎不快乐

秋天来得比往年更加早，十月的早晨就已感觉到凉风迎面吹来，再也不是穿着单衣薄衫就可以出门的天气了。这种忽冷忽热，早晚凉、中午气温高的天，曼君担心黎回、黎声会感冒，便打了个电话给卓尧，嘱咐一下。

她一边吃着自己煮的鸡蛋面，一边握着电话说：“早晚降温了，别忘记给黎回、黎声添件外衣。”

“你认为这还用你提醒吗？”他冷冷地说，“我在开车，挂了。”话音刚落，就立即挂线了。

曼君缓缓放下手机，有些不适应他这种冷漠的语气，可这是她自己选的。她喝了点热面汤，身体渐暖，换好衣服，整理好工作笔记放入包中，站在门口换鞋时，望着空荡荡只住着自己一个人的“家”，突然眼睛好酸。

这就是她努力许久想要得到的生活吗？

注定孤独终老的人应该就是这样的吧。有了丈夫，有了儿女，可终究还是独自生活，带着深深的思念，孤单地住在这间空房中。她喃喃自语地走出家门：“多多说今天要过来住些日子的，把钥匙放在地垫下好了，让她自己拿吧。”

开车一路上都是红灯，她有些烦躁，着急要抢那个停车位。她手撑着额头，借着几十秒的红灯时间，想着那辆黑色轿车会不会已经走了。每次都能准确无误地在那辆车走的时候赶到，可看看时间，今天比往常已经迟了四十分钟。

应该早就走了吧，不会再碰上了。她失落地想。

早高峰一路堵着，等她快到的时候，眼看还差十分钟就要迟到了。她握着方向盘准备开去那个偏远的地下停车场时，就瞥见那辆黑色轿车正缓缓倒车往外走，还响了几声喇叭，似乎在和她打招呼。

她也心领神会，按着车喇叭回应，可当她变换方向准备紧随而上占据停车位时，前方一辆车抢先一步，停在她前面的位置。

也许是黑色轿车内的司机对那辆车的司机做了什么眼色和手势，那辆车竟主动退了出来，掉转车子离开了。黑色轿车往前开了一点儿，挡住了后面车的来路，等着她的车停进去才离开。

她很是好奇，停好车就下了车，想道一声谢，可根本来不及看清开车人的脸。

这似乎挺有趣的，他们之间倒像是形成了默契。她一直认为开车的车主是极低调的，因为同样的价位完全可以买土豪品牌的车，可车主却选择了这款轿车，想必是个不显山露水的男子。

直觉告诉她，开车的是位男士。这一点和卓尧相似。呵，怎么会是他，早上给他打电话时的口吻拒人于千里之外。她的话都说得那么没有余地，他应该不会再执着了。

也好，都该放下，各自生活。本来就不是一条轨道上的人，行走轨迹也不同，如果非要生活在一条线上，那必然要么相行渐远，要么撞击受伤。他做他的地产大亨，看他从一蹶不振到现在的春风得意，她也替他高兴，内心的歉疚和愧意也稍稍减弱了些。

她得不到他母亲的认可，他们就算在一起也不会有安宁的日子。只是和他共进一次晚餐，林璐云就找上门大放厥词，根本没有回旋的余地。

到了办公室，严天跟着她进来，紧张地问：“昨晚佟少没在你面前说什么吧？他是不是怪我……带你去应酬？”

“怪你做什么，没事。”她笑道，脑海里浮现出他早上电话里冷淡的声音。

“我得罪不起他啊。算了，还是不和你说了，下午你就会知道了。你自己好自为之，他的目的是保护你还是控制你，我也搞不懂。不过这个对我们文略来说却是幸运的事。我也正打算去深圳找我的妻子和女儿，正好合我心意。”严天莫名其妙地说了一通。

曼君一边开电脑一边说：“你说这些不着边际的话，我听得云里雾里的。”

“哎呀，还是让他下午亲自告诉你吧，我可不敢多嘴多舌。”严天摇着头，走出办公室。

她愣了愣，眨眨眼睛，轻声嘀咕：“这是怎么了，让他告诉我，他是谁？”

何喜嘉照旧给她泡了杯绿茶，这次加了两朵白菊，飘在茶水中，煞是好看。曼君抿了一口茶，茶的清香混合着白菊独特的幽香，入口后提神醒脑。

她见何喜嘉给自己整理办公桌上的案卷时，对其中的庭审记录看得入了神。她还注意到何喜嘉脸上一会儿激动一会儿失落的表情，便问："是不是觉得做秘书很枯燥无聊，还是很想做律师？之前在正清你就是助理律师，按道理，你在文略是可以当律师，独立出庭的。"

何喜嘉赶紧放下案卷，双手放在背后，不好意思地说："什么都逃不过师父……不，主任你的双眼。我刚才看这个出了神，是想起那时我们一起出庭时主任你在法庭上的风采。而我跟在主任身后，也学了很多。当律师，是我的梦想。"

"既然梦想是这个，又何必应聘我办公室秘书一职？你的性格其实不适合做律师，你有些内向，不够放得开，不过也许是没有锻炼过。我刚入这行时，也是这样。这样，我考虑一下，秘书这个工作很简单，要不重新招个新人，我安排你担任我们文略的律师，我也不想浪费人才。"

何喜嘉开心得要蹦起来，一脸纯真地笑："真的吗？我可以做律师，主任你真的太好了。谢谢你大人不计小人过，我以后一定好好工作！"

"要好好干啊，打几场漂亮的官司，我这个做师父的也骄傲啊。"曼君希望自己的包容和提拔能够让这个女孩尽情施展法律系高才生所学的知识和能量，也不枉师徒一场。

"我一定努力啊，不过师父放心，就算我做了律师，我也还是会每天早上给你泡茶的。"何喜嘉笑眯眯地说。

如果此刻的曼君能够预料到接下来发生的一连串险些让她丧命的事都是因自己这一天的包容而起，那么她是断然不会这么决定的。只是，这世上的事，没有后悔药，也没有如果。

午后，佟卓尧如同空降一般出现在文略。

他身上那件好看的香槟色衬衫，恐怕也只有他能穿得这么清俊淡然。领口内侧的那条蓝色印花丝巾，是早前她在巴黎买给他的情人节礼物。他手里握着一份合同，轻轻地放到了她的面前。

“以后我的办公室就在你隔壁，我不一定每天都会过来。但是毕竟作为这里最大的合伙人，我还是会经常来的。阮主任，你以后有事可以直接向我汇报。”他语带挑衅，对她扬眉道。

她睁圆了眼睛，联想到严天说的话，这才明白过来，他一定是疯了才会这样做。

“佟卓尧，你是什么意思？我想问问你，到底怎样你才可以让我清静地生活下去！”她看了一眼合同，再看他的脸，他那副居高临下的骄傲让她恨不得揍他一顿。

“没别的意思，看你这么喜欢这家律师事务所，我就买下来送你好了。”他用轻松的口吻答道。

“你是在用你的钱侮辱人吗？在你的金钱世界中，货币是万能的吧。我为什么会来文略？我离开正清就是为了躲避你，可你现在又来打扰我的生活。你是在用你的钱一再向我证明，我逃脱不了你的手掌心，是不是？你这是在无声地伤害我。”她很痛心，他竟然会用这样的手段来控制自己的生活。

“你要这样想，我也无能为力。我只是不想你再跟着某位合伙人出去应酬、陪酒，你是我的太太，就算你要当主任，也请你给我留一点薄面，不要让外界耻笑我的太太出去陪酒！”他的音量很大，一脸愠怒。

“嫌我给你丢脸，那就离婚啊，谁不去民政局谁就是王八蛋！”曼君说着，一掌用力拍在办公桌上。

他忍无可忍，恼火道：“你是不是疯了，我再说一遍，你休想离婚！除非我死了，你拿着我的死亡证明去民政局！”说完，他起身大步离开办公室。

她跟在他后面，追着他下楼。她了解他，在这样的气头上，他开车一定会开得飞快，她前一秒还在生他的气，下一秒就在为他担心。追到他的时候，他刚上车，气势汹汹地关上车门。她拉开副驾驶座的门，坐上去说：“我们都不再是小孩子了，你的钱也是劳动赚来的，我不想你为了和我赌气就这样乱挥霍，我不想你再这样错下去。Y楼要不是任临树的投资相助，你会有现在的风光无限吗？请你珍惜你的财富，别再挥霍了。”

他买下她住过的那栋大厦，只因她曾在那里住过。她躲着不见他，他就收购了她上班的律师事务所。这些事，若他为别的女人去做，是会讨到佳人欢心的吧。可对她而言，正是她心底里依然深爱他，才会这样抵触他的行为。

“这与你无关，我不需要你来教我怎么做生意！”他沙哑着嗓子说。

天气也一下变了，秋雨迅疾而来，豆大的雨点“哗啦啦”地落在挡风玻璃上。

“我不想看你再一次走向危机，走进深渊，难道我会害你？！”她痛心道。

“你要是不想害我就不会离开我！”他说着，面朝她，伸手想搂住她。

她挣脱他的手，心却比任何时候都痛：“在你眼里，我是你想抱就抱的玩物吗？你够了！清醒一点吧，佟卓尧，无论你做什么，我们都是没有未来的！你问问你妈，佟家的大门，我这辈子都不会再踏入半步！我是和你过，可还要和她过，有她没我，有我没她！你选啊！你是和我离婚，还是和她脱离母子关系！”

“我们可以找机会和我妈解释清楚！”

“还能解释清楚吗？你收购任临树的旧大厦，收购文略律师事务所，你妈对我已经怒不可遏。她认为自己那优秀出色完美的儿子都是被我害成这样的，你越做这些，我们的距离就越远。”

“我不想看你和别的男人吃饭喝酒应酬，那是我们男人做的事！”他脸上笼罩着阴翳的光。

“你管得太多了，我们的婚姻实际已经结束，请你别再干涉我的生活。还有，你不再是一个人，你是黎回和黎声的爸爸，请你保重你自己。我不想看到你出现在文略，你最好退出。”

“我不需要你的怜悯和关心，我做事更不用你教！”

在那场大雨里，她忿然从他的车里跑下来。

她站在雨中质问：“是不是我躲过雨的屋檐你也要买下来？那好啊，你得多用些手段挣多点钱，我怕你的钱不够买。”

他坐在车里，没有听见她在说什么，雨刮器左右摇摆着，渐渐看不清她的脸，她的轮廓在大雨中渐渐模糊。

从未离开，却已远离。

她全身湿漉地钻进了出租车。回到住处下了车，她只觉好冷，不由得打了一个喷嚏。想起刚才和他怒目对吵，他必定是恼怒透顶了。

有些后悔刚才一时冲动之下对他说了那么多气话。她走到门口，弯腰在地垫下摸索钥匙，却没有摸到。这才想起多多今天过来这件事，于是她敲了敲门。多多一开门，就紧紧抱住了她。

几秒钟后多多才反应过来，跳出老远，拎着身上的衣服直抖：“哎呀，你怎么淋成了这个样子？单位不是配车了吗？你看你，我这件真丝衫碰到了你的黑色衣服，不会被染色吧。”

她瞧着多多身上那件白色真丝连衣裙，笑道：“你还会为这件衣服惋惜啊？以前名牌风衣被黎回拉了一身大便也没见你心疼过！”

“哎，那是以前，我如今可大不同了，浪费可耻！先说好，我来你这儿只住三天，家里还有很多活等着我做呢。马上到秋收的季节了，我要回去收割稻谷。”多多用湿巾擦着衣服上的污渍，慢悠悠地说。

“什么！秋收季节，你去收割稻谷？今天是什么日子？你们一个比一个让我震惊。”曼君光着脚站在地板上，脱下湿衣服，换了件宽大的T恤，拿起沙发上的毛巾擦拭头发。

多多倒了一杯热水后坐在曼君面前，认真地说：“我和你说一件事，你先不要激动，听我慢慢说。你用右手托着点下巴，免得你听了我接下来说的话下巴会脱臼。”

曼君照做：“现在可以说了吧，什么爆炸新闻至于让我下巴都脱臼？”

“是这样的，我……结婚了。”多多一脸幸福地说。

“什么！结婚？这么大的事你都没跟我说，你……你……你……”

“我们分开之后，我本想离开上海的。结果，鬼使神差的，我喝醉了酒，钻进了一辆车里。我以为是出租车，就说送我去机场，结果那是人家的私家车啊。那人当然不答应，我面子上也过不去，于是我就说他那是黑车，还闹到了交警队。总之我是丢尽了脸，喝醉的女人惹不起啊！他被交警队扣了车，直到第二天我酒醒了，他才拉着我去交警队解释清楚。我们俩就这么认识了。他有一片果园，里面有桃树、李树，还有一片葡萄园，他还承包了几百亩田，种的都是无公害的小麦和玉米。他好厉害……”多多花痴起来，叽里呱啦说着该男子。

不管多多的话是真是假，听起来这个男人确实是个人物。

“你说了半天都没有离开他种的东西，那你能说说他的名字、家庭吗？你们怎么就结婚了呢？”曼君要求进入主题。

多多笑：“你听我慢慢跟你说。他呀，叫倪亭宇，今年三十岁，父母早逝。他是独子，在和我结婚之前，一直未婚单身。自从那天认识以后，他说自己有一大片果园，我就半信半疑跟着他去了他乡下的住处。我跟你说，他真的是土豪！你知道他乡下的别墅有多大吗？上上下下前前后后一千六百多平方米，院子里堆满了水果。我承认我是吃货，尤其是葡萄，超级甜。我跟你讲，我去了以后，参观完他的果园和农场，我就决定留下来，因为太适合我了。”

“你就这么草率地决定留在那儿，还认为适合你？你不是最喜欢都市生活吗？乡下没有酒吧，没有商场，没有咖啡馆，你怎么度日？”曼君很好奇，那个曾经纸醉金迷，在夜店酒吧各大Party流连忘返的多多，最后怎么无声无息地嫁给了乡下果园的园主？

“我每天都生活得很充实，管理几个园子的果树，从开花季节到花落、结果、采摘、打包装箱出售，都是我和我们家老倪一起做的。当然，我们手底下还有很多工人。乡下空气好，吃的是新鲜蔬菜，喝的是地下水，农闲的时候，老倪就开车带我去水库钓鱼，晚上一起做红烧鱼吃。你没看见我戴着草帽给果树喷药的样子，我自己都不敢相信这辈子会有这么一天。”多多说着，脸上带着宁静的笑容。

“曼君，我从未活得这么纯净，我们老倪把他的纯净和与世无争都给了我。我现在想，他做农夫，我做农妇，住在乡野之间，远离都市。夜里七点多，乡下就安静了，我们靠在一起看一会儿电视或者接吻，对我而言，时光从来都没有这样美好安稳过。以前的我活得太凌乱了，老倪一定是上帝派来拯救我的。”多多牵起曼君的手。

曼君明显感觉多多的手掌心起了老茧，手指甲剪得整整齐齐，没有美甲，没有钻戒，指甲上露出一个个弯弯的“月亮”。听过一种说法，指甲上的小“月亮”越多，就代表身体越健康。多多现在过的应该就是最健康的生活吧。

“我真为你高兴，你找到了自己的幸福。我从未见你这样夸赞一个男人，我想他对你一定很好。多多，我知道你一定会幸福的，但我没想到你的幸福是这样的。”曼君说着，感触颇多，声音哽咽。

“是这样的田园风光，对吧。以后带着我干儿子、干女儿去我们那儿，葡萄、草莓都可以现摘现吃。现在的孩子，估计都以为草莓是长树上的呢。对了，明天把他们俩带出来，我好久没见他们了，真的好想他们。”多多说。

“这次估计不行了，下次吧，反正咱们以后见面的机会多。”

“怎么，你当妈的要见自己的孩子他还有意见啊！”

“今天刚和他大吵了一架，闹得很僵，反正我暂时不想找他。我也很想见两个孩子，等过几天再看吧。”一提到自己的事，曼君就有些落寞，歪歪地窝在沙发上。

“你想清楚了吗？离了他，你可活得了？我看你过得一点儿也不好，如果他后退一步，那你也退让一步，大家不就有复合的余地了。”多多劝说她。

“没有可能，他妈根本容不下我，我们俩是势如水火的关系。我不想一家人钩心斗角，惹不起我躲得起。等黎回、黎声大一些的时候再看吧。他妈还在逼着我和他离婚呢。”

“你又不是和他妈过。这老太婆可真是狠毒，不顾儿子的幸福，难道还不管孙子孙女得不得到母爱吗？”多多抱怨道。

曼君叹息，低头揪着手中的毛巾说：“不提这些了，多给我说说你和老倪的田园生活吧。”

过去多多总说羡慕她和卓尧的恩爱如初，而现在，她也向往多多和老倪的相爱相守。择一人白首终老，住在与世无争的田园间，四季顺应农时，日出而作，日落而息，这样朝朝暮暮的时光，真让人动容向往。

恰好是周末，曼君这两天就开着车陪着多多在这个城市里转悠。她总能在清晨和夜深的时候听到多多和老倪打电话，她就站在不远处，偶尔会听到他们的对话。很简单，没有肉麻的情话，不过是碎碎念着多穿几件衣服、家里的几百亩稻田几时安排收割之类的，像是老夫老妻之间的平凡和默契。

兜来转去，爱得缱绻悱恻，她还是一个人。

若无其事才是最狠的报复。

多多问她失去卓尧还能够活下去吗，怎么不能活？像是和自己在赌气，偏要更拼命地生活。

你失去了原本以为离了就活不了的那个人，却发现失去原没那么可怕。你不会病，不会死，只是再也不会看清遥远的月亮和星辰。

周一的早上，多多和她一起出门，在大厦楼下，曼君见到了多多口中的老倪。老倪一点也不老，穿着灰色衬衣和灰色裤子，袖子高高挽起，衣着很朴素，剃着平头，脸上有着与土地打交道的人特有的憨实。他看着多多说：“这就是你天天同我说的那位好朋友吧。”

多多点点头，为两人介绍。

老倪很自然地握了握多多的手，然后松开，转身钻进车里拿了件自己的外套给多多披上：“又穿这么少，这可不是夏天了，一场秋雨一阵凉，早晚要多穿点。”

多多笑笑：“我知道了，都说了多少遍啦。”

简单说了几句话后，他们就各自上了车。多多得赶回去，收割机已经开始工作了，无法想象多多在金黄的稻田里是什么样，但一定是非常幸福的。和相爱的人在一起，做什么，去哪里，都是美妙的。

开车去上班的路上，曼君的眼泪一直在流。

这天早上没有遇到那辆黑色轿车，她心中有些落寞。她将车停在地下停车场，再步行十分钟。刚走进文略，只见原先的合伙人会议室被改成了办公室，两天的时间就重新装修完毕。原有的墙壁被砸掉，换成一面墨黑色的玻璃墙，站在外面，根本看不见里面。

这就是他口中说的，他在文略的办公室。看来他是动真格的了，既然他执意如此，她只好冷淡面对。

以后，会常见面。

她想到一句诗——惟愿无事常相见。这常相见，于他们而言，是福还是祸?

曼君不知，正是卓尧的这一举动加快了危险的来临。

何喜嘉坐在自己的小办公室中里打着越洋电话，脸上不时流露出和平时全然不同的凶光：“第二个复仇计划得提前了，他们可能过不了多久就会复合，我们要赶在他们复合之前，神不知鬼不觉地掌握好一切。第一步进展顺利，我现在是文略的律师，只要我在这个位置，就有机会。我看了新闻，有个案子引起轰动，我有办法。”

电话另一头说道："你记住，千万不要留下线索，露出马脚，密切关注他们的对话，防止他们对你起疑。必要的时候果断一些，事成之后立刻出国。几条逃亡路线我都给你安排好了，你只管做到滴水不漏，要么她死，要么他亡。"

"好，窃听器我已装在她办公室了，她是断然不会想到的。还有我会每天早上给她冲一杯催命茶，就算计划失败，那些茶也够她消受的了。"

佟卓尧坐在车上，看着不远处曼君的车停在那儿，从她离去的背影看她分明在拭泪，却仍强装坚强。过去她曾说过，两个相爱的人，心意应该是相通的。就好比两人吵架，双方都很受伤，那么一方有多痛，就该能够感同身受到对方的痛。这样一想，便能够原谅。

她不在他身边这么久，他逐渐习惯了一个人抽烟、喝咖啡、失眠，还有莫名其妙地心疼。

如今独自虽无恙，问余生有何风光。

步行到文略，卓尧一路上都在想，该用怎样的表情和口吻和她说话。是带着笑容，还是像她那样冷若冰霜?

中途，他接到伍隆打来的电话。

"佟少，我在临湖别墅的工地。你要是有空最好过来一趟，后花园这边有些具体的事要你亲自看一下设计图。毕竟佟太太的喜好我们不是很了解，只有你最了解她的心思。"伍隆说着，电话里传来聒噪的施工机器声。

"好，我马上过来。"他挂断电话，折返回停车场。

他不知道，一整个上午她在办公室里坐立不安，直到午饭时间，她见他没有过来，便打算下楼吃饭。

路过他的办公室，她不禁停下脚步，望了几眼。何喜嘉走了过来，笑着说："主任，真是没想到，佟少竟然成了文略的合伙人。这太好了！"

她半开玩笑半认真地说："看把你高兴成这样子。"

"没有，主任，你想多了，我是替你高兴。难道你看不出来吗? 他这一切都是为你做的。有你在的地方，就有他，多浪漫啊，你就原谅他吧。我可没有别的心思，我还想麻烦你帮我看一个人。"何喜嘉红着脸，害羞地说。

“看一个人？”

“我认识了一个男孩，比我大一岁，是通过别人介绍认识的。他今天中午约我吃饭，我想让你帮我看看他人怎么样。”

“这个我不在行，你喜欢就行，旁人的意见也只是参考，重点在于你自己的感受，我可不想当电灯泡。”曼君笑。

何喜嘉拉着她的手，撒娇般地说：“主任，午休时间我可以喊你师父。师父，你就帮我瞧瞧，要不是个厚道本分的男孩，我也就不和他浪费时间了。”

“那你自己对他印象怎样呢？”

“还行吧，有点小动心啦。”何喜嘉低头看着自己的手，腼腆一笑。

曼君只好答应。

在一家越南餐厅里，曼君见到了何喜嘉口中的男孩。是个阳光大男孩，穿着一身运动装，古铜色的健康肌肤，有着同何喜嘉一样纯真的脸庞。几番谈话下来，她对男孩有了些了解。男孩叫凌诚，上海本地人，有着上海男人的温和细心，也很绅士，懂得照顾人，富有爱心。目前在动物园工作，专门给大象、老虎和猩猩这些动物看病。

凌诚讲起给一只老虎拔牙的经历，听得曼君和何喜嘉聚精会神。

“虽然平时和这些老虎相处融洽，但第一次给老虎拔牙，不免有些害怕。不过我们事先都会用麻醉枪将老虎麻醉，确定麻醉药起作用之后，才会进去给老虎治疗。有一次很惊险，我用的麻醉剂量少了，正给老虎看着病，忽然觉得有什么在拱我的衣服。我一回头，看到老虎竟然醒了，正在用舌头舔我的衣服。”凌诚说着，喝了一口果汁。

“然后呢，你有没有吓得发抖？”何喜嘉好奇地问。

“幸好舌头舔的是我的衣服，衣服当场就破了。要是舔我的脸，估计我也就破相了。老虎和所有猫科动物一样，舌头上有倒刺，一般在捕捉猎物的时候，它舌头舔过的地方，肉没了，只剩下骨头。”

“那你以后给这些动物看病一定要多加点麻醉药，要是下次换成大象，突然醒了，一脚就能把你踹出十几米远，哈哈。”何喜嘉边说边掩着嘴笑。

曼君也跟着笑了，心里暗暗地想，这两个年轻人八成是有戏的，这么谈得来。她的心莫名安定，也有点点小私心。何喜嘉有了男朋友，以后卓尧来文略，她也就不用多想些什么了。

可是她转念一想，都到这种地步了，还动这点小心思有何意义呢？

快下班的时候，何喜嘉敲门进来，神秘地笑：“主任，佟少来了，一来就进了办公室，你要不要过去和他打招呼。”

“不用了，我还有事忙，你也去忙你的吧，没什么好稀奇的。”她面不改色地看手中的案卷。

等何喜嘉出去以后，她从伪装中卸下面具，喃喃地说：“为什么要正儿八经来这边，佟氏集团还有那么多的事要做。卓尧你为什么要来，我不值得你这样做。和我在一起，你得不到安宁的。”

她在办公室里来回踱步，他的到来，直接影响了她的工作。只有一墙之隔，她深爱的他就在隔壁，她的心如同猫爪在抓挠一般。要不要去找他谈一谈？用什么理由呢？问孩子好不好？还是说说文略的下一步计划？

似乎都给人感觉是她在找借口见他，不行不行，她否决掉脑海中的一个个理由。

路过他的办公室，曼君凝望着那墨黑的玻璃墙。他在伏案办公吗？还是在抽烟？有好几次，她都想对他说，别再抽烟了。可话到嘴边，却变成了恶语相向。若用漫画来表现，那就是她面对着他，从心里飘出的一颗颗爱心到口中却变成了一把把利刃刺向他。

口是心非，最吃亏。

大半个月就这样相安无事过去了，他确实经常来文略，每次来也都没有主动再找她，总是在办公室待上一会儿就匆匆走了。她知道他公务繁忙。

曼君每天上班，还是会遇见那辆黑色轿车，总是那么巧遇上。

日子也因他会来文略而变得有所期待，她有些报怨自己当初还和他吵成那样。瞧瞧，现在他一天不来文略，她反倒有些失落。

周末的时候，他带着黎回、黎声来到她的住处，她准备了一顿丰盛的午餐，这算是第一次一家四口坐在一张桌子上吃饭吧。

黎声已有九个月大了，令她喜出望外的是，在给黎声喂鱼泥粥的时候，小家伙竟然含含糊糊地喊出了一声：“妈妈——”

黎回笑着大叫：“爸爸，妹妹会喊妈妈啦！你快来听。”

正在厨房切水果的卓尧忙跑过来，对着黎声说：“快，再叫一声妈妈给爸爸听听。”

曼君眼里的泪不自觉地流了出来，她搂着黎声的头，紧贴着，欣喜万分：“从你满月至今，妈妈没有尽到一天责任，真没有想到，你会喊的第一个人，还是我。”

“妈妈，是爸爸每天都在教，爸爸也要我多教妹妹学会喊妈妈。因为爸爸说，等我和妹妹都会喊妈妈，妈妈就会回来了，而且妈妈才是对我和妹妹来说最重要的人。要先会喊妈妈，再来喊爸爸。”黎回说完，回头望着爸爸：“爸爸，我说得没错吧。”

他笑着点头，望向曼君，她的目光忙躲开。

这样的相处，总让她忍不住产生错觉，就像一家四口从未分开过。只是天还未黑，林璐云的电话就打了过来，催促卓尧赶紧带着孩子回去。看卓尧脸色不悦，曼君便说：“下周还来这儿吃饭吧，我换个菜做给黎回吃。”

“妈妈做的菜是天底下最好吃的。”黎回夸赞道，抱着曼君的脸，亲了一大口。

她真是知足了。

平日里在文略，她跟他依然保持距离，也不会去他的办公室找他，只是有时会站在玻璃墙外，望着里面发一会儿呆。

一日，在电梯里，曼君与他撞上。

“现在你的幽闭恐惧症好些了吗？独处在电梯里还是会害怕吧。”他目光朝前看着说。

她摇摇头：“已经没有什么可以令我害怕了。”

“以后每天都见，好不好？我想过我们的问题，也许每天都见，就算这样简单的照面，冷冷清清地说上几句话，慢慢地，我们也会回到从前。”他低声说。

她默不作声。

电梯门打开之后，她刚要往门外走，他一把拉住她的手，把她拉回到自己的胸前，再按上关门键，电梯门缓缓合上。

他用很低的声音说：“你站在我办公室门口，明明很想我，为什么不进来？我在里面能看见你很难过的样子。你以为我看不见吗？你还在逃避什么，你是深爱着我的，别藏了，出来吧。”

她这才知道，那玻璃墙虽从外看不到内，但从内却能很清楚地看到外。她隔着玻璃墙遥望的牵念逃不过他的眼。

他分明就是为了能时刻看到她才故意安装了玻璃墙。她哪里会知道当自己站在那儿时，玻璃另一面的他就站在离她很近的地方。只是隔着一面玻璃，他可以清晰地看见她眉眼下的泪痕。这让她感到羞恼。

等电梯门再次打开，她冲出电梯，脸上有像是被捉弄后的恼怒，也有被窥探到隐匿的相思之后的羞怯。

她推开他办公室的门，走进去一看，站在他的办公室里面，外面的一切确实都可以看得一清二楚。她回忆起几乎每一天，路过这儿，但凡他在办公室，她都会站在外面出神。

他竟将这一切尽收眼底。

十一月的天，冷得需要穿件风衣才能抵抗寒风。

卓尧是天蝎座。

她怎么会忘记这个重要的日子。

中午吃过饭，百无聊赖，她在纸上写下一句话：十一月九日，卓尧，生日快乐。心里一下子想起了一件事，本想马上就赶过去，可又怕他要是来文略的话，她不在会见不到他。她不想错过这一天，她想等他。自从他们在一起后，他的每一个生日都有她。再怎么样，一句普通的“生日快乐”总可以说吧。她决定那件事等第二天再抓紧时间办妥。

她悄悄进入他的办公室，这把钥匙是他放在自己办公桌上的，她还假装不屑地随手扔进抽屉里。她在他的办公桌上看见了一张A4纸，上面写着一句话：小漫画，明天见。

这一定是他昨天写下的，他肯定猜到她会溜进来看他，还在下面写着：放心，我不会认为你这是未经允许擅闯领导办公室的。

她如同被一双眼睛洞察到内心般，惊讶地用手掩住嘴，眼睛四下张望，将纸片放在原位，又悄悄走了出来。

——小漫画，明天见。

她想起以前自己对他说过的那句话……

我不想听你对我说“再见”，我想听你说“明天见”。明天见，是很美的三个字，想想明天还可以见面，那么此刻的分别，不舍中还夹杂着期盼。

为什么印象深刻，那是因为在上一次去巴黎旅行的头一天，他还非常浪漫地说：“你放心，你以后的人生里，不仅听我对你说“再见”很难，像“明天见”这样的话也会很难，因为，我们天天都会相见。”

可他岂会料到后来的分离。

上午他处理完Y楼的相关事宜之后就赶回了佟家，准备接黎回和黎声一起去找曼君，结果被母亲拦住，要他下午陪着自己去做一件有意义的事。

林璐云信佛。当下社会有个很普遍的现象，那就是大部分的商人都信佛教，并且会出资建造寺庙，与僧人结缘。就算是刻薄寡情的林璐云也不例外，她是佛门俗家弟子，每年都会出财力为菩萨镀金身。

林璐云借着“儿过生日母受难”的理由，要求他亲自开车送自己去寺庙还愿，他也就不好推辞。本打算和黎回、黎声去曼君那儿一起过生日的，只好作罢，打算等晚上再去找她。

他被拉着一同进了大雄宝殿，然后他想起曼君也信佛。她是遇庙必进、遇佛必拜的人，她说寺庙总能让人回归宁静和慈悲。菩萨低眉间，有普度众生的怜悯。

一座座巨大的佛像，各路神仙菩萨，还有穿着袈裟的和尚在敲木鱼念经，香客往来虔诚跪拜。

他静静地站在一旁，看母亲跪在观音菩萨面前，口中念念有词：“大慈大悲观世音菩萨，今天是我儿卓尧的生辰，我特意带他来还愿，感谢这一年里保佑他的公司度过了危机，保佑我的孙儿孙女健康平安，弟子磕头拜恩。”

林璐云边磕头，边示意他过来一同跪拜。

他摆摆手，用极小的声音说：“封建迷信。”

不敢高声语，恐惊天上人。

在佛教徒集中的地方，要是大声这样说，难免会触犯众怒。

他持中立态度。这中立态度其中的原因，来自于他心爱的女子也信佛。

他看见一座灯塔，塔上一尊尊佛像，每尊佛像前都有一盏灯亮着，上面写着人的名字和生辰八字。他有些不解，便问身边的一位僧人："师父，这个灯塔是做什么的？"

旁边一个小沙弥说："这是我们庙里的住持。"

他有些肃然起敬，在企业里，董事长最大，而在寺庙里，住持就是最大的吧。

住持一脸慈祥和安然，耐心地说："这是长明灯，每日有法师在此诵经，每盏灯上都有一个施主的姓名和生辰八字，可保其平安。这灯一点就是半年，时间一到，再换给别人来点，除非点灯人再来续点。"

他从上到下，目光一层层扫着，像是想找找看有没有认识的人，来打发无聊的时间。只是，不经意的一瞥，赫然看见有一盏灯上写着：佟卓尧，一九八零年十一月九日。

他惊呆了，会有谁在佛前给他添一盏灯？母亲？断然不是，若要是，她早就要说了。再看这红纸上清秀的字体很熟悉，算算时间，是半年前，她应该在英国进修，怎么会来这里给他点平安灯？

无论如何，都说明她始终牵挂着自己。

住持接着又说："这一层的名字，这些灯一会儿就要换了。"

也包括他的名字在内。

他递上香火钱，在纸上写下名字和生辰，交给住持："佟卓尧这盏灯是给我点的，麻烦住持给换上这个名字和生辰。"

回程的路上，林璐云问："这次有没有什么收获？"

"收获颇多，不虚此行。"他心情好极了。

对此毫不知情的曼君直到下班也没等到他的电话，失落之余，心想他生日，一定是在佟家与家人欢度的吧，她还有什么好期盼的。她索性关掉手机，开车匆匆赶去寺庙。她想的那件必须做的重要事情，就是去续那盏长明灯。她生怕会被别人点了去。

当她看到那盏灯依旧亮着，这才松了口气。再仔细一看，灯上不再是自己写的那个人名，而是：阮曼君，一九八二年七月四日。

她摸着那盏灯，轻微啜泣。

灯上是他刚劲有力的字迹。

他竟然来过这里，还发现了这盏灯？住持见她独自在灯塔前流泪，便走上前来，询问何事。曼君将心中的郁结说了出来，住持只是倾听，并没有任何评论。

她在庙里吃了顿斋饭，又静静地坐了一会儿。她想，若是换了此时出家，她能放下尘世中的情缘吗？一定无法放下。那既然放不下，又何必要割舍呢？该怎样做才能回到从前的融洽？

临走时，住持送她到寺庙门口，送了她佛经中的一句话："人生在世如身处荆棘之中，心不动，人不妄动，不动则不伤。如心动则人妄动，伤其身痛其骨，于是体会到世间诸般痛苦。"

这心动，人动，伤身，痛骨。

她悟了。

而他打不通她的电话，去她住的地方也没找到她，最后只得沮丧地回到家中，像个小孩一样撒着娇给她发信息：今天没有听到你对我说生日快乐，我觉得这一年都过得太不幸了。

她回到家，开机后看到他的短信，笑了，回复道：生日快乐，黎回、黎声的超人爸爸，最美好的祝愿都给你。

她握着手机放在胸口，很快就等到他的下一条短信。

他问她晚上去了哪里，她没说自己去了寺庙，只是反问他：你要调查我的私生活吗？

他就换了个话题，来来往往，一会儿竟发了十多条短信。已经很久不发短信了，大概所有工作以后的人都会习惯用电话来解决问题，短信这种婉转而浪费时间的通信方式，大多都是学生们喜欢使用。

她几乎不回短信，可发信息的人是他，就算一直回复下去，也是件甜蜜的事。她窝在床上，看他说黎回、黎声这两天又学会了什么新本领，还发来兄妹俩头靠在一起拥抱的照片。仅仅是这一双可爱聪慧的儿女，就要让多少女人羡慕。

他们的关系在潜移默化中往好的方向发展着。他只要不是特别忙，都会抽空来文略，说是来办公，实际就是来看望她。他改变了策略，不再急于求和，而是重新培养感情。

一天，他匆匆赶来，见了她一面，说自己有事要出国一周，这一周都不能来看她了。她却假装作不在意地说："干吗和我说，你去就是。都快来不及了，还跑来这里，可别误了飞机。"

他笑："怕你会担心，等回来再和你细说。"

等他走以后，她的离别之情才显露出来。是啊，他们又没住一起，他去哪里又有什么区别。可一想到他要去遥远的地方，就又觉得离自己好远，好像之前他们距离很近似的。她想了想，一周的时间会不会太长了？

于是她发短信给他：一周的时间有些长，黎回、黎声这么长时间见不到你，怎么行呢？他们肯定会哭闹。

其实明明是她自己舍不得。

他回复道：那我就去五天。你的车停在地下停车场怕不怕？你别怕，我的车也停在那儿，你一下车，看见我的车，就不会害怕了。

对比她可以接受，便回：那好，注意安全，早去早回。

他没有说自己要去哪里，做什么，她也就没问。如果他想说的话，肯定会说。

和他一起消失的还有那辆黑色轿车，连续五天都没有见那辆车。失去那辆黑色轿车让出来的停车位，她每天就再也抢不到车位，只好将车停在地下停车场。最让她震惊的是，他居然豪气到从停车场内到外，每隔几米就停了一辆佟氏集团的车。因为车牌很明显，开头字母都是：TH。这是他以前的规定，"佟先生"和"小漫画"，他说是"佟画"（童话）组合，简称：TH。

她一下就想到了一件事，那辆黑色轿车的神秘开车人会不会就是他？可车牌号不是"TH"开头，印象中他名下也没有这样的车，不过看得出来是辆新车。

她辗转想了个办法，托人在车管所查了一下黑色轿车的车牌号，车主的名字果然是他。他居然每天早上特意天没亮就起来到这里给她占车位。他每次停好车后，就坐在车上等着她的车来，一等就是两三个小时。她每天早上都能睡懒觉，全是他的功劳。

他默默做的这一切，胜过千言万语。

终于等到卓尧回国，不过这次出行，似乎引起了媒体极大的关注。他整日都在接受采访，暂时抽不出时间见曼君，但她能从他传来的短信里看出他的思念。

这就足够了。

晚上，她抱着一袋爆米花坐在沙发上，在电视机前看到有关他的采访。

地点是他的办公室，他泰然自若地回复着记者陷阱式的提问。镜头晃过他的办公桌，上面立着一个相框，相框里的照片是他站在雪地里，身旁有一大群企鹅。

“佟先生，Y楼装修竣工之际，听闻您前几天去了南极，是去考察吗？还是计划在南极开展项目？”记者问。

他的微笑止住，一本正经道：“这是个秘密，只需要一个人知晓，这是我答应她要做的事。”

她想起来了，那还是去巴黎旅行之前，他们互说着最想见到对方的另一种模样，打赌谁先做到的话，就可以让对方无条件答应一件事。她说她想看他在南极和企鹅一起跳扭扭舞，他则说想看她像非洲女性那样背着一箩筐孩子，然后互相想象着对方的样子就笑倒在沙发上。

后来回忆起那天的话，她想，他们都无法为彼此不顾一切做到那样。

可没想到，他竟然真去了南极，还和企鹅合了影。

她开心得直踢腿，又翻个身，爆米花不小心洒了一脸，但心情大好。手机响起，收到他的一条短信：晚来天欲雪，能饮一杯无？

她回复：我自倾杯，君且随意。

言外之意就是愿意和他一起出去。

不到三秒钟，她手机屏幕上快速闪现五个字——

开门，我到了。

他竟就在她的公寓门外。

第十章 早知半路应相失，不如从来本独飞

执子之手太容易，与子偕老又太艰难。那么多人随意说着这八个字，终是只做到了前面四个字。

窗外是纷纷扬扬的大雪，卓尧和曼君相对而坐，桌上的几个小菜是她现炒的，还有一壶正在炉上煮着的黄酒，他感慨万千："这种天气，最好就是一家人围坐在桌前，外面下着大雪，屋内煮着酒，吃着热菜，闲话家常。"

"你这番话要是在白天的镜头前说，一定会震惊四座的。"她吃一口菜，啜一口热腾腾的黄酒。

"怎么，看不出来吗？"他笑。

"因为你这样身份的人，肯定是吃着山珍海味，品着好酒，哪会和我窝在这间小公寓里，吃着家常小炒，喝着我做菜用的黄酒。"

"你是故意这样说来气我的对不对？你明明知道，只要能和你在一起，就算吃穿住行都是最差的，我也愿意。因为你是天底下最好的，其他的就算是最差，我都能满足。"他端起酒杯，与她干杯。

曼君见雪没有停的意思，想起他喝了酒又不能开车，便说："你不能再喝了，雪越下越大，待会儿你要怎么回去？你还是叫崔师傅过来接你吧。"

"今晚不走。"他说着，从桌上拿起手机，翻出视频，递到她手里。

画面上播放的视频，正是他在南极拍摄的。一望无边的冰山上，一群群黑白相间的企鹅抱在一起抵挡风寒。他穿着厚厚的御寒衣出现在镜头前，全身上下被包裹得严严实实，对着镜头笑。随后，他学着身后的那群企鹅一样，摇摇摆摆走起路来。好滑稽，她从来没见过他这样高大的男人模仿企鹅笨拙的样子。

她忍不住笑了："你居然真的去模仿企鹅，我可不会扮成非洲女人站在街上用箩筐背着黎回、黎声的。"

"当初说好的，谁做到了那么另一个人就要无条件答应对方一件事。"他说。

莫非他特意去南极一趟，就是为了要她无条件答应他的要求？她问："你要我答应你什么事你想好，只可以是一件事。我要是觉得不可以接受的话，我会给你一次机会重新换一个要求。先说好，不许涉及离婚不离婚的话题。”

“我想今晚牵着你的手睡一觉到天亮。”他说着，握住了她的手。她的手竟是冰凉的，他便想起她体寒。这种体质的人，冬天的时候，夸张一点来说，手伸进热水里，都能直接降低水温。

“你醉了，老老实实睡沙发。”她说着，快速起身，跑进卧室里，抱出一床被子放在沙发上。

“我不要当厅长，我怕冷。”他卖萌撒娇。

她想到那辆黑色轿车，便问：“你会怕冷？要是真怕冷，就不会在一天当中气温最冷的时候跑去占个停车位，再等我上班时做无名英雄了。你怎么这么傻，你可以花钱去买任临树的这栋旧大厦，怎么连个停车位也买不到，还要天天早上亲自开车来帮我占位？”

“这你都发现了？”他像被拆穿了心事的小男孩，显得有些难为情。毕竟天天早上起个大早，只为免她走远路，免她担惊受怕，这得是多喜欢一个女人才能做到的事，更何况是他这样傲慢不羁的男子。

“真当我傻呀，不过发现原来是你，我还是有些失落。本以为可能是某位低调内敛的男子暗恋我，我还幻想了很多和他邂逅的故事。唉，结果是你，艳遇泡汤了。”她故意这么说。

“你是不是想我对你实行制裁？”他目露凶光，恶狠狠地看着她，瞬间露出笑容，一把抱住她。

她连忙抓起被子挡在身前，央求道：“我错了，我都已经是两个孩子的妈了，哪还会有什么男人对我动心。除了你，还能有谁。”

“你既然知道，当初还铁了心要和我离婚，简直是不自量力。”他用力吻一下她的脸颊，笑着说。

“那我也是有自尊心的人啊，你妈拿了一份离婚协议书来，上面还有你的签名。是你先签字的，并且你都签了字了，我为什么不签？不签倒显得我死皮赖脸抓着你不放。对了，我差点忘了找你算账，你倒是说说看，为什么签字？”

“我绝对绝对没有在离婚协议上签字，你让我好好想想……我想起有一次，妈妈拿了一份协议给我，说是黎回入幼儿园要签的协议。她已经看过内容，没有问题，就让我签字。当时我喝了些酒，也没怎么细看，拿过来就签了。”

“你堂堂佟氏集团的董事长，能随便签字吗？我不信。”

“我想是我妈拿来的，难道还会有错？再说黎回的入园协议确实要家长签字才行，我也就没有怀疑。现在想想，也只能是那次了，所以我签了字。”

曼君连连摇头：“你看你妈，为了让我们离婚，可算是想尽了一切办法。就因为我和你对簿公堂，她坚决认为是我背叛了你，还把我视为佟氏集团的公敌。那些手段我都不想细数，她还来找过我几次，我是不想你夹在中间为难。”

“我回去后会和她说清楚，如果她不接受你，那我们一家四口就搬出来住，我们不缺房子。”

“那怎么行，你妈根本离不开两个孩子。你不能为了我就孤立她，那样她只会更加恨我。我只想找个机会取得她的原谅，我不想继续和她不愉快，她到底是你的妈妈。她说得对，我也有儿子。虽然她不接受我，可她是那么喜欢黎回、黎声，就凭这一点，我也不能够自私地带走你和孩子。我们再试试看，或许还有别的办法。”

他被曼君的宽容和善解人意打动：“你还是老样子，总替别人着想。那你告诉我，在想到办法之前，我们该怎么办？保持现状？明明是夫妻，却不能公然住在一起，搞得像是地下情一样。”

“被你妈发现了，又要来找我的麻烦。”她牵起他的手掌，黄酒使她微醺，“我们有多久没有这样说话了，快一年了吧，从二月份到现在，辗转这么长的时间，你都没有怪过我。你知道吗？你不在，我过得……一点也不好。我整夜整夜睡不着觉，走到哪里都会想起你。当时那栋楼坍塌出事故，我真的害怕整个Y楼都会有质量问题，我怕你会出更大的事。一旦发生重大伤亡事故，就不是赔偿那么简单了，后果真的会不堪设想。所以我才会想方设法让Y楼停工，你明白吗？”

“我都明白，那件事我从来没有怪过你。最让我无法理解的是，你去英国半年都没有一个电话，你整整从我的生命里消失了半年。这意味着什么？一生中能有多少个半年，你就这么狠心让我半年都见不到你，连你的声音都没有听到过。你知道我是怎么过的吗？我宁愿你在我身边，不管你是起诉我、骂我、恨我，什么都好，至少我可以看到你，听到你的声音。”他动情地说。

她的脸庞贴着他的胸膛，听着他的心跳声，低喃着：“对不起……就是好怕以后都遇不到像你这样好的男人了。”

“你下半辈子都要老老实实待在我身边，补偿我才行。”他捧着她的脸，深情凝望，从她眼中看到了许久不曾感受到的温柔。他吻她，像从来都没有吻过一样。而她在他的怀抱中，用力拥抱着他。

这才是真正的久别重逢。

他身上好闻的气息如天罗地网般包裹着她，每一刻的温存都让她心中开出了花儿。

天亮的时候，她还偎依在他怀中，他的胳膊让她枕了一夜，又酸又麻，却不想惊动她的美梦。阳光照在床单上，外面是皓白的雪。雪已停，他手撑着头，静静地望着她熟睡的容颜。细细长长的睫毛，干净的肌肤，几缕发丝绕在面庞上，头发在阳光下泛着小麦色的光。

他不知不觉望着她，直到她伸了个懒腰醒来，见他的脸离自己那么近，她笑着推开他：“看什么看，醒了也不去刷牙洗脸，想赖床呀。”

“不舍得起来，想多看你一会儿，数数你到底有多少根睫毛。你猜我数清了吗？”他轻轻抚弄她的眉。

“数不清呀。”她坐起来，靠在他怀里。

“被你打乱了，我什么时候数清楚就什么时候起来。”他往被子里一钻，拉住她的腿，把她也拖进了被子里。两个人躲在被子里，蒙着头，四目相对。她的眼睛渐渐湿润了，这样近看他，原本以为再也不会有这一天了。她伸手搂住他的脖子，哽咽着说：“我们以后都要好好的，好吗？”

这样寒冷的清晨，睁开眼，他就在她身边。他的笑容，是这个冬天最温暖的过冬装备。

他点头，把她抱得更紧。

失而复得，最是珍贵。

他们挤在卫生间里一起刷牙，她从抽屉里拿出一把未拆的牙刷，是情侣装，旁边的那一支已经拆了。她说：“每次买牙刷，还是习惯性买两把，总是戒不掉和你在一起生活留下来的习惯。”

“我也是，你用过的香水摔碎了，我又去买了一瓶放在房间里，好像闻到那种香气，就像你回来过。”

所有的误解都该释然。

她惊呼：“完了，我忘了今天要上班！”说着，她赶紧冲进房间换衣服。

“我是合伙人，今天算你休假！”他从卫生间里探出头，笑着朝她喊，英俊的脸上还挂着牙膏泡沫。

“那可不行，工作归工作。你要和我一起走吗？”她快速穿着上衣，外面套上一件长款白色羽绒服。

“那我顺路送你，晚上我带黎回、黎声来接你下班，一起吃饭。”他安排着。

她穿着衣服，目光转移到他放在床上的大衣上。然后她坐在一旁，把大衣抱在怀里，细嗅着上面属于他的气息。这样真好，就好像回到了从前。卓尧，是不是以后除去生死，再也没有什么可以分开我们了？

他们一起手牵手走出大厦，马路上的积雪已被铲除，只有路两旁的树上和绿化带里还堆着雪。路面湿滑，他车开得慢，放着音乐。她看着他的侧脸，恬静地笑。那是一种久违的温暖。

他牵着她的手走进大厦，快到文略时，她犹豫着想要松开手，结果被他拉得更紧：“不许松开，我要所有人都知道，我们已经和好如初了，让他们都羡慕你吧。”

“你真是无比自大，不过，这也是事实。”她眯着眼笑。

整个文略都轰动了，新主任和新合伙人原先闹得要离婚，现在竟牵手出现在文略，这必定是复合的节奏啊。

进了她的办公室，他才松开手：“就先护送你到这里了，我要回公司一趟，还要去Y楼那边看看，再回去带黎回、黎声来这儿接你。你想好晚上吃什么，在我来的时候，得给我一个答案。”

“你明知我是选择困难户，还让我选。估计你过来时，我都没想出来。每一家我都很想吃啊。”她纠结地说。

他摸摸她的头，说：“正因为如此，你就会整个下午都在想我们今晚去哪里吃饭，然后是不是觉得时间过得很快，也很美妙？没关系，随便挑一家吃。以后每天都一起吃，一家家吃个遍。”

“那可不行，不能老在外面吃，又花钱又不健康，哪有自己家做的卫生。我下午有好多事要做，你以为你是合伙人，我这个主任就能够游手好闲为所欲为了？”

“嗯，被我宠成这样你居然还是很懂事。”他不禁夸赞。

“好啦，你快去忙，不然我下班了你还没有来，又要我等你。”她笑着推着他往外走。

“不许太辛苦，有的事能够交给下面律师去做的，就不要自己做。”他嘱咐道。

她忙不迭地点头：“好啦好啦，一会儿见。”

他走出办公室后，又折返回来，一脸嬉笑地张开双臂说：“快过来。”

她顺从地走过去。

尚未分开，就已相思，真不知他这将近一年是怎么熬过来的。

“亲我一下我再走。”他扬起了右脸颊。

她凑上去亲吻他的脸，对这短暂的分别表现出依依不舍。这样的旖旎，仿佛他们从来没有空缺过。

谢天谢地，我们终于又在一起了。

她默念。

何喜嘉戴着耳机听着这一切，自言自语道：“看样子，是时候执行计划了。”过了会儿，何喜嘉端详着手中的名片，拿起桌上的座机，拨通了名片上的号码。

“你好，梁太太，我是文略的何律师，你儿子的官司，我们文略接了。是，会是阮律师亲自上庭，你放心，一定想方设法让你儿子无罪释放。”何喜嘉说着，嘴角浮起意味深长的笑容。

何喜嘉敲响了主任办公室的门，手里端着一杯茶，茶杯里依旧放了两朵白菊。

“主任，今天上午你怎么没来？不过这茶就当是下午茶吧。”何喜嘉将茶放在曼君面前。

曼君笑道：“家里有点事。”

“我明天想向你请个假，凌诚明天过生日，他想带我回家见他爸妈……”何喜嘉说着，脸羞得绯红。

“这是好事，我批准了。好快，这就到见家长啦，我看你们明年开春就要办婚礼了。”曼君心情很好，所以也就没有细想。

何喜嘉接着说：“对了主任，我想起来了，你还记得之前来过我们文略的梁太太吗？”

“记得，是为她儿子梁吉涛被控故意杀人的案子吗？这个案子是你负责接待的，之后你们是怎么谈的？”她问。

“梁太太是慕名而来的文略，她希望主任你能亲自代理这件案子，她说她只信任你的能力，来过文略很多次，现在眼看着官司临近，迫切需要律师，主任你看呢？梁太太给的代理费相当不菲……”

“代理费是其次，关键看这个案子的定性。这样，你待会儿把案卷送过来，我看一下，有没有可以值得挖掘的蛛丝马迹。”她说。

“好，我一会儿就送过来。梁太太说了，有阮大律师亲自出面，一定能还她儿子一个公道。”

“要是梁吉涛确实没有杀人，那我们也不能冤枉一个好人，一切都要靠证据说话。”曼君客观地说。

她身为律师，秉着公正公平的态度去受理官司，不会先入为主。她要做的，是维护自己代理人的正当权益，也绝不会为该得到惩罚的人进行无罪辩护。

一整个下午，她都在看梁吉涛的案卷。

起因是一对情侣之间的争吵。梁吉涛，男，二十三岁。死者金恬筱，女，二十二岁。事发前两人在酒店发生争吵，之后金恬筱从酒店九楼坠下，死因为高空坠落。警方勘察现场后，法医对尸体进行解剖，发现死者生前有过性行为，身体有多处非坠楼而导致的淤痕。现场没有发现死者遗书，便以故意杀人罪立案。梁吉涛被批捕。

梁吉涛是名副其实的富二代，而金恬筱家境贫穷，两个家庭经济条件悬殊。梁吉涛的母亲在得知儿子和门不当户不对的穷人家女儿谈恋爱后，极力反对，两人的恋情逐渐转为地下，经历了几次分手和复合。梁吉涛非常爱金恬筱，审讯过程中一直求死，但始终不认罪。

梁吉涛在笔录里说起之前还打算和金恬筱私奔，结果被金恬筱的父亲金胜给抓了回来。

曼君开始一点一滴走入这对生死相隔的小情侣的生活。首先，她进入了死者金恬筱的微博。这个长相甜美可人的女孩的微博竟是死气沉沉的一片，多次提到有轻生的念头，显露着抑郁症的征兆。

金恬筱不能排除有自杀的可能。在案卷上，并没有发现有关金恬筱患有抑郁症方面的调查，而梁吉涛在口供里说，自己曾带金恬筱去看心理医生，被诊断出是重度抑郁症。而这一情况，金恬筱的父母并不知情。

抑郁症、高空坠亡、争吵、身体有淤痕疑似受伤。她从梁吉涛的口供里能看出来，他非常爱金恬筱，不可能因为想摆脱金恬筱而动了杀机。两个都想要私奔的人，他怎么可能为了摆脱她而痛下杀手。这在逻辑上并不是很站得住脚。

金恬筱的父亲金胜将女儿的死全部归责于梁吉涛，偏激地认为必须严惩凶手，杀人偿命。曼君能够理解白发人送黑发人的痛，但要是梁吉涛确实不是凶手，这个罪名就不能够成立。

之后她决定接手这个案件，亲自负责。

这个结果不出何喜嘉的意外。

直到下班，卓尧带着黎回、黎声走进她的办公室，她才从这个案件中走出来。

两个孩子一先一后地喊她："妈妈——"

这一定是世上最动听的声音。

曼君抱着黎声，卓尧牵着黎回，一家四口从文略走了出来。

上车之后，把黎回、黎声放在安全座椅上坐好，他才回头问："告诉我，想好去哪儿吃饭了吗？"

她晕晕乎乎地说："啊，我给忘了，下午太忙，接手了新案子，你就近看哪家比较适合两个孩子吃饭吧。"

"好，那就去吃些养生粥吧，反正晚饭要吃得少些。"他发动车子，一路上黎回唱着歌，黎声跟着"嗯嗯啊啊"，他不时地微笑。这一天，他期盼了很久。

"你接手了新案子，是哪件啊？"他问。

"梁吉涛的那件案子，不是挺轰动的吗？我看过卷宗和审讯笔录，觉得这个案件存在一些疑点。梁吉涛始终不肯承认杀人，却一心求死，并且杀人动机也不对，我想着手调查。"

"噢，梁应世的儿子，他还在我们Y楼买了旺铺，他们夫妻俩就这么一个儿子，要是真判了杀人罪，他们以后的人生可就真是绝望了。"他说。

"你认识梁应世？"

"不是很熟，有过几次合作关系。你现在是主任，完全不用亲自上庭，这个案子交给底下那些律师就好了，我不想看见你劳神费力，太辛苦了。"他说。

"梁太太点名要求我出庭，再说，这个案子疑点重重，我就接了吧，或许能够起到一些作用。等忙完这个案子，我们找个时间和你妈一起吃饭，我当面向她道歉，你看怎么样？"她已做出退让。

"好，能够冰释前嫌是最好的，我也会找机会和她谈。"

在他们看来，除了这一点，他们就再也没有别的阻拦了，却不知无形中一张满是阴谋的网正在朝他们扑来。

晚饭之后，他送她回到住处，待到晚上九点多才走。

又只剩下她一个人。

她闲来无聊，打开电脑，查询与案件有关的报道。联想到死者金恬筱尸体上的淤痕，她突然想到，也许这些伤并不一定是来自于梁吉涛，就算伤痕是新伤，也不能代表施暴者就一定是梁吉涛，也有可能是来自于他人。她决定第二天见了梁太太之后，再去一趟金恬筱生前去看心理医生的那家医院。

这一夜，曼君是在混乱的梦境中度过的。

早上，他的早安电话如期而至。

"今天早上就不帮你抢停车位了，那个车位，我已经买下来了，你不用着急。之前怕你拒绝，所以才悄悄做无名好事。现在你总不会还忍心让我早起吧。"卓尧在电话里打趣道。

"果真得到了就不珍惜，你看，才刚和你复合，你就偷懒了。买那个停车位多贵啊，真浪费钱。你的钱又不是大海里漂来的。"她抱怨的话里听起来都是关心。

“挣钱不给自己的太太和孩子花，给谁花呢？晚上见。”他在电话那头吻她。

这时她正在洗脸，对着镜子忍不住笑出声来。

“真的好幸福啊，阮曼君，你没有做梦，这都是真的！”她对自己笑。

上午，在办公室里，她见到了梁太太。这个拥有好几家美容会所的女强人为了儿子的事操碎了心，也衰老了很多，见到曼君就如同见到救星，才说了几句话就抹眼泪。

“阮律师，我们家虽然家境殷实，可我和老公也是白手起家。外面说我反对吉涛和金恬筱的恋情，是因为我嫌贫爱富，根本没有这回事。我早就见过这个女孩子，也给她买过几次礼物，我本是想把她当自己的准儿媳妇看待的，谁知几次见面交流下来，我觉得她的思想太过消极，也很偏激，我才认为她不适合吉涛。”梁太太诉说着。

曼君用笔快速记录，抬起头看着悲伤的梁太太说：“现在案件到了这一步，对梁吉涛很不利，我们只有找到有力的证据才能让法官驳回故意杀人的诉讼，梁太太，你必须仔细回忆你和金恬筱的每一次见面，有哪些让你觉得她偏激消极的细节，我要真实、具体的。”

“我想想……我记得有一次，她和吉涛在楼上待着，平时两个孩子在家，我都识趣地给他们让出二人空间，会选择出门转转。那次我出去后，发现车钥匙没拿，于是我又上楼，就听见金恬筱对吉涛说到要一起殉情的事。可那时我并没有反对他们俩啊。我站在门口，停下脚步，只听见金恬筱说，活着根本不像活着，只有在另一个世界里才没有伤害，没有苦难。她说吉涛，你要是爱我，就和我一起死。我当时吓得头皮发麻，因为我从门缝里看见金恬筱的那张脸啊，真的是死气沉沉，一副生无可恋的样子。像我们这么大的年纪，都见过死去的人，当时她的脸苍白得就像死人一样。于是从那天开始，我就反对吉涛和她见面，我真怕她会带着吉涛去殉情，我太怕失去我的儿子了……”梁太太回忆起当天的那一幕，仍心有余悸。

“也就是说，在你默认他们恋爱期间，金恬筱就流露出轻生的念头，并且希望和吉涛一起死。你知道这件事后，才开始阻挠他们的恋情。那吉涛知道你阻挠的原因吗？”曼君问。

梁太太无力地摇头："他不知道，我只是说门不当户不对，让他和她分手。我哪想到他表面上答应了我，私底下还和她有联系。甚至他和金恬筱私奔，还被她爸爸抓到暴打了一顿。我的心都要碎了，这是我们梁家上辈子欠金家的吧。"

"你的意思是说，金胜打了梁吉涛？"

"是的，这顿打我们梁家认了，毕竟是我儿子要带着人家女儿走，活该被打。没想到半个月之后，吉涛和金恬筱就在酒店里出事了。我相信我儿子不会杀金恬筱，他那么爱她，不可能伤害她。即使是受到她爸爸的暴打，这个善良的孩子也还在跟我们说不要追究……"梁太太按捺不住，抽泣着。

"好，我都记录下来了，我既然是梁吉涛的辩护律师，就会尽我的全力。梁太太你也要保重身体，别太伤心了，你可不能垮。"她安慰着梁太太，心中的疑问也逐渐明朗。

这时候的卓尧，正在即将建成的临湖别墅里查看接下来的装修计划。伍隆说："佟董，还瞒着佟太太？是打算给她一个大的惊喜吗？"

他笑："只要她喜欢，什么惊喜我都愿意去创造。"

"难怪任总说，天底下不是什么男人都能够像他和你一样一往情深。"

"任总这个人难得称赞别人，就称赞一次还不忘记把自己给捎上。"卓尧开着玩笑，深呼吸一口气，看着这栋别墅已有了最初的样貌，想象着以后一家四口在这里的生活，会很美。临走前他再三叮嘱伍隆，细节安全是第一的，比如湖边必须圈上安全栅栏，屋内有关水、火、电的设施一定要做到最安全，连一个插座都要注意。他当了父亲，真是事无巨细都上心。

他连着又要赶去Y楼，那边也在紧张装修中。

大厦外层挂着各种广告铺位的巨大竖幅，计划情人节那天开业，配合全场促销活动。他还有一个秘密的计划要在那天实施，眼看也只剩下两个多月了。

他要给她一个接一个的惊喜，他想象她在收到惊喜的那一刻会激动成什么样子。

此时的曼君和卓尧一点也没有意识到，危险像一只无声无息匍匐前行的狮子正朝着他们靠近。

何喜嘉窃听到曼君和梁太太的对话，满意地笑了。从钱夹中拿出一张新的手机卡，将新卡插入手机里，拨通了一个人的电话。

“喂，金胜吧。”

“你是谁？”电话那头传来一个男子警惕的声音。

“我是谁对你而言不重要，我只是一个好心人。你的女儿死于非命，可惜对方有钱有势，你不是他们的对手。我实在是看不过去梁家人的所作所为才透露消息给你，你只要不声张，我会继续给你消息。”

“好,你说,不管以后发生什么事,我都不会告诉任何人你给我打过电话。”

“好。现在案子即将开庭，梁吉涛的父母给他们的儿子找到了最好的律师，具体怎么个最好法，就是那种能把杀人犯辩护成无罪释放的律师，你明白我的意思了吧。只要她接手这案子，肯定会翻案，你女儿最后只会被定为自杀，梁吉涛会无罪释放，顶多赔你一小笔丧葬费，其他一分钱你也捞不到。”何喜嘉扭曲事实说。

电话那头一阵沉默，很快，男子就愤怒地道：“是哪个律师要我女儿死得不明不白！我女儿就是被梁吉涛害死的，我要他陪葬！要么梁吉涛死，要么给我五百万我就同意向法官求情放他一马。谁敢挡我，我绝不会放过他！”

“你先冷静,听我说。这个律师现在已经为梁吉涛的无罪辩护开始取证了,她很快就会找到一手证据。只要她出庭,你信不信,梁吉涛百分之百无罪释放。”

“那我该怎么办？你既然打电话给我，那你就一定有办法帮我的！”

“稍后我会把这位大律师的电话、姓名和行踪发到你的手机上，保持联络，我会给你指示的。”何喜嘉说完挂断电话，快速在手机里输入有关阮曼君的个人资料，轻轻点下发送键。

何喜嘉转了转手机，冷笑：“借刀杀人，干净利落。”

曼君哪里会想到，这一切都是在将她引诱向死亡的圈套。她正在开车前往医院的路上，就接到梁太太的电话。

“阮律师，有件事，我考虑了很久，我想我要告诉你，也许这对我儿子的案子会有帮助。”梁太太犹豫地说。

曼君将车停在路边，说：“你讲，我在听。”

“我之前私下找过金恬筱的爸爸金胜，我希望他能够为我儿子求情得到轻判，岂料他狮子大开口，向我们要五百万。当时我真有打算给他，好在遇上了你。就在刚刚，他打电话过来，自降筹码，说只要三百万他就答应我为梁吉涛写从轻处罚的求情书。我该怎么办？我想问问你，你有几成把握赢这场官司？如果真的没有希望，我只有走这一步了。”梁太太说。

她赶紧阻止：“梁太太，你听我说，他这种行为等于是敲诈勒索，拿着女儿的死亡来做交易，更显得蹊跷。试问天底下哪个做父亲的宁可要钱也不为女儿讨一份公道？放心，我正在调查，就算杀人罪名成立，金胜的求情书也不能阻挠法律的宣判，没有意义。”

“他打来的电话我都有录音，会有作用吗？”

“你做得很好，保留好录音，这是证据，必要时我们可以向法官呈上。”曼君越发觉得这个案子疑点重重。

从金恬筱生前见过的心理医生这儿，她得到了更多有效的消息，只可惜这么重要的一条线索警方居然遗漏了。她出示了名片之后就走进朱医生的办公室，她说明来意，占用了朱医生半小时时间。

“本来患者的信息我们是不可以透露的，不过现在金恬筱已经去世，又死因不明，我也希望我所了解的事能够对你有帮助。我见过她的男朋友，陪同她一起来的我这里。他是个非常温暖阳光的男孩，对金恬筱很体贴，以我作为心理医生的专业角度看，他应该不是杀害金恬筱的凶手。”朱医生在心理学领域有着非常大的成就。

“那么朱医生你对金恬筱的死亡怎么看？”

“就目前她单独和我聊的内容看，她有严重的自杀倾向，我也给她做过诊断，是重度抑郁症。她也告诉过我，若不是遇见了梁吉涛，她早就自杀了，根本不会活到现在。她的世界里满是黑暗和暴力，处处都是伤害。”朱医生表情凝重。

“她才二十岁出头，怎么会这样呢？”

“这个她只和我一个人说起过，连梁吉涛都不知道。她父亲人格分裂有暴力倾向，经常打她，还嗜赌如命。在得知她和梁吉涛恋爱之后，为了找到赌本，他甚至逼女儿向梁吉涛要钱。她要是逆父亲的意，就会被父亲关进黑屋子里不吃不喝一两天。”朱医生说着，不禁叹息，“多好的一个女孩，要不是有那样的父亲，换了任何一个家庭都会活得很快乐，会是父母宠爱的心肝宝贝吧。”

这样的调查结果让曼君的心处于悲痛中，尤其是看着金恬筱生前的照片，那样温柔甜美的女孩，如朱医生所言，是个讨喜的姑娘。真可惜，就这样死了。就连死后也不得安宁，成为父亲索要钱财的筹码。

曼君也能够明白金恬筱身上的累累伤痕，新伤旧伤，都是出自她父亲之手。

“就算她是自杀，他父亲的分裂人格和暴力相待、逼她向自己深爱的男友再三要钱才是这个善良的姑娘自杀的原因。”朱医生说。

事情调查到这里，她已整理了厚厚的记录作为证据，她为自己即将为梁吉涛做无罪辩护有了极大的信心。她倒也想看看，能够对自己亲生女儿一次次挥动拳头的父亲究竟是怎样的残忍和狠心。

离开医院，她刚上车，就发现一旁树林中有个身影一晃而过，行为举止十分异常。她吓了一跳，想想这是在心理诊所附近，有举止怪异的人出没大概是很正常的事吧。

晚上她和卓尧一起吃饭，聊起了这个案子。

他担忧地说：“以后我接送你上下班吧，听你说起死者的父亲我就觉得很可怕，他会不会对你实施报复啊？这会很危险的。你损害了他的利益，很显然，这种人什么事都做得出来。”

她“扑哧”一笑：“你的被害妄想症比我还严重。不会啦，没事的，他怎么会找到我这里，没你想的那么可怕。”

“我可不想你冒险，太危险了。别拒绝了，明早我来接你，就这么定了。”他的口吻不容置疑。

“我看你是在找借口接近我。”她笑。

“你瞧你，想得挺美的。”他伸手捏捏她的下巴。

此刻，楼下一双眼睛正抬头盯着这栋大厦，如同幽灵般窥探着。

他走之后，她正在洗头，手机响了，以为是卓尧有事找。打开手机一看，是个陌生号码发来的一张图片。

当加载完毕图片打开的那一刻，她吓得扔掉了手机。

屏幕上是一张她自己的照片，可怕的是有一只张着嘴，血淋淋的猫头放在照片上，殷红的血把照片上她的脸都浸染了。很快，一条文字信息跟着进来——

停止你眼下做的事，否则，这只猫就是你的下场。

她心中有数，除了金胜，不会有别的人。

太卑鄙阴险了。她想要报警，可又想到眼下官司正进入开庭前的最后环节，不宜打草惊蛇，所以还是放弃了报警，将这条短信作为证据留着。

她夜里和卓尧通电话，本想告诉他这件事的，可是又怕他担心，更怕将他无辜牵扯进来，所以话到嘴边，还是没说。

接下来的时间，她有条不紊地做着开庭前的准备。卓尧每天早上都会来接她，晚上送她回来一起吃饭，有时候晚上他干脆就不回去。林璐云打电话来催，他接了电话说上两句就挂断，也没有什么好语气相待。

几天后，她接到了一个陌生来电。

她一听，几秒都没有人说话，她立刻警觉，按下了录音键。

“阮律师，你好。之前的警告看来对你起不到作用啊，我这个人脾气相当不好，挡我者死，逆我者亡。我有精神分裂症，我随时都会受不了压力杀人的。如果我杀了你，你这个大律师应该知道，精神病杀人是不用负刑事责任的。你要是做了鬼，会不会也来替我做无罪辩护呢？哈哈哈——”

“金胜，我知道是你。你别再挑战法律了，你女儿的死是你一手造成的，是你毁了她的人生，你不配做一个父亲。你还想让梁吉涛无辜入狱，借机敲诈，我不会让你得逞的。也奉劝你一句，像你这种人，犯了法也是有行为能力的，你不要拿着你几年前的一张精神病病历就想逍遥法外！”曼君厉声说。

电话那头沉默了一会儿，在她快要挂断的时候，突然传来类似恐怖片里女鬼凄厉的尖叫声，吓得她心都快跳出来了。

尽管很害怕，可越是这样，就越是激起了她要还梁吉涛一个公道的信念。

时间到了距离开庭只有三天的时候，她再一次收到短信，威胁她不许出庭，不得为梁吉涛做无罪辩护，否则就撕破她的脸。她将手机扔在一旁，继续在电脑上整理将要上庭的资料。

这一切都在何喜嘉的掌控中。

金胜打电话向何喜嘉求助："怎么办，我恨不得杀了她！该死的女人，再三惹我，大不了一起死算了！你看有没有什么办法让她不能出庭？"

何喜嘉慢条斯理地说："你急什么，还有三天的时间，足够做很多事了。撞死一个人要三十秒，可能在医院挣扎一会儿，要更久，用刀捅死，费点力气。不过炸死一个人只需要一秒就够了。所以，三天，足够了。"

"你的意思是炸死她？可我不会做炸药啊，再说她上班下班都有男人接送，我也找不到下手的机会。"

"他在这方面保护得严实，那么在另一个方面必定会有纰漏。我会把地址发你，你明天把人带到这个地点，再给她发送短信和照片，她自然会去。到时候，炸弹会送她一程。而你不用谢我，做好你答应我的事，不要对任何人提起我。那样你我都能安全抽身。"何喜嘉吩咐着。

"那，要带谁去才能把她引去呢？"

"当然是她生命中很重要的一个人。明天你照我的计划去做，自然就知道了。"何喜嘉挂断电话。

这时候的曼君，哪会想到自己的生命可能面临着倒计时。

林璐云信佛，每月十五都会清晨天还没亮就去庙里，这个习惯维持了很多年。何喜嘉在佟家住过一段时间，对此很清楚。

而第二天，正是农历十五，如往常一样，林璐云起得很早。冬天的早晨天亮得更晚，才四点多，司机崔师傅已在车旁等候。林璐云上车后，总感觉哪里不对劲，说："崔师傅，'左眼跳财，右眼跳灾'，我这右眼皮总是跳，该不会是有什么事吧？"

"夫人你慈悲为怀，菩萨会保佑的。"崔师傅开着车说。

林璐云摇摇头："我那不争气的儿子又和她走到了一起，我是真没办法了。这样下去，我总是提心吊胆的。"

"他们本来就是夫妻，在一起是正常的，何况还有两个年幼的孩子，家和万事兴，对吧。"崔师傅说着宽慰的话。

“但愿如此吧，我老了，也管不动了，不想管了。我为他们好，到头来，孙儿怨我，儿子恨我，不值得。”林璐云望着窗外，天刚蒙蒙亮。

寺庙位于郊外的一处山腰上，车只能停在路旁，要步行一千多级石阶才能到达寺庙。林璐云从车上下来，对崔师傅说：“你就在这儿等我吧，你是信基督教的人，就不要和我一同去了。”

“那你小心点。”崔师傅说。

这么多年来，每个月的初一和十五，崔师傅都是这样送林璐云来这儿，已习以为常，并没有觉得这个早晨有什么不妥。于是她和往常一样，上了山，拜完佛之后，再下山回家。

可崔师傅没有想到的是，这竟是最后一次送林璐云来这里。

林璐云独自走在一级级的石阶上，两旁的树林遮挡住原本就少的光线。天开始蒙蒙亮，上山的人要再过一会儿才会多起来。她想给儿子、孙子、孙女祈福，这样虔诚一点，所谓心诚则灵。

在山路盘旋的一个拐弯处，突然从树后跳出一个戴着摩托车头盔的男子。他用刀抵着她的脖子，恶狠狠地说：“不想死就老老实实跟我走，我的目标不是你，你配合一点，或许还能留着老命回去。”

林璐云吓得瑟瑟发抖，刀刃很锋利，她依从对方的话，跟着走下山，上了一辆摩托车。

“你别想跳车，否则，我下一个用刀指的人，就是你那一对活泼可爱的孙子孙女了！”男子凶神恶煞地威逼她。

“别别别，要杀你冲我来，我是将死的人，别累及我的孙儿。”林璐云听了这话，勇敢了起来。她坐在摩托车后座上，脑子里开始想着自己到底是哪里得罪了人，会被人绑架。这人到底是图钱还是寻仇呢?

摩托车行驶二十分钟之后，到达了一个废弃的矿厂。男子推着林璐云进入矿厂，把她绑在一张布满灰土的破旧椅子上。隔着头盔，男子用尖刀在林璐云面前比画着说：“我的目标是姓阮的，不好意思，你是她的婆婆，我只能请你做诱饵了。要怪只怪你儿子太在意她了，让我找不到机会，只能从你这个老家伙这儿下手了。”

“她到底哪里得罪你了，你要这样害她！”

“她挡我财路，还想把我关进监狱，你说她该不该死！”男子情绪激动起来，拿出手机，说，“我打电话给她，会让你和她说话，你叫她过来救你！”

“你真是没有调查清楚啊，她和我是水火不容的仇敌，自古婆媳不和，有几个儿媳妇会舍身救婆婆？她不会来的，要杀要剐随便你。”林璐云说着，闭上眼睛，嘴里开始念佛经。

男子走出矿厂，躲在一旁，摘下头盔，正是金胜。他似乎觉得林璐云的话很有道理，气急败坏地打电话。

“你不是说绑了这个老东西就能引来她吗？老东西说她们婆媳不和，姓阮的是不会来的！我早就说了，要绑就绑孩子！你偏不让我绑孩子！”金胜来回走动着，时不时举起刀。

“你还没有打电话给她，怎么就清楚她不会来呢？你照我说的办就是了。还有，我得提醒你，事先安排好的炸弹在林璐云坐在椅子上时就已经启动了，只要她起身，炸弹就会爆炸。你当心点，抓紧时间。”

挂断电话，金胜戴上头盔返回矿厂，对林璐云说：“从你坐上这张椅子开始炸弹就启动了，只要你离开这张椅子，炸弹就会爆炸。现在我打电话给姓阮的，我叫她过来，你要是不想被炸成碎片，就配合点！”

“她来不来我都得死，炸弹就在我屁股底下，你怎么可能还会放过我？”林璐云说着，感觉呼吸有些急迫，心跳加速。

“别给我废话！”金胜吼道，然后拨打电话。

曼君此时还在半梦半醒中，再次看到了那个给她打匿名电话的号码来电，她接通，想听听对方还想说些什么。

“阮律师，还在睡觉呢，是准备蓄精养锐为明天的开庭展露风采吧。不过可惜，你得先见我一面，我让你听听一个人的声音吧。”金胜说着，将电话放到林璐云的嘴边。

林璐云咬紧嘴唇不说话。

曼君以为又是一场恐吓作弄，金胜眼看林璐云不说话，用刀顺手就在林璐云的嘴边一划，疼得林璐云忍不住发出声来。

“你听到了吧，这个声音熟悉吗？要是觉得熟悉，就赶紧过来。不要报警，报警就准备收尸！有炸弹的，你报警试试？除了我，没有人能阻止爆炸。”

曼君的手都在颤抖，电话那头的声音，她怎会辨认不出来。

手机随后收到一个地址，并附着一句话：不要报警，否则后果自负。

她将报警电话号码按出来，拇指停留在拨通键上，又想想，应该和卓尧确认一下，由他来决定是否报警。

卓尧这时正在给黎回穿衣服，黎声还在睡觉。

“天这么冷，不睡觉，非要起来。”他说着，揉揉惺忪的眼睛，还是觉得困。

黎回调皮地笑：“爸爸，你是懒虫，是你想睡懒觉。你答应过我的，今天是周末，你要带我去妈妈那儿。”

“那也不用去这么早啊，妈妈也要睡觉呢。”卓尧说。

“可是好不容易奶奶不在家啊，她昨晚就说今天要早起去庙里，要是奶奶一会儿回了家，她不让我出去，我就去不了妈妈那儿了。”黎回也有自己的小聪明。

现在的孩子可真是不好糊弄，他想。

手机响了，是曼君的电话。

“你看，你一说妈妈妈妈就打电话来了。”他笑着接了电话，等他听到电话那头曼君说的话时，心里一惊，再次向黎回确认：“你刚才说奶奶去庙里了，是吗？”

“是啊，今天是十五，每个月的十五奶奶都会早起出去。爸爸，怎么了？”黎回仰着头问。

卓尧没再理会黎回，快步走到门边，说：“你先别挂，我下楼去她房间看一下。”在母亲的房间，他没有看到人，问管家，确认她早上和崔师傅一起开车出去了。

“我马上打电话给司机，你先别声张，暂时不要报警，把地址给我。”他挂断电话，就给崔师傅打，感觉心都在抖。而依旧在山脚下等待的崔师傅也在奇怪怎么还没有等到人，正准备上山去看看。

他打电话让崔师傅赶紧去庙里看看，自己也快速冲下楼。刚坐进车里，发现没带现金，他想着对方绑架的目的无非是为了钱，忙又上楼从保险柜里取了些现金和珠宝装进包里，再回到上车。

他查看手机，发现还没有收到曼君发的短信，他突然明白她想做什么。于是他打电话给她，在电话里咆哮着说："把地址给我！"

"这是我惹的麻烦，和你妈没关系，更和你无关，我会让你妈平安回来的。你就不要管这件事了。"她镇定地说，已做好了最坏的打算。像金胜那种性格的人，什么事都做得出来，她不想他惹祸上身。

"不要再像以前那样，你一个人哪能应付。她是我妈，我不能不管，你听我的话，把地址给我，快点！我带了现金，他的目的是为了钱，这就好办。能够用钱解决的问题，都不是问题。你需要我在。"他说。

"万一他疯起来，有炸弹，我们一个都走不掉怎么办？"

他安抚她的情绪："不会的，你不明白吗？他要的是钱，不会做出过分的事的。你乖，把地址给我。你不要去，听话，回去等我的消息，我把钱送过去就会带着我妈回来。你等我！"

"好……"

几秒后，他收到地址，忙向这个地址狂奔而去。

他在路上接到崔师傅的电话，得到确认，寺庙里找不到人。

他在心中默念：妈，我来了，你可千万不要有事。我一直都不够顺从你的意愿，你一定很生我的气吧。

曼君挂断他的电话时，她的车已经快到矿厂了。这座废弃的矿厂并不是很好找，她将车停在路边，独自走入这深山不见人的偏僻地方。快走到时，她听见林璐云在喊："快走，别过来，有炸弹！"

这只有在电影中才会出现的场面让她措手不及，但更多的是感动。危急时刻，这个对她百般刁难巴不得她离佟家越远越好的婆婆竟会让她远离危险。想到这里，她更加坚定了要救走林璐云的信念。

金胜手里挥着刀走了进来，五官扭曲得可怕："终于见面了，这一天也是你逼我的，你当初就不该和我作对。你要找死，也不能怪我，你给我进来！"

曼君并不惧怕，走进大门，看了一眼被绑在椅子上的林璐云，脸上的刀伤正在流血："金胜，你有种就冲我来，放了老人，你也算是个男人，冤有头债有主，你让她走！”

“啧啧——现在你挺身而出了，真是伟大啊！可你就是个卑鄙的小人！你制造假证据，说我女儿有抑郁症。我查清楚了，那个杀我女儿的畜生他家给了你很多钱，你老公还和他们做生意。你们是一伙的，你们合起伙来制造假证据，我不能让我女儿死得不明不白！”金胜用刀指着曼君叫嚣着，额上的青筋高高凸起。

“你女儿的事你自己心里最清楚，你这样恶魔般的父亲的行为才是造成她死亡的真正原因。你没有为女儿的死忏悔，却还要一错再错下去。我希望你回头是岸，别再伤害无辜。我可以答应你不上诉，今天的事就当没发生过。”曼君试图退让来缓和金胜激动的情绪。

金胜仰头哈哈大笑，目露凶残的光：“你当我是傻子啊，你骗我放了你们，警察会抓我。你是律师，警察当然相信你，明天你照样会出庭，那个畜生还是会无罪释放！我不会放过你的，你得死，她也得死！”说着，他用刀再一次指向林璐云。

“不——你的刀冲我来，她是无辜的。她没有得罪你，毁了你计划的人是我！你别弄错了对象。”她生怕金胜会再次伤害林璐云。

“好，那我就先解决了你，再把老东西绑在这儿炸成碎片！”金胜说着，提刀就朝她身上刺过来。

“我一条残命给你解气，你要就拿去。你若是敢动她，我就立刻站起来，咱们一起炸死！”林璐云喊道，制止金胜刺向曼君的刀。

“老东西，活得不耐烦了！敢威胁我？让你活久一点，你还嫌命长是吧，那我就先杀了你！”金胜说着，挥刀朝林璐云的颈间刺去。

这时，顾不了那么多的曼君弯腰捡起地上的一块石头就往金胜的后脑上砸。她用了最大的力气，可金胜头一偏，石头只是砸到了他的肩膀上。这一举动彻底激怒了金胜，他转身一把抓起曼君的头发，刀就要往她的胸口刺来。

“住手！你要的是钱，我带的钱够你衣食无忧过完这辈子了，你别伤害她们！”卓尧在这时冲了进来，将包放在脚边，包的拉链是打开的，隐约可见一摞摞现金和珠宝首饰。

金胜看到钱的时候，两眼都在泛光，问：“包里有多少，不许耍诈！我只要钱，给我足够的钱我就放了你们！”

“这里有现金五十万，虽然不多，但你看看这里面的珠宝，有翡翠、祖母绿、顶级蓝宝石、钻石，哪一样不是价值几十万？你考虑一下，我们做交易，我拿这些换她们俩。我们只求平安，你拿着这些远走高飞，我不会报警的。”卓尧说话间仍威严难挡。

“好！我和你成交，你把钱给我，我拿着钱马上就走。”金胜跟他谈判。

“我凭什么相信你，除非你先把刀放下，你若怕我拿刀伤害你，你也可以将刀丢到你身后远点的位置。我必须确保你对我们没有危险性才能把钱交给你。”卓尧说着，拎起了包。

金胜犹豫起来，站在原地，似乎进退两难。

“不行，我扔了刀，万一你们两个一起上，我怎么办？不行！”金胜说着，又重新挥起了刀。

“卓尧，你和他讲什么交易，没用的，他是疯子！这里有炸弹，你别管我，带着你妈走！”曼君悲痛地说，“能够和你拥有这段失而复得的幸福，这辈子能够嫁给你，和你生儿育女，是我最不后悔的事。你别让我失望，走吧，带着你妈离开！”

卓尧痛心地说：“你别胡说，你是我佟卓尧的女人，我不会丢下你的。”说着，他看着林璐云：“妈，别怕，有我在这儿保护你。”

林璐云哭着摇头，强忍着心脏传来的剧痛说：“儿子，以前是妈不好，你们这样相爱，我还狠心拆散你们。妈现在知错了，一家人平平安安在一起才最好……曼君啊，你是我的好儿媳妇，我开始还以为你不会来，可没想到……以前我那样对你，你不恨我吗？”

曼君含泪摇头:“都过去了,不要再说了,以前的事我也有错,是我连累了你。”

“儿子，妈等不到你们的原谅了。就算妈死了，你也要答应妈，一定要和曼君带着两个孩子好好生活，再也不要分开。妈身下有炸弹，走不了了，我要去找你爸了……”

“妈，你要撑住，你不会有事的！”卓尧看着心脏病发作的母亲痛苦的样子，心如刀绞。

金胜不耐烦地挥舞弄着刀：“唠唠叨叨还有完没完！听着，不要和我讲价，把包给我，钱我拿走，刀我不会放下。等我拿到钱，我不会再伤害你们。我的刀是用来防身的，这是你们唯一的活路！”

就在此时，一个稚嫩胆怯的声音响起——

“爸爸……妈妈……”

这是黎回的声音！

第十一章 他给那座大厦取了个朴素的名字——挚爱楼

“怎么这样盯着我看，真是没见过世面。”

“可你就是我见过的最耀眼的世面。”

黎回竟然在卓尧折返家中取现金和珠宝时，偷偷躲到了车后座！天真的黎回还以为跟着爸爸就能够找到妈妈。

黎回摇摇晃晃走在布满矿石的路上，小小的身影出现在大家面前。他恐惧地看着眼前的一幕，瞬间放声大哭起来。

金胜狂笑不止："哈哈，今天我就是死在这里也赚了，又来了一个小东西送死，三代人都齐了，一起死了下去还能拍三世同堂的全家福。不错啊，这就叫'不是一家人，不进一扇鬼门'！"

林璐云见到心爱的孙子出现时，担心得要命，胸口巨大的疼痛一波波袭来。她开始抽搐，眼睛望着黎回，竭尽全力说："快走……快走……"

"我把钱给你，你不要伤害孩子。曼君，快点抱着黎回回车里去，开车走，离开这儿，走得越远越好！"卓尧说着，将包里的钱扔到金胜的脚边。

"儿子，你带着曼君和黎回快走！别管我，妈走不了了……只要我起身，炸弹就会爆炸的……"林璐云绝望地说。

"我不会丢下你的，妈！"

金胜见钱已到手，捡起地上的包就往外跑。此时，远处传来警车的鸣笛声。这下刺激到了金胜濒临崩溃边缘的心，他挥着刀折返回来："你们报警了？！跟你们说过不许报警，为什么还要报警？为什么骗我！死！你们都得死，反正我被抓了也是死，不如拉着你们一起陪葬！你们谁都不许走，再动一下我就立刻给她放血！"金胜疯了一样冲到林璐云的身边，把刀架在林璐云的脖子上，刀刃深深没入林璐云的肌肤里。

此时，奄奄一息的林璐云望着曼君手中的黎回，用尽最后一口力气喊："快走啊……带着孩子走……不要管我……"

黎回哭着喊："奶奶……"

"还有力气喊？这就送你上西天！"金胜丧心病狂地划动了手中的刀……

林璐云的头歪倒在一旁，缓缓从椅子上滑下。

这时，卓尧痛苦地跪下来，哭喊着："妈——"

曼君泪流满面，抱着黎声一同跪在了地上。

就在林璐云从椅子上倒地的一刹那，世界仿佛都静止了。曼君紧紧搂着黎回闭上了眼睛。金胜也吓得丢下包，抱头趴在地上。然而，炸弹并没有因林璐云的倒下而引爆，一切都静悄悄的，仿佛结束了。

警察和拆弹小组一拥而进，迅速抓捕了金胜，并拆除了椅子下的炸弹。随即而来的救护人员立刻就地对林璐云进行抢救，无奈回天乏力。卓尧望着担架上被白布蒙着脸的母亲，一言不发，悲痛得发不出声来。

那个总是会管他太多的母亲不在了。他以前总嫌她烦，嫌她干涉太多，不愿和她坐下来一起吃饭，好好说话，甚至还怨恨她。可此时，母亲走了，所有的恨和爱都不再有了。

这个世上，他再无母亲。

翌日，曼君坚强地出庭，在庭上，她将自己的专业水准发挥得淋漓尽致，所有的证据形成一条条强有力的证据链，可以有力表明，并不能完全排除金恬筱自杀的可能。而鉴于没有证据可以直接证明梁吉涛杀人罪成立，最终，法官当庭宣判，本着疑罪从无的法律精神，梁吉涛故意杀人的罪名不成立。

那一刻，曼君大步走出法庭，在卫生间放声大哭。

林璐云的追悼会上，林慕琛对卓尧说："其实上一次我给姨妈看病，就发现她身体不对了。她不让我告诉你，应该也去看过别的医生。她明知自己有心脏病，一直以来都靠药物在维持着，其实撑得也很辛苦吧。这个病能够拖到现在，已经很不容易了，你节哀。她希望你和曼君生活得幸福，这是她的临终心愿，你要做到，以告慰姨妈在天之灵。"

曼君披麻戴孝，长跪不起，她把林璐云的死全部归责于自己。自林璐云死后，这已经第三天，她不吃不喝，滴水未进，嘴唇干裂，眼窝深陷，整个人一下子就垮了。她看起来比卓尧还要憔悴好几倍。

“去劝劝她吧，几天没吃没喝，这样下去，她会死的。她把造成姨妈死的责任全部揽上身，你和她说说话，让她心里也好受些。再劝她吃些东西，活着的人还得活下去。”林慕琛说。

一旁的江照愿也说：“就是啊，佟少，在这件事上，不能怪曼君。律师这一行是容易得罪人，我想，曼君一定宁可死的人是自己，也不希望是伯母。事已至此，也只有你能够宽慰她了，她现在最需要你的力量。”

卓尧看着跪在地上如同木头的曼君，不由得心疼。这两天忙着母亲的后事忽略了她，她竟这么傻，不吃也不喝。随后他走到她身边，蹲下，想要扶起她，她却长跪不起。

“别傻了，不关你的事。她在最后一刻还想得到你的原谅，说明她也不怪你。你不要再自责了，去吃点东西，黎回、黎声还需要你的照顾。你可不能垮啊，你不垮，我就不会垮。”他说着，轻轻拥抱了她一下，拍了拍她的肩。

她点点头，泪如雨下。

她原打算官司结束之后就找机会向她道歉的，没想到，此生竟再也没有机会了。

而随后警方的调查结果让她和他倒吸了一口凉气。那天的炸弹是真的，一旦爆炸，整个矿场都会毁灭。而这个炸弹是由远程遥控启动的，并非是金胜所说的只要人离开座椅便会爆炸。当天的那个炸弹实际上根本没有被人按下启动按钮。

可看金胜的样子，应该对炸弹的启动方式并不知情，想必他幕后还有其他人。可在最后关头，这个人为什么选择了放弃？警方正在追查，也需要他们配合。

他们这次是从死亡线上挣扎回来的，也就更加珍惜现有的时光。

半个月后，结束了休假，曼君回到文略上班。何喜嘉照旧给她泡了一杯茶，水面上是两朵白菊。

“主任，你太虚弱了，不如多休息一段时间再来，你这样身体肯定吃不消。我本想去看你，可想你这时候肯定最不想被打扰，我才没去。话说到底，要不是我把梁吉涛的案子推荐到你这里，也不会出这么大的事，都怪我……”何喜嘉内疚地说。

“这不怪你，你也别耿耿于怀了，好好工作。”她说。

“那警方目前调查出结果没有？金胜胆子可真大，犯下这么大的事，真是该死！”

“还没有出结果，不过可以肯定的是，幕后操纵这一切的另有其人，看金胜的审讯结果吧。”曼君说着，端起茶杯，喝了口茶，嗓子越发干燥，咳嗽了一声。这一咳，就停不住了，连续咳了好一会儿。

何喜嘉看在心里，心中了然。

圣诞节快到的时候，家中才有了些笑声。孩子到底是孩子，已经从失去奶奶的悲伤中走了出来。是啊，黎回、黎声才这么点大，根本不明白死亡的意义。有时黎回问起奶奶，卓尧也只是说奶奶去了天上，变成了天空中最亮的那一颗星星。

人生的路还很长，尤其是看看怀里的孩子，就不得不大步走下去。曼君没有搬回来，只因她无法面对内心的愧疚，他也没有勉强，每天都会去看她，像以前一样。

家里的两棵圣诞树被黎回布置得非常漂亮，孩子们永远都是最期盼过节的那一个。

Y楼装修完成了大半，临湖别墅也在装修中，一切都在有条不紊地进行。有时他会牵着她的手散步，路很长，人生却很短，且行且珍惜。

他再也不会给自己失去她的机会。

金胜没有交代出任何关于背后那个人的信息，一个人承担下所有的罪名，坚持从头到尾都是自己做的。而查金胜的社会关系，确实也没有找到嫌疑人。案子渐渐被搁置在了一旁。

他并不甘心，一天不找出幕后真凶，他们的生活就永无安宁。他吩咐季东首先从曼君身边的一切关系人逐一查。这种事，无疑是对他们仇恨极深的人才会做得出来。而最终导致凶手关键时刻放弃爆炸，显然凶手可能于心不忍，也说明幕后操纵者是身边的熟人。

季东此时变成了季侦探。

林慕琛和江照愿竟谈起了恋爱，这让曼君和卓尧都觉得匪夷所思，两个最初都互相看不上且气质完全不是一个路线的人居然恋爱了。不过，大家都有种社会即将和谐之感。

这一年即将过去，他们各自都在心中对新的一年有平安喜乐的期盼。

平安夜那天，曼君在办公室里加班，等着卓尧来接。窗外下起了雪，所有人都下班走了，独留她一人静静地工作。这时，办公室的门被敲响，她惊得抬头，进来的是何喜嘉，手里端着一杯茶。

“你不是下班了吗？天这么冷，快回去和凌诚一起看场电影，吃个饭，未婚的人就不要把时间浪费在这儿了。”她接过茶杯，感觉热气扑面。

“主任你不也还在埋头工作吗？我刚巧回来拿东西，看见你办公室的灯还亮着，就想给你泡杯茶，暖暖身子。那我先走了，凌诚还在等我。”何喜嘉说着，挥挥手戴上围巾走出办公室。

这时，曼君的手机响了，是林慕琛打来的。她接通电话，就听林慕琛焦急地问：“曼君，你在哪儿？”

“好吧，我是个工作狂，虽然是平安夜，不过我还在办公室加班。卓尧一会儿会来接我，这时可能都在来的路上了，下这么大的雪，车肯定开得慢。怎么，你和江律师要请我们吃饭吗？”曼君难得说笑。

外面刚要离开的何喜嘉听到动静，蹑手蹑脚地回到自己办公室，戴上耳机，开始窃听。

林慕琛没有心情开玩笑，急切地说：“现在你是独自一人？”

“噢，刚才我徒弟来了，就是何喜嘉，你见过的。小姑娘不枉我做师父时疼她，给我送了杯热茶，刚走。”曼君端起茶杯喝了一口。

“你赶紧锁好办公室门，等卓尧来接你。我们也马上过来。如果何喜嘉再敲门，你千万不要给她开门。小江在正清意外发现一些线索，所有的事可能都是何喜嘉在捣鬼，她是为复仇而来，目标就是无声无息地害死你。”林慕琛说。

这话吓得曼君后背发凉，知人知面不知心，突如其来的可怕消息，她眼里天真无邪很容易害羞的女孩，她的爱徒，竟会是在她身边设下一个又一个阴谋的真凶。她不敢相信：“这事很严重的，你可不能信口开河。有证据吗？”

她说着，目光瞄着办公室的门，警惕地看着。

“是小江亲眼看见的，之前何喜嘉工作过的电脑里保存了大量你的资料，还有你的照片。资料显示，她在来正清之前就跟踪了你半年。你想想，之前你们并不认识，她跟踪你半年，居心何在，有些凌乱的文字中还透露出深深的仇恨和杀机。”林慕琛说。

看来是无可置疑了。

此刻，她的脑海中无数遍闪过何喜嘉纯真的笑脸。她手中的茶杯落在地上摔成碎片，茶叶撒了一地，两朵白菊此时显得煞白瘆人。

想起她见到何喜嘉第一眼时就分外喜欢，总觉得其身上有自己当年的影子。

曼君想，自己是什么时候招惹了何喜嘉，竟让她潜伏这么久，目标就是置自己于死地?

不仅她，卓尧也在十万火急不停拨打她的电话，却始终占线中。他将车加速，一路飞驰往文略而去。

“佟少，我调查到一个人，很可疑。何喜嘉，你猜她的养父是谁?是宏叶集团的叶老，也就是叶洁白的父亲！极有可能是叶老安排养女回国复仇。他看似是带着叶洁白移民澳洲，实际早就起了杀心。”季东汇报。

这让他万分担心曼君的安全，最危险的人竟然就是身边人。

曼君握着手机，听着林慕琛的话。

“不过我比较不明白，那天她完全有机会启动炸弹置你们于死地，可她却放弃了。这是为什么?功亏一篑啊。”

“我也不清楚，我真的接受不了。我是那么信任她，这一切怎么可能会是真的……”她痛苦地说。

如果人与人之间要设防成这样，那还有什么友情可言?

办公室的门一下被推开，她一看，是卓尧，如同盼来了救星。她挂断电话，握着他的手，似是有太多的话无从说出口。他忧心忡忡地说：“怎么电话一直占线?我快急疯了，知道我有多担心你吗?你现在很危险，快跟我离开这儿。”

“你听我说，都是何喜嘉做的。我万万没想到竟然是她。她看起来是那样纯良无害，我好害怕，人心险恶我清楚，可哪里会有人将险恶藏于纯真之下。”突然，一个飞速而来的东西扎入了卓尧的后背，她还没来得及反应，接着又一个东西扎到了她的腿上。

几秒之后，她就瘫软在地上，卓尧也倒在了一旁。

他的手，仍牵着她的手。

何喜嘉握着麻醉枪，脸上挂着冷血无情的笑，转身拿了一瓶酒，走到曼君和卓尧身边，蹲下身，将酒倒在他们的嘴边、胸前。

这栋大厦，晚上除了加班的人和几名保安再没有多少人。何喜嘉顺利地扶着曼君走出大楼，她还主动和保安打招呼："我师父他们醉了，睡得喊也喊不醒，我得送他们回家，累死了，真沉。"

保安好心地上前帮忙："来，我来帮帮你，你一个小姑娘哪有这么大力气。"

闻到了浓烈的酒气，保安还感叹道："嚯，好浓的酒气，这得喝了大半斤白酒吧。"

何喜嘉将曼君扶进早已准备好的车里，又返回办公室，将卓尧同样扶到车里，来回折腾耗费了不少力气。

车子开始启动，这一趟将去往哪里，曼君和卓尧即将面临什么，只有何喜嘉心里清楚。

凌诚要给一只发狂的猩猩看病，却在办公室里翻来翻去怎么也找不到麻醉枪和麻醉药。这个真正单纯的男孩又怎会想到，他打算要娶的那个女孩其实一开始接近他就只有两个目的，一是让阮曼君不再起疑心，以免怀疑其对卓尧仍有非分之想；二就是为了这支麻醉枪和麻醉药。

等卓尧和曼君再次醒来的时候，麻醉药药效消失了，他们立刻感受到了无比的寒冷。他们身上的外套都被脱去，只剩下衬衫和长裤。仔细看周围环境，应该是在一辆运送冷冻食物的冰库车里。这应该是早准备好的，冰库车中间用加粗的钢筋做了如牢笼一般的铁栅栏，他们被关在了里面。

他们单薄的衣物根本无法抵御这种低温，他担心她冷，从她背后紧紧拥抱着她，说："冷吧，不怕，我抱着你，暖和些吗？我来想办法看怎么出去。"

这时，何喜嘉走了过来，手里拿着一件羽绒服。

何喜嘉见他们相拥，边鼓掌边说："好感人的一幕啊，伉俪情深，换了外人，看到你们这样生死相依，一定会被感动吧！好，既然你们这么恩爱，我就成全你们，一起去死吧！"

曼君冻得哆嗦，看着眼前这个完全陌生的“徒弟”，愤怒难当：“为什么要这样对我们，该是有多大的仇恨你要这么狠毒！就算死，我也请你让我死得明白。”

“你问我？你干脆问他吧，他肯定知道！”何喜嘉邪恶地笑。

“她是宏叶集团叶老的养女，我想，她是为叶洁白的事来报复的。”卓尧望着何喜嘉狰狞的面孔，说道。

何喜嘉冷笑：“我姐姐被你害得好惨，我养父也在上海颜面扫地，父女二人丢盔弃甲抛开一切去澳洲疗伤。而你们，却谈情说爱，还生了一个孩子！老天公平吗？我就是为我姐姐报仇，我要看着你们死在我面前。”

“你做这些事情，有想过你也是在自毁吗？亏你也是法律系的高才生，你杀了我们，自己也是死罪。你也对不起你养父的养育之恩！”曼君说。

“你错了，你真以为你们得到了我养父的祝福吗？我做的这一切都是为了我的养父，他身体不好，我不想他含恨而终，我要帮他报这个仇。既然你说想死得明白，那我就一点一点和你说，反正冻死也需要一定的时间。不如你们边听我讲故事，边死……”

何喜嘉身上穿着厚厚的羽绒服，看着冻得发抖的曼君，阴冷地说：“从一开始，Y楼旁的公共设施坍塌就是因为我收买了包工头。不出意外，那些劣质到不能再劣质的水泥出了事故。很快，你们就一个一个跳进了我设定的陷阱。阮曼君，我看着你和佟董对簿公堂还一脸正义，我真的很想笑，觉得你的智商也不过如此。之后我故意透露消息给你，让你去英国，我再一步步接近他，接近你们的孩子。我承认，佟董是很有魅力，我差点也爱上了他。呵，可我不会步我姐姐的后尘。我继续策划拆迁户们游行、闹事，目的就是要让他名誉扫地。我以为他会破产，不料竟突然来了个任临树伸出援手，帮他渡过了危机。这时，我成了他公司的法务，随后，你就回来了。”何喜嘉说着，看向了佟卓尧。

“佟董，如果你继续对我这么好下去，我恐怕会真的无法自制地爱上你。可是你竟然那样残酷地告诉我，你接近我，留我在你身边，目的都是为了她！我一直骗你说我和她有联系，你都愚蠢地相信了，其实鬼才和她联系上了。哈哈，那一刻，我体会到了我姐姐的痛苦，于是我更加恨你们！你辞退了我，我冒险进入文略，继续待在她身边，就是为了寻找机会。本来我的第一个计划是借刀杀人，再完美抽身的，可惜计划失败了。我预感到自己已经引起了你们的怀疑，就准备好了麻醉枪。只是我没想到这一天来得这么快，你们会碰到了一起。佟董，本来我只想杀了她的，可看你这么爱她，我真想让你们一起死掉，哈哈！”何喜嘉发出恐怖的笑声。

“原来，从头到尾，所有的事都是你在策划……梁吉涛的案子是你故意推给我的吧……金胜也是受你的挑唆指使，你接近凌诚，也是为了今天这支麻醉枪，你隐藏得可真深啊……”曼君绝望地摇头，被自己信任的人出卖，她心如死灰，只是她不想连累卓尧一同死。

“我也算还了你当师父的情意，告诉了你来龙去脉，你现在可以瞑目了吧。”何喜嘉说道。

“既然你这么想我死，为什么那天没有启动炸弹，没有炸死我……”曼君的嘴唇开始哆嗦。

卓尧抱着她，说：“乖，别说话了，别再浪费体力。和这种人还有什么好说的。”

“佟董，你还是这么有骨气。那天如果不是黎回突然出现，你们必死无疑。只是……我真的很喜欢黎回，他睡在我怀里的时候，还叫我妈妈……孩子毕竟是无辜的。所以我躲在不远处，没有按下启动键引爆炸弹。要不是黎回，你们早就死了！”何喜嘉脸上闪过片刻的温柔。

“好，谢谢你还有一丝人性放过了我的孩子……”曼君说着，回头看着卓尧，他的头上、眉毛上都结了冰霜。她凄然一笑，转头对何喜嘉说，“你所恨的人是我，伤害叶洁白的人也是我，不过我不是第三者……我也无心伤害她。可你既然恨我，那这恨就给我一个人，你放了他……”

“不，我陪着你，我们会一起活下去的。”他将她搂得更紧。

“你们够了！一起去死吧！阮曼君，亲手毁掉自己曾经捧在手心里的男人感觉怎么样？你看，是你毁了他！他因你的爱要死了。我会把温度调到最低，你们的时间不多了。不过念在我们师徒一场，你曾为我穿过一次鞋，我送你一件羽绒服。你们俩，谁穿上，也许会活下去呢。哈哈。”何喜嘉说着，将一件羽绒服塞进来。

她爬着捡起羽绒服，赶紧往他身上穿。

门被重重地关上。

何喜嘉将门锁上，然后转身离去。

她并没有注意到不远处有两个小身影正目睹着这一切。

卓尧硬是将那唯一保命的羽绒服穿在了曼君的身上，再用力压制着她，不许她反抗。她哭着说："你要是不穿……我也不穿，一起死……"她的嘴唇已经开始发青，手脚也失去知觉。

"我们不会死的，还要活着回去……陪黎回、黎声过圣诞节。"他的声音渐渐变低。

"卓尧、卓尧，你不许睡，和我说话。"她呼唤他，穿上羽绒服，她的手脚开始恢复知觉。而仅穿着衬衫的他，连睁开眼睛都无力了，眯着眼，对她笑："你看你……头发、眉毛都白了，就这么一不小心，在这里……白头偕老……"

他说完这句话，就沉沉地睡去。

她无力而绝望地哭着，把他抱在怀里。

三天后。

卓尧醒来，发现自己躺在病床上，身边坐着的是林慕琛。

他拍了拍林慕琛的肩膀说："喂，醒醒，曼君呢！"

林慕琛抬起头，欣喜地说："你醒了啊，高烧了三天。不错，还记得曼君，说明脑子没烧坏。不过她就没你这么幸运了，还没醒呢。你是一级冻伤，她是三级冻伤。"

他拔掉手背上的针管，下床就往外走，他要去找她。

再看到她，差点没认出来。是啊，这脸上的皮肤又红肿又破皮，哪里还是从前那个清新别致的小漫画啊。他不敢相信自己的眼睛，拉着旁边的医生问："怎么会这样？明明我把衣服给她穿上了，为什么我是一级冻伤，她却是三级，比我严重这么多？"

"很简单，她在你失去知觉的时候，把衣服脱给了你。我记得三天前的晚上，你们被送过来的时候，你穿了一件羽绒服，而她显然比你冻得厉害。现在脸部皮肤倒不是最严重的问题，而是她持续高烧，我们一直在用药让她体温下降。

但她腿部关节的情况还要等她醒来再能判断，腿部是否还能有知觉，我们暂时也不清楚。”医生的话让他近乎崩溃。

他站在病床旁，心疼得像是在抽搐。他遮住眼睛，悲声痛哭。

“你怎么这么傻，趁我晕倒就把衣服给我穿上，你连自己都不顾了吗？你真傻……是要让我心疼死吗？”他宁愿冻成这样的人是自己，天底下最傻的女人，除了她，还有谁。

任临树出现在曼君的病房。

“佟少，我曾问过你，如果有一天你发现我欺骗了你，你会怎样？”

“我不记得了，你想说你骗了我，是吗？”

“之前就想和你说了，只是她不让我说。其实那半年，她并没有去英国，一直都在上海。当时你当面撕毁合同，我出于对你的怨气，一气之下在英国找到刚到英国的她。我跟她提出条件，要她做我们千树的律师顾问，但是不能抛头露面，不能和你见面，我才答应对当时的Y楼投入资金。她答应了。”任临树坦白地说，面有愧色。

卓尧气得抓住任临树的衣领，举起拳头：“你居然要挟她，让她一个人承受这么多！”

“是我要挟她，可让她独自承受的人是你！那时候你看我们的合同，你说我有个大律师在身边，我说她是上海最好的律师。我还和你说过诗，我都给过你暗示，是你自己想不到罢了。你还在那时和那个元凶出双入对，还深夜送其去医院。你不知道吧，曼君一直都看在眼里。可她为了帮你，始终都留在千树，她不需要到公司上班，只需要每周和我见面……”

“你别说了！”卓尧紧握拳头。

那半年的时光，她竟是这样一路躲躲藏藏过来的。

难怪好几次都像是碰见了她，却又找不到。

“即使你揍我我也要说完。那次刮台风，她担心你们在渔村的小楼会倒塌，冒着危险去渔村。她为了不使你怀疑，才让林慕琛对你说她在英国过得很好，那都是她自编的善意的谎言。她内心该有多强大，才能一个人承受所有的不公和指责这么久。活在背叛你的名声之下，却用她最大的能力在保护你。”任临树说着，叹息，“你大概听说过我的故事，我不相信爱情，真的，我唯一深爱过的女人抛弃了我。很可笑吧，我也有被抛弃的过去。但是，曼君她的所作所为让我相信，这世上是有真爱存在的，我甚至在想，当初那个离开我的人，是不是也是出于保护我……”任临树自言自语，卓尧根本没有再听进去，目光投向病床上的曼君，一刻都不舍得分开。

然而，曼君的情况并不是很乐观，她的肺和肝脏也有慢性中毒的现象。好在毒性不高，不致命，但几种因素综合在一起，她的危险系数上升了。

第五天的时候，曼君终于退了烧，清醒过来。卓尧想到的第一件事就是掐她的腿。

“有没有觉得疼？”他问。

“没有啊。”她答。

他再继续用力掐，她还是一脸茫然。

“要不你换种方式试试……吻我的腿。”她说。

他俯身就吻。

“啊……好痒好痒……你掐痛我啦，我的腿没事！”她开心道。

不过她很快就没这么高兴了，在她的坚持下，卓尧给她拿了一面镜子，她看了镜子半天，说：“这镜子上粘的什么啊，红红的一片，我都看不清我的脸了。”

“那就是你的脸，不过你先冷静下来，医生说会好的，你的脸会回到原来的样子，你相信我……”

“你确定你没有拿错镜子？”她用狐疑的眼神看他。

卓尧摇摇头。

“哦，没什么。挺好看的，气色不错，多红润。你不用操心，我不会哭的，真的，我连死都不怕，还会怕毁容啊……”说着说着，她握着镜子的手却在颤抖。

这时，林慕琛带来了好消息：“我来宣布一个特大捷报！从警方那边传来，何喜嘉及其养父都已被捕归案，对所犯罪行供认不讳。我说这得有多大的卧底潜力啊，能潜伏这么久。这要是去当演员，我看一部戏就能拿金马奖！”林慕琛搂着江照愿的肩膀夸张地说，逗得曼君和卓尧直笑。

“还有，你们猜那种慢性毒药是投在哪儿？”林慕琛卖着关子，见他们都摇头，这才说，“她每天特意给你泡的茶就是催命符，并且毒不是放在茶叶里的，而是放在白菊里。”

然而，最让人好奇的是，他们是怎么找到曼君和卓尧的。

好人终有好报。

当初曼君和卓尧，还包括小黎回，都相信了那一对小乞丐兄妹，是他们提供线索，找到了那辆冷冻车。当时林慕琛发现两个人的电话同时都关机了，就觉得不妙，赶紧报了警。警方把这件事与爆炸案并案处理，在电视上发布寻人启事征求线索。

那一对正在寻找目标的小兄妹正好走到一家快餐店门口。

“哥哥,我们什么时候才能讨到多一点的钱?”妹妹揉了揉饿得直叫的肚子。

“你以为谁都像那一家三口那样笨，那么容易骗啊！刚才还看到那个叔叔和阿姨，不过似乎喝醉了，被一个人扶上了一辆车。不然的话，我们还可以找他们要一点钱买吃的。”

“他们还会给吗？”

“肯定会啊，因为他们笨嘛！”

这时，快餐店的电视上正播放着寻人启事。

“如果大家看到以下两张照片上的失踪人员，请速与警官联系。”主播说。

“哥哥，你看你看，那不是那个叔叔和阿姨吗？”妹妹指了指电视机说。

“看来他们遇上了坏人，我们得去救他们。唉，两个笨蛋又那么善良，难怪总是遇上坏人。”哥哥摇摇头，无奈地说。

两个小屁孩偷偷回到冷冻车旁，盯着从车上出来的何喜嘉，马上掏出智能手机报警。在曼君和卓尧被送医院后，警察表扬他们说：“你们俩真是机智勇敢的小朋友，值得表扬！”

“没什么，叔叔阿姨是好人，我这新手机还是用他们给的钱买的，不然我哪有钱……这就叫，种善因，得善果！”

曼君没有想到，自己一次意外的好心，竟会在后来挽救了自己和卓尧的生命。

谢天谢地。他们没有在冰库车里白头以终。

那就在现世安稳中白头偕老吧。

两个月后，二月十四日，情人节。

Y楼开业的日子。

曼君对着镜子化妆，坐在一旁的卓尧凝视着她光洁无瑕的面容说："我的太太，你已经很美了，你再这样臭美下去，会让我们商场的女顾客无地自容的。"

站在一旁的黎回牵着刚学会走路的黎声说："我妈妈是全世界最美的女人！"

"还是我儿子嘴甜！"曼君亲了一口黎回的脸。一个完整的唇印印在了黎回的脸上，逗得黎声"咯咯"直笑。

卓尧则吃醋地凑过脸来说："都不亲我。"

黎声上前，给了他响亮的一吻。

"还是我女儿好！"

Y楼的开业吸引了诸多媒体的关注，佟氏集团董事长夫妇携一对儿女参加开业典礼更是吸引了无数人的眼球。在经历了阴谋和生死之后，他们更能够坦然面对今后生活的一切问题。

卓尧站在台上，对着一个个镜头致开业辞。在完成官方言辞之后，他突然温柔地说："今天不仅是Y楼的开业典礼，也是大家喜闻乐见的情人节。在这里我想说，我们Y楼从今日起，更名为——挚爱楼。对，挚爱，希望大家带着你们的挚爱来逛我们的商场，也是我对我的挚爱的一种感恩和纪念。谢谢她在我最艰苦的时候背起全部的负面责难，护我周全，谢谢她。在这里，我想对她说一句话，这句话我不是第一次对她说，但我想今天在这里说会有别样的意义。"

他的目光穿越人群中落到她身上，静静地凝视她说："曼君，此生愿同你终老温柔……"

"白云不羡仙乡——"台底下几百个人突然一齐喊出后面这句，将手中之前不知藏在哪里的百合花抛向空中。

好唯美的开业典礼。

她站在人群中，牵着黎回、黎声的手。

他给那座大厦取了个朴素的名字——挚爱楼。

这是她收到的惊喜。

她没想到的是，还有更大的惊喜在后面。

典礼结束之后，他拉着她上车，说带她去一个地方。

他开车，她就一直温柔地望着他。

“怎么这样盯着我看，真是没见过世面。”他笑。

“可你就是我见过的最耀眼的世面。”她回应。

目的地快到的时候，他拿出一条丝巾，蒙在她的眼睛上。车停下后，他牵着她下车，一步步往前走。

他在她额头上亲吻一下，再轻轻拉开丝巾，说：“以后，这儿就是我们的家，我给你的‘佟画’王国。”

“童话王国？”她睁开眼，渐渐看清楚眼前的一切。

一座临湖别墅伫立着，他牵着她的手，带她走进这个属于他们的新天地。

“佟先生和小漫画的王国，我是国王，你是王后。”

黎回跑了过来，喊道：“那我和妹妹就是小王子和小公主啦！”

是啊，国王、王后、小王子、小公主，从此在这座“佟画”王国里，过上了幸福的生活。

经常能在临湖别墅里看到一幕幕温暖的画面——有时是两个孩子在嬉闹，后面跟着一只金毛犬；有时候是他和她坐在马背上；有时是两人并肩站在湖边，黄昏衬着他们的背影，是那样宁静。

他给了她最安宁稳妥的岁月。

他们很少会再分别，只有一次，他出国参加一场重要会议，而她要照看孩子不得不留在家中。

晚上，他打越洋电话给她。他的呼吸一深一浅，用略显疲惫的声音在电话里唤她的名字：“曼君。”

她答应：“嗯。”

他又轻声喊：“曼君。”

她问：“嗯？”

他继续喊：“曼君。”

她笑道：“打这么贵的国际长途，就为了重复喊我的名字吗？”

他说：“我总这么叫你的名字，尤其是你不在我身边的时候。那你就多答应我几声吧。”

光阴最美也不过如此。

她不再工作，重复此般的日子一万年，也不厌倦。这朝花夕拾，共赏黄昏的温情，于我以后是简单，于我以往是奢侈。我惴惴珍视，矜贵的人啊。

她写下这样的句子——

我已放弃了生命中原本可以轰轰烈烈的过场，而同你平淡朴素地度过余下半生。你大概也是这样。原是烟火，以后是烛，是夜里相伴的烛火。要么一起亮到天明，要么风吹过，一起灭。你是我的迷惘，也是我的迷恋。

终老温柔，白云不羡仙乡。

小剧场

我迷恋，
与你们在一起的
点点滴滴。

周末。

开完庭回到家的曼君，脱去高跟鞋，疲惫地用手抚着额头，仍在为官司的事伤脑筋。

突然，客厅里出现两只“青蛙”——一只大青蛙，一只小青蛙。这时，音乐声响起。

黎回扮着小青蛙，清澈的眼神看着曼君，唱道：“快乐的池塘里面有只小青蛙，它跳起舞来就像被王子附体了。酷酷的眼神，没有哪只青蛙能比美，总有一天它会被公主唤醒了。”

卓尧跟着黎回的舞步唱：“啦啦啦——啦啦啦——自信成长有你相伴leap frog。”

“只有公主吻一下，青蛙才能变成王子。”黎回走过来，凑上一张大大的“青蛙”嘴。曼君捧着“青蛙”的脸亲了一下，接着，一个更大的“青蛙”脑袋贴了过来。曼君强忍住笑，又亲了一下“大青蛙”，这才看完了两只青蛙的表演。

卓尧脱去青蛙的玩偶服，身上穿着白衬衣西裤，额头上有细密的汗。

那样高大优雅的卓尧，唱《小跳蛙》的样子真是太可爱了。

谁不想嫁给这样的男人，再生一个黎回这样的小男子汉，然后听他们俩唱《小跳蛙》呢?

曼君创立的律师事务所，除了接正常的Case外，还免费为很多弱势群体提供法律援助。

她常利用工作之余的时间与这些弱势群体沟通打交道，了解他们的诉求，为他们争取合法权益。

往往难以兼顾到家。

卓尧除了在公司工作，其余一切不必要的应酬，几乎是能推就推。两个人不可能一心都扑在事业上，他全力支持曼君的工作。但毕竟他的时间也是有限的，陪伴黎回、黎声的时间也没有那么充足。

好在黎回已然是大哥哥的样子，懂得保护妹妹。而黎声也已经三岁了，读幼儿园小班。

平时都是家里的司机接送两个孩子去学校，曼君很少去学校接他们。

有一天，难得她结束在法律援助对象家中探访时，恰好幼儿园快要放学了，她便想着去学校给两个孩子一个惊喜。

她走进校园，远远就看见操场上黎回牵着黎声的手，背着黎声的小书包，低头帮妹妹把额前的刘海抚到耳后。

兄妹俩手拉着手。

“哥哥，我今天和老师说，我的妈妈呀，是世上最温柔最可爱的妈妈。她就是太忙太忙了，不然的话，我要让老师看看，我的妈妈有多温柔，多可爱。”

“那当然，你看爸爸多喜欢妈妈。”黎回一本正经地说。

两个孩子还没发现曼君就站在不远处，她静静听着他们的对话，然后慢慢地走向他们，蹲下身，张开怀抱迎接他们。

然而他们都没有看到，在曼君的身后，卓尧正走了过来。他走上前，一把从背后拥住他们仨。

尽管生活中各有各的忙处，我们更需懂得抽出时间，哪怕是忙里偷闲，也要给家人一个小小的惊喜。

只要他们四个在一起，家就是可以移动的，哪里都是家。

有一天夜里，曼君看着卓尧熟睡的面庞，轻轻起身走进儿童房。她推开门，见黎回和黎声各自都安稳地睡着。

她给远方的多多，写了一封邮件——

多多：

见信安好。

很久没有和你一起把酒言欢了，很挂念你。细算下来，我们认识已有十余年了。在这十余年里，我好像始终都脱了缰般拼命往前跑，从未停下。

那些往事，我不必再提，你都知道的，我曾经有过多么糟糕的过去。而我的人生真正意义上的开始，是拥有你这个挚友。

近来常有“一岁年龄一岁心”之感。我也算是个上了点年纪的女性了，不再用那些有着甜甜香气的香水，而增添了那些使人平静的气息。

在命运的面前，我刮过许多次“谢谢惠顾”。可我还是想尽力将一手烂牌打好。

现在能令我悲愤的事情已经很少很少了。好好睡一觉，第二天一切就会好了。只要想想身边的家人，我就没有什么害怕的。

我也想你。

逛商场时挑了一件绿色风衣，哪怕现在是七月的天气。以前我是不会在夏天买风衣的，因为十月时会有更好的，更喜欢的。

但我现在明白了，当下的喜欢最重要，往后也并不一定会有更好更喜欢的。

至于工作上的事，大多繁杂，你了解我，会一一做好的。这个就不用和你重复了。

我时常会梦见小渔村。

我还会梦见外婆。

看着黎声一点一点长大，在我仅有的一张儿时的相片里，她有我的模样。有一天晚上，我梦见自己牵着黎声的手，外婆就站在那棵树下。我喜出望外，对外婆说：外婆呀，我手里牵着的小人儿就是你的曾孙，外婆你看，我小时候是不是也长得这样灵气十足。

外婆一直笑着点头说：好，好……

等你下次回来时，黎声定会牵着你的手，要你陪她一起跳舞。我不会跳舞，还是你跳舞最优雅，最好看。

多多，你在外面要好好的，也要回来。

我们都好，你别挂念，也别忘了。

你的挚友：曼君

多多在海拔四千多米的高原上，边喘着粗气边寻找信号。好不容易连上了网，立刻和在上海的曼君视频通话。

“曼君，你看，天上的老鹰，你在上海是见不到的吧。它的翅膀张开足足有两米，在我的头顶盘旋。我真是要哭了，这儿太美了，是我这辈子去过的最美的地方。”

曼君看着视频里晒黑了的多多神情振奋，指着远处天空的老鹰在欢呼。

风景真美，可曼君只顾着看多多。

“你瘦了，却看起来更健康了，而且两眼炯炯有神，和你之前真的不一样，我觉得你焕然一新了。”

“我以前是不是超级夸张的大美瞳，苍蝇腿睫毛，平行线般的双眼皮？哈哈！”多多笑。

“多多，现在的你，最美。”曼君为多多感到欣慰。

袁正铭终是过去了。

彻底不再爱他的多多身上那股聪明劲全回来了。

如果一个男人不能让你喜欢你爱他时的自己，那就该懂得止损，不要再继续下去了。

自然万物里，有各种各样的美。

哪一种，都比你沉溺在爱而不得里的样子要美。

曼君出差北京，卓尧正好也要出差北京，只是因为两人各有事情，所以不能见面。

应酬时，她象征性地吃了点东西，回到酒店就感觉特别饿。

细心的卓尧料到她会饿，居然已经点了两份外卖送到她住的酒店里。

结果晚上他们通电话时，卓尧就开始听曼君说她与外卖员的故事了。

曼君娓娓道来，如下——

今晚下楼去拿你点的第一份外卖：小龙虾。外卖小哥打电话给我时可委屈了，说：他们不让我上来，嘤嘤——你下来好吗？

我瞬间想保护他：好，等我！

我下楼后，拿了小龙虾刚要走，他又说：等等，龙虾馆还送你一瓶饮料和酒水！

于是我眼睁睁看着他拿出一瓶2.5升的雪碧，我长这么大第一次看到这么大的雪碧精（这么大可不是雪碧成妖精了吗？），差点我吓死了。

我抱在怀里，像抱着一个液化气罐。

他又掏掏掏，掏出一听啤酒递给我。

我简直要哭了。

这下大堂里坐着的人都看到我抱大雪碧了……但是我谨记你

的教诲，独自在外不许喝酒，所以我肯定不会喝啤酒的，我向你保证。

第二份你点的水果外卖，我发现前台没有，就打电话给外卖小哥。他说自己完蛋了，弄错了，送到另一家酒店的前台去了，两分钟后再送来，马上就来。

我只好说：别急，慢点吧。

于是我抱着雪碧精和一听啤酒坐在酒店大厅等他。

结果他送来了，看着我说了一句：老师，对不起。

我现在已经老……得一看就像老师了？

我严肃地说：你送错了地方，那我得罚你。

这位外卖小哥有些害怕。

请帮我把这瓶雪碧精喝完好吗，我实在抱不动它了。我把雪碧精塞到他怀里，如释重负地飞快跑走了。

听完曼君讲自己与外卖员的故事，卓尧忍俊不禁。在一起这么多年了，她总是能将生活中的小事描述得生动有趣。

他喜欢她的善良与幽默。

这样的她，永远都是个小女孩。

他在从苏州回家的高速公路上。

而她正在厨房里手忙脚乱地煮晚饭。她想在他到家之前，准备好饭菜等他回来。周末恰好阿姨休息，她想借此机会大显身手。

很久没有做饭了，厨房换了新电器，她发现自己电饭煲不会用，微波炉也不会用。对自己满腹怒火，气得想哭。

她蹲在厨房里，手机在餐桌上响起。她飞快地打开，收到他发来的彩虹。

原来他在高速服务区，看到前方天空的彩虹，拍了下来发给她。她望着那道彩虹发呆。他总是第一时间想着自己，不管多忙，总把自己放在第一位。

而她，却难过于自己很多事都做不好。

——“我不是一个合格的妻子，我现在别说是一顿丰盛的晚餐了，就连最基本的事都做不好。洗衣机我也不会用，看着上面的按键无从下手。”

他说：“那就等我回家。”

那就等我回家。

她猝不及防地心跳加速了一把。

相比那些虚妄的功利的身外之事，她更想像此刻这样，坐在车库门口，手里握着一双男式拖鞋，等着他回家。

他总会从口袋里给她带一块糖果，或者一朵小花。

有一天他急匆匆要外出忙工作，她在书房里忙。

结果已经出门的他又折返，从大衣口袋里掏出一个小香梨，放在她的面前，冲她眨了眨眼睛。

他从大衣里变戏法般地给她拿出梨子时，她觉得这个男人真是天底下最可爱且最酷的人。

三十三岁生日那天。

她问他："你有没有觉得时间过得特别快？好像没多久前黎回才刚刚出生，可眨眼间，黎声也长发及肩了。我有时会觉得，二十岁还没过完，却已经三十多了。"

"我和你是一样的感觉，总想时间过得慢一点儿，还没抱够他们两个，他们就长这么大了。"

"一生好快啊，过不够怎么办？你说，人有来世吗？"

"也许我们前世就是相爱的。"他在蛋糕上插了三支蜡烛，再点燃。

她被他的话感动到凝噎。

"爸爸，为什么给妈妈点三支蜡烛，妈妈是和我一样大吗？"黎声好奇地问。

"因为在爸爸心里，妈妈有时就像一个三岁的小女孩。"卓尧说。

"可妈妈不是大律师吗？很勇敢，会和坏人做斗争的大律师！"黎回一脸崇拜地看着妈妈。

"妈妈除了打官司，其余时候都是小女孩。"卓尧给曼君戴上生日皇冠。

"那妈妈岂不是比我还小一点？"黎声捂着嘴笑。

"那三岁的妈妈就是我们的妹妹了。"黎回说。

“也是我的妹妹！”黎声乐了。

“所以我们一起保护妈妈，好不好？”

“好……”

一家四口，曼君最幼。

那年，静安才二十岁，偏执地喜欢着毕苏生。

就像静安写给毕苏生的情书上的那句话：我爱你，爱到死。

那时的大学里，同学之间还没有特别多的人有手机，静安为了方便联系毕苏生，就用自己暑假做兼职两个月积攒下来的所有的钱，给毕苏生买了一部手机。

但她自己没有手机。

她将手机送给毕苏生之后，每晚做完家教回寝室，路过报刊亭，就会给毕苏生打一个电话，但毕苏生并没有因为静安送了手机就接电话。

收下她的手机是一回事，没工夫接她的电话是另一回事。

有一天，曼君看到毕苏生在图书馆门外和一个女生煲电话粥，聊得特别开心，足足有半小时。挂断电话后，他走到正在看书的静安面前，冷冷地说："我电话欠费快停机了，给我交点话费。"

曼君气不过，上前质问："手机是静安给你买的，你却不接静安的电话，和别的女生打电话打到停机，却又让静安给你充话费！毕苏生，你怎么这么无耻！"

毕苏生从口袋里掏出手机，扔在桌子上，说："那我还给她呗！"

静安赶紧将手机递到毕苏生手里，紧张地哀求他："别，别，送出去的东西哪有要回来的道理，我这就去给你充话费。”

曼君想伸手拉住静安，却没有拉住。她看着静安跑出图书馆的身影，知道静安一定哭了。

“曼君，他能接纳就好了，我不求他给予。我希望他一直都用那部手机，这样我就永远都能找得到他。哪怕他用手机和别的女生联络，我也不怪他。只要我知道他在哪儿，那个号码就是我和他的线。”

可是静安，毕苏生接纳的是你给予的好，并不是你给予的爱。

但静安最终还是打动了毕苏生。

他们拥有过一段短暂的婚姻。

毕苏生说：这辈子再不会有比你更爱我的女人了。

直至静安为救毕苏生而死，静安也不知道，毕苏生究竟有没有爱过自己。他的心里又有没有过一个地方，装着她。

那份爱情，是静安的战场。

真正的爱，一生中能发生的次数是极少的，一次或者两次，几乎不会有三次。即使我们看故事的每一个人都觉得静安愚蠢，可她却爱得纯粹、干净、伟大。

我们都不会是静安。

剧场

九

叶洁白大婚。她穿着一袭白纱，站在教堂中央。宾客并不多，她选择举办一场朴素却郑重的婚礼。曾经爱过的那个男子，终于能够放下了。拥有自己的生活和爱情，这才是叶洁白对自己最大的尊重。

新郎是比她年长七岁的男人，一名游泳运动员。

她和新郎的相识就像一个童话故事，童话的主题是——英雄救美。她在海边游泳时腿部痉挛，她痛苦地在海水里挣扎，想要抱住自己抽筋的腿，扑腾着水花，呛入几口海水。在她几乎要覆没在海水中时，他牢牢抱住了她。却也是出于一种求生的本能，在被他抱住的那一瞬间，她紧紧地抓住他的胳膊。

好在他经验丰富，面对溺水之人的反应，他还是顺利地将她拖到了沙滩上。等她缓了过来，她向他道谢。他以为她是一时想不开轻生，不放心她一个人在海边待着。他也不说什么，就坐在她身边。

海风吹着。她的头发渐渐干了，披散在肩上。两个人都沉默着，看着远方海平线上的一轮落日。“好美。”他们俩几乎是异口同声转头看着彼此说出这个词。

四目相对。

“那时就觉得，原来和她一起看日落是这样好，要是以后能一直这样看下去该多好。”新郎说，也就是在那时，日落黄昏的海边，他决定要追求她。

没有错的爱情，只有错的人。对叶洁白而言，这个男人，就是对的人。

十月。

曼君收到舅妈的电话，小渔村的院子里，她和卓尧一起亲手种下的石榴和青枣都已硕果累累，让他们一家人回来摘石榴和枣。

这个消息让黎回和黎声开心得在客厅里转圈。

“妈妈，我都没见过长在树上的石榴是什么样子的。”黎回说。

“我也没见过，难道枣子不是像花生一样，从土里长出来的吗？”黎声歪着头，不解地问。

“石榴开的花是红色的，非常漂亮，满树花。而枣子的花朵很小，白色，长在树上，不是土里。来，我们让爸爸画给我们看，好吗？”

卓尧笑着拿出画笔，在画纸上先画了一棵开花的石榴树，又画了一棵结满枣子的青枣树。

在树底下，卓尧画了两个小人儿。哥哥握着一支竹竿在敲枣，妹妹低头捡地上的枣，用裙子兜着。

“这是哥哥，这是我，那爸爸妈妈呢？”黎声指着画纸问。

“还用问，爸爸肯定是去洗枣子和剥石榴去了。”黎回用老练的语气答道。

“那妈妈呢？”

“这么热，妈妈当然是在房间里吹着冷气敷面膜看电影，等着爸爸拿石榴和枣子给她吃啊！”

三天后。

一家人终于回到小渔村，满树的石榴和青枣，应接不暇。这两株树，是黎回出生那年种下的。

好在有曼君的舅妈帮他们照看小楼，包括院子里的一花一树，都得到了悉心打理。

至于画面……

黎回猜得果然准确。

曼君靠在房间的沙发上，看着影片，左手边有一盘剥好的，一粒粒如红宝石般的石榴，右手边是洗净并去核的枣。

实在是石榴不方便去核，不然卓尧能连石榴核都去了……